Die Tote in der Blau

Nach über drei Jahrzehnten erfolgreichen Musikinstrumen-
tenbaus wechselte Helmut Gotschy gesundheitsbedingt ab dem
Jahre 2007 zur Schriftstellerei. Ein Stipendium ermöglichte
ihm das Studium des kreativen Schreibens, das er nach drei
Jahren erfolgreich abgeschlossen hat. Aufgrund seiner Kennt-
nisse und der engen Kontakte in die Kunst- und Kulturszene
sind seine Krimis dort angesiedelt. Er ist verheiratet, hat drei
Kinder und lebt in einer ehemaligen Mühle in Süddeutschland.

HELMUT GOTSCHY

Die Tote in der Blau

SCHWABEN KRIMI

emons:

Bibliografische Information der Deutschen Nationalbibliothek
Die Deutsche Nationalbibliothek verzeichnet diese Publikation
in der Deutschen Nationalbibliografie; detaillierte bibliografische
Daten sind im Internet über http://dnb.d-nb.de abrufbar.

© Emons Verlag GmbH
Cäcilienstraße 48, 50667 Köln
info@emons-verlag.de
Alle Rechte vorbehalten
Umschlagmotiv: Lukow/photocase.de
Umschlaggestaltung: Nina Schäfer, nach einem Konzept
von Leonardo Magrelli und Nina Schäfer
Gestaltung Innenteil: César Satz & Grafik GmbH, Köln
Lektorat: Saskia Römer
Druck und Bindung: sourc-e GmbH, Köln
Printed in Europe 2025
Erstausgabe 2017
ISBN 978-3-7408-0054-3
Schwaben Krimi
3. Auflage

Unser Newsletter informiert Sie
regelmäßig über Neues von emons:
Kostenlos bestellen unter
www.emons-verlag.de

murmelnde quellen
staatenlos auf wanderschaft
vom rinnsal zum meer

Prolog

Catarina Pinto ging auf der Stadtmauer entlang. Es war Nacht, und sie war allein. Bei der Brücke über die Blau hörte sie Stimmen. Sie kamen von unten und klangen nach einem Streit. Sie hielt die Tasche fester unter ihren Arm geklemmt und beschleunigte ihre Schritte. Was ging sie das Gekeife da unten an, sagte sie sich, und überhaupt, warum sollte sie sich um anderer Leute Angelegenheiten kümmern. Aber bestimmt war das gar kein Streit, sondern nur ein paar Nachteulen beim Feiern, die etwas lauter waren, versuchte sie sich zu beruhigen. Morgen wäre sie ohnehin weit weg von allem. Sie freute sich auf ihre Schwester und würde mit ihrem Neffen am Strand von Lissabon Muscheln suchen.

Das Klackern ihrer Absätze entfernte sich mehr und mehr Richtung Herdbrücke.

Dann war es plötzlich still.

Feuchtes Grab

Konrad Bitterle legte das Telefon beiseite und ging zum Fenster. Langsam kroch ihm die Bettwärme aus den Knochen. Er begann zu frösteln, denn er war nackt. Er strich gedankenverloren über seinen Bauch, schob die Jalousie zwei Fingerbreit auseinander und sah nach draußen. Der feine Niesel, der seit Tagen die ganze Stadt in trübes Grau hüllte, hatte den Boden über Nacht vollends aufgeweicht und die Schnecken aus ihren Löchern getrieben. Wie er dieses Wetter hasste. Seit über einer Woche ging das schon so. Kalt und windig, nur Regen. Er sah auf die Uhr. Viel Zeit blieb ihm nicht mehr. Sein Chef meinte, es sei eilig, sie hätten eine Leiche. Ausgerechnet heute. Am Sonntag. Wo er doch ins Aquarium in der Friedrichsau wollte. All seine Aquarienfreunde waren dort, an diesem beschaulichen Ort, wo man die Fische durch eine Röhre betrachten konnte, die mitten durch das Becken reichte.

Er wandte sich seufzend um und klopfte sacht gegen die Scheibe seines eigenen kleinen Beckens. Im Nu strömten die Fische herbei. Mit drei Fingern griff er nach den Resten in der Futterdose, die immer neben dem Aquarium stand, und streute die Flocken ins Wasser, wo sie vom Sprudeln des Perlators über die Oberfläche getrieben wurden. Die Streifenbarsche jagten ihnen als Erste hinterher. Bitterle sah ihnen eine Weile beim Fressen zu.

So viel Zeit musste sein.

Trotz des Regens entschied er sich fürs Fahrrad. Er brauchte frische Luft. Mit Regenjacke und Hosenklammer gegen das Wetter gewappnet, stapfte er hinaus und holte sein altes Rennrad aus dem Schuppen. Er schob es den Weg vor zur Straße, fuhr den Illerkanal entlang und bog ab in die Wiblinger Straße. Dort fegte es ihm beinahe die Kapuze vom Kopf. Er hielt an, um sie zuzubinden. Nur hundert Meter weiter stadteinwärts bei den Parkplätzen des ehemaligen Donaubades wies ein

Schild auf den überfluteten Donausteg beim Ruderclub hin. Schon von hier war die Überschwemmung des Uferweges zu sehen. Somit musste Bitterle notgedrungen über die Kreuzung und über die Adenauerbrücke, entlang der sechsspurigen Fahrbahn nach Ulm. Wenn vorbeifahrende Autos durch Pfützen fuhren, spritzten Fontänen zur Seite und durchnässten seine Hose. Wütend trat er in die Pedale und fluchte still vor sich hin. Er war froh, als er beim Sparkassenneubau endlich links zu seinem Arbeitsplatz abbiegen konnte. Zum Glück hatte es hier noch wenig Verkehr.

Nachdem er schnaufend sein Büro betreten hatte, hielt er einen Moment überrascht inne. Dr. Hinrich Sprekel saß zurückgelehnt auf Bitterles Stuhl und trommelte mit gespreizten Fingern auf die Schreibtischplatte. Der Kriminalrat schob den zartrosa Hemdsärmel zurück, der unter seinem hellblauen Leinensakko mit Lederapplikationen hervorschaute, und sah demonstrativ auf seine Uhr. Während er seine randlose Brille hochschob, spießte er Bitterle mit seinem Blick geradezu auf. Der ließ sich jedoch nicht weiter beirren, wischte sich ungerührt erst einmal gründlich die Nässe von der Stirn und rubbelte über die dichten grauen Locken, die seinen fast blanken Schädel wie ein antiker Lorbeerkranz umwanden. Die Tropfen, die ihm im Haar und an den Wangen hingen, lösten sich und rannen übers Kinn und in den Kragen.

»Morgen, Herr Kriminalrat«, grüßte er seinen Vorgesetzten. »Wie ich höre, hat's eine Leiche.«

»Wird auch Zeit, dass Sie kommen. Ja, wir haben eine Leiche, und dazu noch stadtbekannt. Ausgerechnet jetzt!«

»Ausgerechnet jetzt? Wie meinen Sie das?«

Dr. Sprekel sah ihn verständnislos an. »Das Stadtfest? Dieses Lambada? Touristen, die Presse ... Sie wissen doch, wie das läuft. Eine Schlagzeile in der Art ›Ein Mörder läuft in Ulm frei herum. Wer wird sein nächstes Opfer? Sind die Besucher in Gefahr?‹, so etwas können wir jetzt absolut nicht brauchen. Wir stehen unter Zeitdruck.«

»Also, Herr Kriminalrat, mit Verlaub. Ich glaube, Ihnen ist die Seriosität der hiesigen Presse noch nicht so recht geläufig. Solche Schlagzeilen werden Sie dort nicht finden. Das ist Boulevardblatt-Rhetorik. Und der Schwörmontag ist auch nicht irgendein Stadtfest. Also da lassen wir Ulmer nichts drauf kommen. Wo sonst schwört der Bürgermeister in aller Öffentlichkeit Treue gegenüber seinen Bürgern und legt dazu noch Rechenschaft ab über das, was er das vergangene Jahr gemacht hat? Und das immerhin schon seit dem 14. Jahrhundert. Und die Feier auf der Donau hinterher, das *Na*bada«, Bitterle hob den Zeigefinger, »mit Betonung auf ›Na‹, das steht einem Karnevalsumzug in nichts nach. Im Gegenteil. Aber eben zu Wasser. Und statt Konfetti gibt's kalte Duschen.«

Dem Kriminalrat war anzusehen, dass er nicht im Geringsten verstand, was Bitterle ihm zu erklären versuchte. »Wie auch immer, Sie wissen, was ich sagen will.«

»Gut, wie Sie meinen. Also zum Opfer. Wer ist es?«

Der Kriminalrat atmete hörbar aus und blickte ihn über den Rand seiner Brille, die bereits wieder seine Nase hinuntergewandert war, an. »Vera Steinle.«

»Ach du verdammte …« Bitterle schluckte den Rest im letzten Moment hinunter, da er wusste, dass sein Chef kein Freund schwäbischer Kraftausdrücke war.

Sprekel lehnte sich auf Bitterles Stuhl zurück. »Sie haben es erfasst. Ich habe mich über diese Frau informiert. Soweit mir berichtet wurde, war sie eine bekannte Ulmer Persönlichkeit, die durch ihre Aktivitäten im Kulturleben, insbesondere die Organisation des Donaufestes während der letzten Jahre, von sich reden gemacht hat. Ferner war sie wohl in verschiedenen Vereinen tätig, vor allem im Fotoclub.« Dr. Sprekel hob den Arm und wies Richtung Flur. »Und draußen sitzt der Mann, der ihre Leiche gefunden hat. Ein US-Bürger. Sagt, er sei wegen eines Kongresses hier und hätte am Mittag einen Termin. Sie sollten schnellstens das Protokoll aufnehmen.«

»Ich? Mein Englisch reicht höchstens, um einen dieser … dieser matschigen Hamburger zu bestellen. Aber niemals, um —«

»Er spricht Deutsch. Und dann sehen Sie zu, dass Sie zum Tatort kommen.«

»Gern, wenn Sie mir noch sagen, wo der ist.«

»Blaubrücke«, kam es knapp vom Chef.

»Aha. Gut, und welche?«

»Wie, welche?«

»Wir haben mehrere Brücken über die Blau. Außerdem wären da noch der Kobelgraben, der Blaukanal und die Krautgartenblau.«

Bitterle genoss es, zu sehen, wie sich Sprekels Mund langsam öffnete, wieder schloss und nochmals öffnete. Er musste an seine Fische denken und hatte Mühe, ernst zu bleiben.

Schließlich hatte sich der Kriminalrat gefasst. »Na, die an der Stadtmauer«, blaffte er Bitterle an. »Bei diesem Metzgerturm. Und nun sehen Sie zu, dass Sie den Zeugen vernehmen. Die Zeit drängt, wie gesagt.« Damit erhob er sich, richtete seine mintgrüne Krawatte und schritt majestätisch nach draußen, wobei er eine Spur süßlichen Rasierwassers hinter sich herzog.

Bitterle wedelte sie beiseite und sah ihm kopfschüttelnd nach. Was hatte sich nicht alles verändert in den letzten paar Monaten. Ob das auf Dauer gut geht?, fragte er sich. Erst kommt der Fischkopf angetanzt, soll sich hier wohl bewähren, nachdem er in Stuttgart beim LKA Ärger bekommen hat – aber jeder tut gerade so, als wisse er von nichts. Und dann krieg ich auch noch diese junge Griechin zur Seite gestellt. Eine, auf die ich aufpassen muss, hat mir gerade noch gefehlt.

Dennoch hatte Bitterle lange heimlich geübt, den Namen seiner neuen Kollegin ohne Stocken auszusprechen: Ku-la Skou-la-to-pu-los. Mit Betonung auf »to«.

Seufzend erhob er sich und ging in den Flur, wo der Zeuge wartete: grauer Nylondress, grüne Nikes, auf dem Kopf saß ein gelbes Basecap, unter dem schwarze Locken hervorlugten. Die Ellbogen hatte er auf den Oberschenkeln abgestützt, dabei wippte er mit den Zehen und sah ständig auf seine Uhr, ein besonders teures Sportmodell, das womöglich nur den Zweck hatte, allen zu zeigen, dass er es sich leisten konnte.

Kommissar Bitterle bat ihn in sein Büro. Er klemmte sich hinter den Schreibtisch und wies auf den leeren Stuhl gegenüber. Obwohl er mit seinen eins zweiundachtzig ein gestandenes Mannsbild abgab, überragte ihn der Zeuge um mindestens einen halben Kopf.

»*Listen, I'm in a great hurry, Sir.*«

Bitterle musterte ihn eingehend. Irgendetwas irritierte ihn an ihm, an seinem Äußeren. Aber er kam beim besten Willen nicht dahinter, was es war. »Man sagte mir, Sie sprächen Deutsch, *Sir*«, sagte er schließlich, wobei er das *Sir* etwas in die Länge dehnte. »Würden Sie mir bitte Ihren Namen verraten?«

»Jameson, Patrick W. Jameson.«

»Und wofür steht das Dabbelju?«

»Walker, so wie die Präsident Bush von die Vereinigte Staaten.«

»Gut, danke. Woher kommen Sie, und was machen Sie in Ulm?«

»Chicago, Illinois, un ick muss halten eine Vortrag for die Medical University am Mittag.«

»An einem Sonntag?«

Jameson machte eine Geste des Bedauerns und sagte: »Ist eine Art Geschenk für Gastfreundschaft hier.«

»Und wo?«

»Keine Ahnung, es ist in ein Hotel. ›Largo‹ oder so ähnlik. Nur für ein paar von die Professoren.«

Bitterle machte sich Notizen. »Wo wohnen Sie in Ulm?«

»In die ›Krumme Haus‹. Hören Sie, ick muss sein punktlick.« Er sah erneut auf seine Uhr.

»Sie meinen wohl ›Schiefes Haus‹?«

»Schief – krumm, is das nickt das Gleiche?«

»Nicht ganz. Aber nun gut. Was haben Sie denn nun gesehen? Und wo?«

»Ick war walking un hab mir mein Schuhe gebunden an eine Brucke, bei die Holzboote in die Bach. Un da ick seh schwimmen etwas in Wasser. Zuerst ick dachte, ein Sack oder ein Folie, doch dann ick seh die Kopf un eine Arm. So ick wusste – *oh my god* – das muss sein eine Mensch. Bin sofort zurück in – wie war das? – die ›*Schiefe* Haus‹.« Mister Jameson dehnte das »Schiefe« und zwinkerte dem Kommissar zu. »Un die Lady-Manager hat telefoniert Polizei, un die hat gesagt, ick soll kommen hier.«

»Wann war das? Um welche Uhrzeit?«

»Sieben aktundreißig.«

»Das wissen Sie so genau?«

Der Angesprochene wedelte mit dem linken Handgelenk, wobei der Chronometer hörbar schlackerte. »Ick hab nachgeschaut, *Sir*.«

»Gut, Herr Jameson«, Bitterle warf nun auch einen Blick auf die Uhr, es war kurz vor halb elf, »das wäre so weit alles. Wenn wir noch Fragen haben – wie lange gedenken Sie, in Ulm zu bleiben?«

»Ick habe eine Flug nach Rom am Dienstag.« Er zog sein Smartphone aus der Tasche, wischte übers Display und sagte: »Secksehn fumpfunvierzig von Munich.«

Die Tür flog auf, Kommissarin Kula Skoulatopulos rauschte mit einem Motorradhelm unterm Arm ins Zimmer und zog den Verschluss ihrer Jacke auf. »Sorry, ich konnte nicht früher. Musste auf meine Freundin warten, ihr Prinzesschen war über Nacht bei mir, und sie hat sich verspätet, wie immer.«

Bitterle erwiderte nichts darauf, sondern wandte sich wieder dem Zeugen zu. »Nun, Mister Jameson, ich denke, das war's fürs Erste. Haben Sie vielen Dank, und entschuldigen Sie die Unannehmlichkeiten.« Er erhob sich, streckte dem Amerikaner die Hand entgegen und wünschte ihm noch einen schönen Aufenthalt.

Kula sah ihm hinterher, als er aus dem Raum verschwand. »Worum geht's eigentlich?«

»Vera Steinle wurde tot in der Blau aufgefunden, der Ami hat ihre Leiche beim Joggen entdeckt.«

Sie runzelte die Stirn. »Die Steinle? Weiß der Bürgermeister schon davon?«

»Denke schon. So was spricht sich schnell rum. Deswegen sollten wir schleunigst zum Tatort, bevor die ganze Stadt angetanzt kommt.«

Kula musste sich sputen, um mit Bitterle Schritt zu halten. Ihr schwarzer Pferdeschwanz wippte hin und her wie bei einem Zirkuspony. Gleich nachdem sie durch das Tor des Metzgerturms Richtung Blaubrücke abgebogen waren, sahen sie, wie die Donau bereits am Uferweg leckte. Wenn es weiterhin so regnete, würde hier in ein, zwei Tagen alles unter Wasser stehen, und das Nabada, der feuchte Karnevalsumzug auf der Donau, müsste komplett abgesagt werden.

Vor ihnen bot ein maximales Aufgebot an Einsatzkräften das ganz große Programm. Der Platz war weiträumig mit weißrotem Band abgesperrt, und an den Fahrzeugen von Polizei und Feuerwehr funkelten die Blaulichter. Die Wasserwacht war mit mehreren Booten angerückt, und zwei Taucher watschelten mit ihren Flossen über die Wiese. Auch Presse und Lokalsender waren bereits vor Ort. Und natürlich jede Menge Schaulustige, die die Köpfe reckten, mit ihren Smartphones Fotos machten und sich gegenseitig mit ihren Mutmaßungen und Kommentaren überboten.

Bitterle stieg über das Absperrband, Kula duckte sich darunter her. Sie gingen direkt zum Brückchen, das die Blau überspannte, und schauten über die Mauer. Unten waren drei Kriminaltechniker in ihrer weißen Montur mit Schabern, Kunststoffbehältern, Messgeräten und Kameras zugange.

»Hallo, Jungs! Wo ist die Leiche?«, fragte Bitterle.

Der Einsatzleiter der Wasserwacht ergriff ungefragt das Wort: »Wurde schon in die Rechtsmedizin gebracht.« Noch bevor Bitterle deswegen aufbrausen konnte, hob der Beamte abwehrend die Hände. »Anordnung von ganz oben. Der Kriminalrat scheut ja bekanntermaßen öffentliches Aufsehen. Versteh ich auch, schauen Sie mal hoch, was da droben auf der Stadtmauer los ist. Aber Ihre Kollegen haben alles fotografiert, jedes Detail.«

»Gut«, sagte Bitterle, bemüht, sich seinen Unmut nicht weiter anmerken zu lassen. »Was wissen wir?«

»Sie klemmte zwischen den beiden vorderen Zillen. Muss schon länger dort gehangen haben, so wie die ausgesehen hat, schätze mal zwei Tage.«

»Und wieso wurde sie dann erst jetzt gefunden?«, fragte Kula.

»Hochwasser. Die Donau hat die Blau gestaut und die Boote auseinandergeschoben.«

»Versteh ich nicht.«

»Normalerweise fließt die Blau in die Donau, und die Strömung drückt die Zillen zusammen. Aber wegen der Baustelle weiter oben wird das Wasser momentan umgeleitet. Deswegen gibt es hier keine Strömung. Und durch den hohen Wasserstand der Donau fließt das Ganze rückwärts. Dabei treibt's diese offenen Holzboote auseinander, so weit das wegen der Ketten eben geht. So einfach ist das, mein junges Fräulein«, sagte der Chef der Wasserwacht und lächelte herablassend.

»Soso.« Sie musterte ihr Gegenüber, fügte ein spöttisches »Vielen Dank auch, der gnädige Herr« an und musste dabei schwer an sich halten, ihm nicht gegen sein Schienbein zu treten. Den »blöden Haubentaucher« behielt sie für sich.

»Wann wurde das Opfer weggebracht?«, kam Bitterle wieder zurück zum eigentlichen Thema.

Einer der Polizisten mischte sich ein. »Die von der Rechtsmedizin sind gleich um acht gekommen.«

Bitterle sah auf die Uhr und zog sein Mobiltelefon hervor. »Hallo, Ina, kannst du schon was sagen?« Er lauschte, zupfte an seinem Schnurrbart und wischte sich dann mehrmals über die Stirn. »Ja, ist ja gut. – Na schön, dann eben morgen. Wir sehen uns dann.«

Kula sah ihn fragend an.

»Es ist doch immer das Gleiche. ›Näheres nach der Obduktion‹«, maulte Bitterle und drehte sich zu seiner Kollegin um, die ihm ihre beiden Wangengrübchen zeigte. »Warum lächeln Sie?«

»Na ja, das klang eben so wie im Sonntagskrimi, ›Näheres nach der Obduktion‹.«

Bitterle wandte sich kommentarlos wieder dem Polizisten zu. »Sonst irgendetwas? Tasche, Papiere, Handy?«

»Nichts. Außer in der Jacke. Darin fanden sich ein Schlüsselbund und ein Taschentuch. Aber das ist auch schon unterwegs. Falls sie noch etwas bei sich gehabt haben sollte, ist es längst den Bach runter.« Der Polizist schmunzelte über sein Wortspiel und fügte hinzu: »Wenn am Ufer Fließgeschwindigkeitskontrollen stünden, gäb's ein Blitzlichtgewitter bis runter zum Schwarzen Meer.«

»Sehr witzig.« Bitterle hielt ihm die offene Hand entgegen. »Geben Sie mir lieber die Bilder.«

Der Polizist fummelte den Chip aus der Kamera. »Brauch ich aber wieder.«

»Sie wissen ja, wo Sie mich finden.«

Auf dem Weg zurück zur Dienststelle hielt Bitterle abrupt unter dem Bogen des Metzgerturms inne und drehte sich zu Kula. »Jetzt weiß ich, was ich an dem Ami so seltsam fand.«

Sie zog fragend die Augenbrauen hoch.

»Wieso hat einer bei pechschwarzen Haaren und einem braunen Teint so kornblumenblaue Augen? Gibt's so was bei euch Griechen?«

Kula neigte den Kopf zur Seite und schürzte die Lippen. »Nicht dass ich wüsste. Ich tippe eher auf Kelte. Die Bräune hat er entweder aus dem Urlaub oder von der Sonnenbank. Woher kam der?«

»Chicago.«

»Und können Sie sich an den Namen erinnern?«

»Jameson oder so ähnlich. Ja, Patrick Dabbelju Jameson.«

»Ha«, lachte Kula, »ganz klar, ein waschechter Ire. Bei *dem* Namen. Und das Dabbelju steht doch nicht etwa für Walker?«

»Doch, woher wissen Sie das? Und was meinen Sie mit ›bei dem Namen‹, was hat das damit zu tun?«

»Ich erklär's Ihnen irgendwann mal bei einem Feierabendbier.« Kula rieb sich die Nase und fügte hinzu: »Mir tut bloß seine Mutter leid.«

Im Büro schob Bitterle den Chip in den Rechner und betrachtete die Fotos. Die Leiche von vorne, von hinten, von oben und von unten. Erst im Wasser, dann an Land. Er erkannte die Ketten, die den Körper fixiert und daran gehindert hatten, abgetrieben zu werden. Bei einer Aufnahme war zudem deutlich zu sehen, dass sich ein Arm in den Schlaufen eines Strickes verfangen hatte. Bitterle schluckte. Obwohl ihm die Steinle nie so ganz geheuer gewesen war, ihr übertriebenes Getue bei öffentlichen Veranstaltungen, ihr ganzes Gehabe – das hatte sie nicht verdient. Aber wer verdient so etwas überhaupt?, dachte er, beugte sich vor, studierte die Bilder erneut und suchte nach ersten Hinweisen. Vergebens.

Endlich zu Hause, konnte sich Bitterle wieder seinen Fischen widmen. Sie standen im Becken, ließen Wasser durch die Kiemen strömen und wedelten sacht mit den Flossen. Die perfekte Idylle. Er trauerte dem verpassten Besuch im Aquarium nach. Als er vor vier Wochen dort gewesen war, hatte ihn die harmonische Atmosphäre beeindruckt. Normalerweise hatte er mit Veranstaltungen dieser Art nicht viel am Hut, aber die Aufführung vor den Raubfischbecken war einfach beeindruckend. Insbesondere mit der musikalischen Untermalung eines Fagottisten. Improvisationen über Themen von Händel. Selbst er, Konrad Bitterle, der sich ansonsten nur für Jazz begeistern konnte und seit dem letzten Livekonzert mit Jan Garbarek dessen »Rites« wieder rauf und runter hörte, hatte sich der Stimmung nicht entziehen können. Er nahm sich vor, sich diese spezielle CD zu besorgen, und wandte sich wieder seinen Fischen zu.

Ich muss dringend Futter kaufen, stellte er nach einem Blick in die Dose fest. Ein, zwei Tage noch – höchstens –, dann würden seine Lieblinge hungern müssen. Kaum im Sessel, die Beine auf dem Couchtisch, läutete es an der Tür. Grummelnd stand er auf und öffnete. Vor ihm stand Reinhold, sein alter Freund und Kollege von der Neu-Ulmer Polizei. »Ja hoppla. Was machst du denn hier?«

»Servus, Konrad, ich war grad in der Gegend, wie wär's mit einem Dämmerschoppen beim ›Jockel‹?«

»Gute Idee. Mir steht's eh bis hier«, sagte er und fuhr sich mit den Fingern quer über die Stirn.

Die ehemalige Gartenlaube mit Flaschenbierausschank gegenüber dem Freizeitbad hatte sich im Laufe der vergangenen Jahrzehnte zu einem Geheimtipp gemausert. Obwohl Josef die Kneipe schon längst übergeben hatte, trug sie immer noch seinen Spitznamen. Tagsüber war die Terrasse von der Jugend gut besucht. Am Abend jedoch zog es die alten Hasen an den Stammtisch, an dem sie in Abgeschiedenheit über ihr vergangenes Leben brüten oder in aller Ruhe Skat klopfen konnten.

Die beiden begrüßten den Wirt mit einem Nicken, brummten der Bedienung ihre Bestellung zu und setzten sich etwas abseits an einen Zweiertisch.

»Was treibt dich denn in meine Gegend, noch dazu um diese Uhrzeit?«, fragte Bitterle und spielte mit einem Stapel Bierdeckel.

»Eine Kollegin liegt in der Donau-Klinik. Ich habe sie und ihr Baby besucht und gedacht, ich schau auf einen Sprung bei dir vorbei. Du klangst nicht so gut, neulich am Telefon.«

»Ich glaub, ich werde alt. Die letzte Woche hat mich geschafft. Diese Vertretung für den Chef, ich sag dir, der Kerl nervt. Ich hoffe nur, der bleibt nicht ewig. Und dann noch die neue Kollegin.«

»Jetzt mal der Reihe nach«, sagte Reinhold. »Was ist los mit deinem neuen Chef?«

Die Bedienung brachte die Getränke, fragte, wer den Rotwein bekäme, und stellte anschließend das Hefeweizen vor Bitterle hin. Der trank den Schaum ab, nahm einen kräftigen Zug und wischte sich mit dem Handrücken über die Lippen. Er seufzte. »Der Sprekel? Ein Nordlicht aus Flensburg. Ist mit einer der hiesigen Unternehmerinnen liiert. Hat wohl mit Pferden zu tun. Er selbst reitet Dressur, so dieses steife Gehopse in Frack und Zylinder – passt zu dem. Und sie hat eine Zucht, jede Menge Geld und Verbindungen nach ganz oben. Irgendwie hat er es ins LKA nach Stuttgart geschafft. Da lief wohl was schief, und jetzt ist er bei uns, auf Bewährung sozusagen. Allein wie der schon spricht, so mit einem scharfen S am Anfang. So wie wenn einer auf sspitzen Ssteinen durch die Welt sspaziert. Grauenhaft! Und dann wie der daherkommt, mit seinem roten Bart unterm Kinn und den roten Haaren mit Seitenscheitel.«

Reinhold grinste schief. »Arme Sau. Seit wann ist der denn da?«

»Noch keine Woche. Kannst du dir das Chaos vorstellen?

Von nichts eine Ahnung, aber immer die große Lippe. Hoffe nur, dass der alte Samhäupel bald wiederkommt. Aber die Frage ist, ob der überhaupt noch will.«

»Wieso das denn? Wie geht's ihm denn?«

»Nach der Bypass-OP wohl ganz gut. Keiner weiß was Genaues. Aber wenn der sich jetzt zukünftig dem Reisen und seinen Segeltörns widmen würde – ich könnt's ihm nicht verübeln. Hat lang genug den Kopf hinhalten müssen für eine verfehlte Justizpolitik.«

»Wem sagst du das. Denkst du, bei uns in Bayern sieht's anders aus?«

Konrad winkte ab, trank aus und wedelte mit seinem Weizenglas in Richtung Theke. »Und dann die Neue, eine Griechin. Soll wohl ganz schön auf Zack sein, aber mit ihrer unkonventionellen Art muss sie aufpassen, heißt es. Wenn die mal an den Falschen gerät, hat sie ein Problem.«

»Wo war die vorher?«

»Jugend.«

»Oha, na, da herrschen eh andere Spielregeln. Ist bei uns nicht anders. Die jungen Kerle tricksen, was das Zeug hält. Wenn du denen nicht genauso kommst, hast du keine Chance. Und hier ist's ja noch harmlos. Was glaubst du, was in München abgeht. Da wünscht man sich doch manches Mal um vierzig oder fünfzig Jahre zurück.«

Bitterles zweites Weizen wurde gebracht, und Reinhold bestellte einen weiteren Wein.

»Und du meinst, wir waren so viel besser damals?«

»Ich denke schon.« Reinhold legte die Handflächen aneinander und tippte sich gegen die Nasenspitze. »Aber das ist doch immer eine Frage des Standpunktes. Von heutiger Warte aus betrachtet, waren wir zwar keine Engel, aber … Nimm einfach mal eine Schlägerei, was weiß ich, Streit im Wirtshaus zum Beispiel. Da gab's eins aufs Maul, vielleicht noch einen in den Bauch, und gut war's. Aber heute? Die geben keine Ruhe, bis sich der Gegner nicht mehr rührt. Und wenn er dann am Boden liegt, treten sie auf ihn ein, immer weiter. Ohne Rücksicht auf Verluste. Wie soll das nur weitergehen?«

»Was fragst du mich? Keine Ahnung.« Konrad lehnte sich zurück, legte die Hände nebeneinander auf den Tisch und sah Reinhold an. Er verstummte, während die punkig toupierte Serviererin ein Weinglas vor seinem Freund abstellte.

Reinhold blickte dem Mädchen hinterher, als diese sich wieder Richtung Theke wandte. Er stieß mit seinem Rotwein gegen Konrads Weizenglas, die beiden nickten sich zu und tranken. »Also komm. Du kannst doch zufrieden sein. Wie sag ich immer: Was der Bienzle für Stuttgart, ist unser Bitterle für Ulm.«

»Soso. Und warum nicht gleich Brunetti?«

»Brunetti? Der ist doch in Venedig.«

»Eben! Gib acht, ich sag dir was. Was denkst du, wie viele Blaubrücken es wohl gibt in Ulm?«

»Blaubrücken? Keine Ahnung, vielleicht zwanzig. Warum fragst du?«

»Der Sprekel hat gesagt, die Leiche läge bei der Blaubrücke. Und da hab ich natürlich zurückgefragt, bei welcher, und hab so ins Blaue hinein behauptet, wir hätten davon mehr als dreißig. Aber dann hat es mich doch interessiert, und ich habe mich bei der Stadtverwaltung erkundigt. Und jetzt pass auf! Da gibt es doch tatsächlich einen, der ist nur dafür zuständig, die ganzen Brücken über die Blau zu kontrollieren.«

»Aha. Und? Wie viele sind's denn nun?«

»Exakt fünfzig.«

»Donnerwetter. Also dann doch Venedig.«

»So ist es. Und jetzt gehe ich ins Bett. Genug für heute. Wie kommst du nach Hause?«

»Ich lauf, brauch noch frische Luft und Bewegung.« Dabei tätschelte Reinhold seinen Bauch.

Fotos, Cocktails und Avancen

Samstag, 5. Juli

Nach den hausgemachten Ravioli mit Lachsfüllung, zwei Gläsern eines bemerkenswert fruchtigen Gavi, den Dolci und einem abschließenden Espresso spürte Vera Steinle endlich wieder die Energie, die sie so lange vermisst hatte. Eine Kraft, die ihr wieder den Mumm gab, ihren kreativen Gedanken zu folgen. Sie in die Tat umzusetzen, um Graziella endlich eins auswischen zu können. Die Fotoclubs entlang der Donau machten mit, ihre Bilder waren gerade angekommen: Wasserspaß in Budapest, auf dem Balkan und in Wien. Dazu natürlich ihre eigenen Werke. Grafiker und Druckerei standen in den Startlöchern. Plakate waren gedruckt, teilweise schon gehängt, und die Zusage für die Räumlichkeiten im Haus der Begegnung war auch in trockenen Tüchern. Zu Sonderkonditionen. Auf ein paar ihrer ehemaligen Mitstreiter in Sachen Kultur konnte sie sich eben immer noch verlassen. Wenigstens das. Blieb nur noch die Aufgabe, die Fotos auszuwählen, sie vergrößern und rahmen zu lassen. Sie zahlte, gab ein ungewöhnlich üppiges Trinkgeld und verließ das Restaurant.

Der Weg auf der Stadtmauer war voll. Touristen, die üblichen Bummler und Mütter mit ihren Buggys. Wenige Meter weiter entdeckte sie einen letzten freien Tisch vor dem »Leporello«, einer Cocktailbar, und dachte: Warum nicht hier? Nach Hause kann ich immer noch. Sie nahm Platz, überflog die Karte, blieb aber wie gewohnt ihrem Geschmack treu und bestellte sich einen Melonen-Daiquiri. Während sie wartete, lehnte sie sich zurück und hob ihr Gesicht Richtung Sonne, die heute ausnahmsweise einmal wärmte. Obwohl sich donauaufwärts schon die ersten Makrelenwölkchen in ihrem tückischen Zartrosa gebildet hatten, hoffte Vera auf ein paar weitere trockene Tage. Danach fiel ihr Blick auf die zahlreichen Kräne der Großbaustelle gegenüber, die dem eh schon unansehnlichen Neu-Ulm den Rest gaben. Für einen Moment schloss sie die Augen und versuchte, die geschwollenen und schmerzenden

Knöchel ihrer Hände zu ignorieren. Vergeblich, alles Reiben, alles Kneten und Massieren half nichts. Sie taten einfach weh. Vera war froh, als sie das Trinkröhrchen zwischen den Lippen hatte, und nahm einen Zug bis weit unter die Mitte. Mit dem Rest spülte sie ihre Tabletten runter. Inzwischen hatte die Dämmerung begonnen, ihr dunkles Tuch über die Stadt zu ziehen, und ein leiser Windhauch trug den Duft eines Fliederstrauches von der Donauwiese hoch. Die Mauersteine und Bodenziegel waren durch die Hitze des Tages noch aufgeheizt und verströmten eine beinahe schon mediterrane Atmosphäre. Dazu das Geplauder und Gelächter ringsum, lauter fröhliche Menschen in Sommerlaune. Einzig ein paar Raser und Motorräder, die über die Herdbrücke donnerten, störten diese Idylle.

Nachdem sie den zweiten Daiquiri bestellt hatte, zog sie ihr Tablet aus der Tasche, rückte die Brille zurecht und wischte durch die Fotos.

Budapest. Im Hintergrund das Parlament mit wehender Nationalflagge. Csárdás-Tänzerinnen in rot-grünen Röcken und weißen Blusen wirbeln über die Kettenbrücke, flankiert von ebenso folkloristisch gekleideten Herren in blank polierten schwarzen Stiefeln und mit Furcht einflößenden Schnurrbärten. Danach eine Serie über ein Ausflugsboot. Köche rühren in einem Gulaschtopf. Mädchen, ähnlich gekleidet wie die Tänzerinnen zuvor, recken die Arme in die Höhe. An Bug und Heck wieder Wimpel in Rot-Weiß-Grün. Vera überlegte, wohin sie diese Fotos hängen sollte. Am ehesten in den Keller.

Dann die Bilder aus Belgrad. Welch ein Kontrast. Eine Horde Kinder in zerschlissener Kleidung – löchrige Hemdchen oder gleich ganz nackt – planschte ausgelassen an der Einmündung eines Industriehafens in brackig-trüber Brühe. Ein zigfach geflickter Autoreifen diente als Boot, ein gesplittertes Brett als Paddel. Doch alle lachten, zeigten ihre Zahnlücken und spritzten das Wasser fröhlich in Richtung des Fotografen. In ihren Augen schimmerte die Hoffnung auf eine Zukunft. Tatkraft und Aufbruchstimmung sprühte aus ihren Blicken. Karl Kraus kam ihr in den Sinn. Dank ihres Referats über diesen Wiener Wirrkopf hatte sie ihr Deutsch-Abitur mit eins Komma null gestemmt. Sein Werk »Die letzten Tage der Menschheit« war ihr deswegen bis zum heutigen Tag im Gedächtnis haften geblieben. Von wegen »Serbien muss sterbien«! Die schaffen es. Wenn nicht die, wer dann? Im Hintergrund Container, Raffineriekomplexe und die Seile einer ultramodernen Brücke, darauf Züge und Autos. Eine der nächsten Aufnahmen zeigte eine Gruppe Buben, die flache Kiesel übers Wasser flitzen ließen, in den Gesichtern die gleiche Hochstimmung wie zuvor.

Die Serie des österreichischen Fotografen war außergewöhnlich. Sie hatte etwas geradezu historisch Provokantes. Tanzende Paare in festlicher Kleidung aus den Glanzzeiten des Wiener Walzers drehten ihre Runden an Deck eines Raddampfers. Er war dabei, anzulegen. Im Vordergrund Matrosen, schlecht rasiert und ölverschmiert, mit Ankern, Steuerrädern oder Nymphen auf den Armen. Daneben Aristokratie in Ballkleid und Smoking, auf den Tischen Gläser und perlender Champagner. Am Heck lehnte ein Streichquartett gegen die Reling und schien zu spielen. In ihren Fräcken, vor allem jedoch durch ihre Zylinder, boten sie eher das Bild von Vogelscheuchen als das von seriösen Musikern. Auf der Brücke salutierte der Kapitän in weißer Paradeuniform, die Mütze unterm linken Ellbogen. Weitere Fotos zeigten Herren mit Zwirbelbärten und Monokel, Damen mit gewagtem Dekolleté und Sissi-Löckchen. Und fortwährend lachende Gesichter – zwischen angeheitert und betrunken, manche schon Fratzen –, die ihre Gläser vor der Linse schwenkten. Einer, mit schon offenem Hemd, hielt den Tanzschuh seiner Dame am Absatz und soff daraus den Schampus, die freie Hand an deren Hintern unterm Kleid. Auf dem letzten Foto kämpfte ebenjene Dame scheinbar um ihr Leben, schlug verzweifelt um sich und hielt sich leidlich über Wasser. Der Rest der Truppe stand winkend am Geländer, während ihr Partner in Seelenruhe über die Reling pisste, die Hose unten an den Knöcheln. Ein peinlich ausgelassenes Was-auch-immer.

Vera musste wieder an Karl Kraus denken:

O, o, o, wie sind die Wiener froh.
Mir wern's euch schon einigeigen,
Lasst's euch das Wiener Blut nur zeigen,
O, o, o, wie sind die Wiener froh.

Sie war von den Perversitäten beeindruckt, und ein schmallippiges Lächeln erhellte ihre sonst so konzentrierte Miene. Selbst die steile Falte über der Nasenwurzel glättete sich für einen Moment. Damit stecke ich Graziella in die Tasche, dachte sie. Locker! Und wenn die hundertmal im Stadthaus ausstellt. Damit stehle ich der die Schau. Die mit ihrem blöden Karneval in Venedig. Und ihrem anderen Mist. Lächerlich!

»Ist dieser Platz noch frei?«

Vera blickte auf. Ein Mann stand vor ihr. Groß und schlank, sommerlich elegant gekleidet mit einem Polohemd und weißen Leinenhosen, die von einem schmalen braunen Gürtel gehalten wurden. Vor der Brust baumelten die Ärmel eines leichten blauweiß gestreiften Kaschmirpullis. Eine dunkle Tolle hing ihm in die Stirn, die Haare über den Ohren waren kurz geschoren. Vera musterte ihn und war augenblicklich von seiner Ausstrahlung elektrisiert. Sie brauchte ein paar Sekunden, um aus ihrer Bilderwelt aufzutauchen und die Sprache wiederzufinden.

»Aber ja. Natürlich, bitte nehmen Sie doch Platz. Ist ja schrecklich voll heute Abend. Alles ist auf den Beinen.«

»Na, muss doch! Die paar Sommertage. Wer die nicht zu genießen weiß, ist selbst schuld. Ich find's schön.«

Vera nickte eifrig. Sie meinte, in seiner Stimme ein leichtes Sächseln zu hören, und fragte: »Und Sie? Sind Sie zu Besuch in Ulm?«

»Ha«, Veras Gegenüber lächelte, »das werde ich öfters gefragt. Sie spielen sicher auf meinen Dialekt an. Ich stamme aus Weimar, lebe aber jetzt in Ulm. Wenzel, Alexander Wenzel, aber die meisten meiner Freunde nennen mich Sascha.«

»Angenehm, Steinle, Vera Steinle.« Sie mühte sich so gut es ging aus ihrem Stuhl, reichte ihre Hand über den Tisch und fuhr schwärmerisch fort: »Weimar, die Heimat unseres großen deutschen Dichters.«

»Ach, Sie kommen aus der Literatur?«

»Nun, was man eben so kennt. So dies und das. Aber Goethe gehört schon zu den ganz Großen, finden Sie nicht?«

Herr Wenzel senkte Stirn und Stimme. »Nun, ich bin quasi mit ihm aufgewachsen. Mein Vater nahm mich oft mit in den Park, wir spazierten entlang der Ilm. Unter der mächtigen Kastanie haben wir Rast gemacht, immer mit Blick auf Goethes Gartenhaus. Und dort rezitierte mein Vater aus dessen Werken. Hauptsächlich Gedichte. Und im Herbst sammelte er die Maronen ein und röstete sie im Ofen, während er weiter von Goethe schwärmte. Da muss wohl irgendwas hängen geblieben sein.«

»Das heißt, Sie dichten auch? Sind Sie Schriftsteller?« Vera betrachtete ihr Gegenüber mit wachsender Neugier und fand Gefallen an seiner Jugendlichkeit, an der Art, wie er wieder und wieder eine widerspenstige Haarsträhne aus der Stirn schob.

»Gewissermaßen. Aber jetzt erwarten Sie bloß nichts Großes. Es sind eher Kleinigkeiten, Kurzgeschichten in Literaturzeitschriften, ab und an ein Artikel in einer Zeitung, hin und wieder etwas Lyrik, dabei vorwiegend Haiku.«

»Haiku?«

»Ja, Haiku! Kurze Verse mit der Silbenfolge fünf, sieben, fünf. Sie stammen aus Japan. Scheint im ersten Moment recht einfach. Die Kunst dabei ist, dass sich dahinter ein höherer Gedanke verbergen muss. Oft kommen sie einfach angeflogen in der Art wie zum Beispiel …« Herr Wenzel wandte sich halb um und wies mit dem Arm Richtung Donau. »Sekunde noch.« Er legte zwei Fingerspitzen an die Stirn, räusperte sich und begann betont langsam. »Fließende Freude, Lust und Laune beiderseits, am Ende das Meer. – Da müsste natürlich noch daran gefeilt werden, aber so in etwa funktioniert das.«

Vera lauschte seiner Stimme nach. Sie ließ ihren Blick über die Gäste an den Tischen ringsum schweifen, bis ihr Auge auf der beinahe stillen Oberfläche der Donau zur Ruhe kam. »Wie recht Sie haben.« Nach einem weiteren Augenblick des Innehaltens sagte sie: »Fünf, sieben, fünf, scheint ganz einfach.

Aber fürs Dichten eigne ich mich doch eher weniger. Ich habe es mehr mit der Fotografie beziehungsweise mit Kulturorganisation ganz allgemein.«

Endlich kam der Service. Herr Wenzel bestellte einen Caipirinha für sich und nach einem »Sie doch auch, oder?« für Vera gleich einen mit, ohne ihre Reaktion abzuwarten.

Bei dem einen blieb es nicht. Alexander Wenzel erzählte hauptsächlich von sich, von seinen Versuchen, sich als Schriftsteller einen Namen zu machen und Anerkennung zu erhalten. Von seinen Fehlschlägen und manch raffgierigen Verlagen, die das Blaue vom Himmel versprechen und nach einer saftigen Unkostenbeteiligung – wie sie es nennen – den Dichter auf einem Stapel Bücher sitzen lassen. Vera Steinle hing an seinen Lippen, wobei ihre Blicke immer wieder zu seinen gepflegten schmalen Händen wanderten, die wie Schmetterlinge hin und her flatterten, und zu diesem goldenen Ring, den ein verschlungenes großes A zierte. Ihre eigenen Hände hielt sie fest zwischen die Knie geklemmt.

»Wenn man bedenkt, wie dagegen seriöse Verlage arbeiten, nach welchen Kriterien die sich ihre Autoren aussuchen, statt Qualität meist nur Mainstream und dabei den Gewinn im Auge, kommt irgendwann die Idee, selbst einen Verlag zu gründen.«

»Bewundernswert, absolut bewundernswert! Dass Sie sich nicht unterkriegen lassen, dass Sie, wie soll ich sagen, dass Sie immer einen Weg finden, Ihr Ziel zu verfolgen. Das muss doch auch eine enorme Summe Geld kosten.«

»Ach ja, das Geld. Glücklicherweise habe ich Rücklagen.«

Inzwischen war es spät geworden. Die meisten Tische waren leer, und nur noch vereinzelt flanierten Nachtschwärmer auf der Stadtmauer entlang. Zudem war eine kühle Brise aufgezogen, und die wenigen noch aufgespannten Schirme flatterten im Wind. Sascha hatte längst seinen Pulli übergezogen, Vera fröstelte hin und wieder. Die beiden gingen hinein, landeten an der Bar bei Wodka und lästerten weiter über den Kulturbetrieb. Bald waren sie beim Du, und irgendwann kam Vera zum Zug und schwärmte von ihrer Ausstellung.

»Du willst wirklich meine Bilder sehen?« Noch während sie dies fragte, zog sie ihr Tablet aus der Umhängetasche mit der lachenden Minnie-Maus und schob es Sascha hin. Gleich beim ersten Bild, welches die Wiener Gesellschaft zeigte, improvisierte er, nachdem der Wodka gekippt war, mit schon etwas schwerer Zunge: »Eitelkeitenwahn – Gefangene des Ego – mehr scheinen als sein.«

Vera hielt für einen Moment den Atem an. Ihr kam ein Gedanke. Sie fasste sich ein Herz und fragte geradeheraus: »Sascha, was hältst du davon, bei meiner Vernissage in zwei Wochen dabei zu sein und ein paar deiner Haiku zum Besten zu geben?«

Sascha richtete sich langsam auf. Er wandte sich ihr in voller Breite zu und fragte: »Vernissage? Wie viele Besucher kommen da?«

Vera strahlte und gab dem jungen Mann hinter dem Tresen zu verstehen, ihnen nachzuschenken. »Ich rechne mit gut hundert bei der Eröffnung. Und in der Folgezeit ein ebenso volles Haus.« Sie hob den Zeigefinger. »Und zwar täglich! Und, was ist? Komm, sag Ja!« Dabei blickte sie mit großen Augen zu ihm auf.

»Wann, sagtest du, ist das?«

»In zwei Wochen.« Nun legte sie ihre Hand auf seinen Arm und strich über die weiche Kaschmirwolle seines Pullovers. »Mir tät'st du eine Riesenfreude machen. Das wird *die* Show, glaub mir. Und für dich, mein Lieber, gibt's Presse, Radio und Regionalfernsehen. Alles, was geht.«

»Zwei Wochen. Das ist verdammt knapp. Dazu brauche ich die Bilder.«

»Kein Problem.«

»Was ist mit Honorar? Das ist ja ein Riesenaufwand. Da muss ich alles andere liegen lassen.«

Vera war irritiert. Sie war der Meinung, mit der Öffentlichkeit und der Werbung wären sie quitt. Vorsichtig fragte sie: »An was denkst du?«

»Dreitausend?«

»Dreitausend? Unmöglich. Ich muss eh schon bei der Stadt

wegen allem betteln gehen. Jeden Flyer muss ich denen aus der Nase ziehen. Mehr als fünfhundert sind nicht drin. Aber dafür bekommst du einen Büchertisch.«

Sascha musterte sie, sein Blick war nicht zu deuten. Dann huschte ein Lächeln über sein Gesicht, er neigte den Kopf zur Seite, legte die Stirn in Falten und kam dicht an Veras Ohr heran. So nah, dass sein Parfüm ihre Nase reizte. Etwas orientalisch Betörendes, dabei gleichzeitig frisch und jugendlich. »Sagen wir tausend. Dafür bekommst du die Texte exklusiv mit allen Verwertungsrechten. Schon mal an einen Bildband gedacht?«

Vera lehnte sich zurück und musterte ihn voller Bewunderung. »Du bist auch wirklich ein Profi. Also gut, du tausend und ich alle Rechte. Schlag ein!« Sie streckte ihm die Hand entgegen, und er klatschte sie lässig ab.

»Gib noch mal her.« Dabei zog er ihr Tablet zu sich herüber und wischte durch die Bilder. »Hier!« Er zeigte auf das Bild mit dem Kerl, der den Schampus aus dem Schuh soff, im Hintergrund die Streicher. »Zu so was gehört Musik! Ganz authentisch. Was glaubst du, wie das reinhaut, wenn da ein Quartett aufspielt. Wiener Walzer, am besten richtig ordinäre Stehgeiger.«

»Stehgeiger? Du hast Nerven. Wo soll ich in Ulm so was hernehmen?« Vera sah auf die Flaschen, die vor den Spiegeln standen, tippte die Fingerspitzen unterm Tresen aneinander und murmelte: »Aber etwas anderes ließe sich möglicherweise machen. Die vom Jugendorchester sind mir eh noch was schuldig. Hab denen einen Kulturaustausch beim Donaufest ermöglicht. Damals. Da können die gar nicht Nein sagen.« Sie wandte sich wieder Sascha zu, strahlte ihn an. »Super Idee. So machen wir es.«

Sascha lächelte, erhob sich und zog seine Geldbörse.

»Lass«, sagte sie, »ich mach das schon.«

»Aber ich —«

»Komm, bei dem Rabatt und den ganzen Tipps, die du mir gegeben hast – das ist das Mindeste.«

»Na, dann dank ich mal schön«, sagte er und hauchte Vera einen flüchtigen Kuss ans Ohr.

»Und du? Kommst du noch mit auf einen Absacker? Es sind nur ein paar Schritte zu meiner Wohnung.«

Sascha sah auf sein Handgelenk. Vera fiel die alte Eleganz der Armbanduhr auf, ähnlich wie bei seinem Ring, und sie war sich sicher, dass es keine billigen Repliken aus Fernost waren.

»Zu schade. Aber ich muss leider! Ich habe morgen früh einen wichtigen Termin. Außerdem bin ich eh schon jenseits von Gut und Böse.« Sascha deutete eine Trinkbewegung an und fügte hinzu: »Ein anderes Mal, ganz bestimmt.«

Sie tauschten E-Mail-Adressen und Handy-Nummern, vereinbarten ein geschäftliches Treffen in den nächsten Tagen und verabschiedeten sich mit Wangenküsschen. Vera musste zugeben, ihre neue Bekanntschaft gefiel ihr. Der Rest wird sich zeigen, dachte sie mit einem Schimmer Hoffnung.

Es waren nur wenige Meter. Bis vor zum Metzgerturm, die Stufen runter, durchs Tor und nach links über den Platz. Unterwegs hörte sie hin und wieder Gelächter und Stimmen, war jedoch schon viel zu müde, um weiter darauf zu achten. Wenig später öffnete sie die Haustür und zog sich die knarrenden Stufen zum ersten Stock hoch. Tasche und Jacke ließ sie direkt vor der Garderobe zu Boden gleiten. Nach einer Katzenwäsche und der üblichen halben Handvoll Tabletten, die sie mit einem ordentlichen Schluck Grappa direkt aus der Flasche herunterspülte, fiel sie wie ein geschlagener Baum ins Bett und schlief auf der Stelle ein.

Pathologisches Geplänkel

Montag, 14. Juli

»… im Verlauf des Tages zunehmend Schauer mit zeitweilig böigen, teils stürmischen Winden aus West bis Südwest. Temperaturen zwischen zwölf und sechzehn Grad und somit für die Jahreszeit eindeutig zu kalt. Die Vorhersage für die nächsten Tage: wenig Änderung. Die nächsten Nachrichten hören Sie um acht Uhr …«

Bitterle stellte die Tasse in die Spüle, warf die leere Kekspackung in den Abfall und holte sein Smartphone hervor. Heute würde Linda, die für alles Hauswirtschaftliche zuständig war, wiederkommen, und sie hatte noch keine Einkaufsliste. Die Studentin bastelte im vierzehnten Semester an ihrem Master in Wirtschaftsmathematik und hatte den Doktor vor Augen. Hoffentlich bleibt sie noch lange ohne feste Stelle, dachte Bitterle immer wieder, denn sie führte ihm den Haushalt seit fast sechs Jahren.

Er gab den SIM-Code ein und schrieb eine SMS: »Segafredo rot, Sahne, Mandelplätzchen, Ölsardinen, Leberwurst, zehn Aufbackbrötchen«. Das Geld dafür und den Lohn legte er auf den Tisch. Sie hatte gleich zu Beginn die Geld-gegen-Leistung-Variante vorgeschlagen und ihm haarklein die Vorteile auf ihrem Taschenrechner deutlich gemacht. Um die Ausgaben seinerseits und die Einnahmen ihrerseits zu verbuchen, ginge erstens Zeit verloren, die sie nicht zur Arbeit verwenden könne, während ihm die Mörder davonliefen. Zweitens seien der Aufwand und somit die Kosten des Finanzamtes, dies zu berechnen, weit höher als der steuerliche Nutzen, den das Land davon hätte. Die von ihr vorgeschlagene Zahlungsmethode wäre somit sogar eine Triple-win-Lösung. Da sieht man mal, wozu Mathematik in den richtigen Köpfen gut sein kann, hatte Bitterle damals vergnügt gedacht und zugestimmt. Aber Gnade uns Gott, wenn sie in den falschen Hirnen herumspukt.

Seinen Fischen stattete er nur einen kurzen Besuch ab, ein

Nagelklimpern gegen die Scheibe, ein paar der letzten Flocken Fischfutter. Wieder dachte er daran, dass er dringend Nachschub besorgen musste.

Trotz aller Vorsätze, regelmäßig etwas für seine Fitness zu tun, entschied sich Bitterle für den Wagen, denn draußen goss es in Strömen. Seit sein grünmetallicfarbener Ascona das H hinter der Nummer hatte, konnte er damit problemlos in die Ulmer Innenstadt fahren. Für Oldtimer, selbst für ganz junge, galt die grüne Feinstaub-Umweltplakette nicht. Noch bevor er startete, schob er die Kassette vollends in den Schlitz und tippte mit den Fingerspitzen zu Miles Davis' »Sketches of Spain« aufs Lenkrad.

Kaum dass Bitterle hinter seinem Schreibtisch saß, betrat Lukas Langenwalter das Büro. Obwohl er äußerlich das genaue Gegenteil eines gewissenhaften Beamten darstellte, hatte er ihn in all den Jahren noch nie enttäuscht. Bitterle wünschte sich manchmal, ähnlich robust zu sein wie er, vor allem wenn es darum ging, Überstunden zu schieben. Aber bestimmt liegt's bloß am Alter, versuchte er sich zu beruhigen und sah zu Lukas auf. Dieser deutete auf den Monitor.

»Ich habe dir die Pressemitteilungen der letzten zwei Jahre über die Steinle ins Postfach gelegt. Vielleicht ist was Brauchbares dabei. Ich mach mich solange auf die Suche nach Zeugen, wenn's recht ist.«

Bitterle bedankte sich und fuhr den Rechner hoch. Pressemitteilungen am Computer. Wie einfach doch heutzutage alles war. Ein Mausklick, und man hatte den kompletten Überblick, egal worüber, und dazu noch über viele Jahre. Dennoch dachte er für einen Moment etwas wehmütig an die alten Zeiten, in denen Ordner und Schnellhefter die Recherche bestimmt hatten und man die Brisanz oder die Ausweglosigkeit an der Anzahl der Kaffeeränder und Eselsohren erkennen konnte.

»Fang wegen der Zeugen bei den Vereinen an. Die Steinle war doch dauernd irgendwo zugange.«

»Oder ich geh direkt ins Rathaus. Die hat dort immer um Geld gebettelt. Das ist dann garantiert aktuell, Chef. Außerdem liegt es am nächsten, ist ja gleich um die Ecke.«

»Wie du meinst, Hauptsache, wir kommen voran.« Bitterle schaute Lukas hinterher, als er den Gang entlangging. Ob er dort etwas in Erfahrung bringt?, fragte er sich. Im Internet ist er ja unschlagbar, aber bei Staatsbediensteten und Amtsträgern im öffentlichen Leben stößt er eher auf Skepsis. Ob das an seinem langen Zopf, dem keltischen Schmuck oder den Tattoos lag, konnte er nicht genau sagen. Lukas war fast schon um die Ecke verschwunden, da rief Bitterle: »Stopp! Warte mal.« Lukas machte kehrt. »Das ist doch vielleicht eher etwas für die Neue. Am Rechner kriegst du mehr raus.«

»Auch recht. Dann sehe ich nach den Vereinen.«

»Moment mal. Schau doch zuvor, ob du etwas über ihren Provider erfährst, Anruferliste, Kontaktdaten, du weißt schon.«

»Alles klar.«

»Und jemand muss sich um die Angehörigen kümmern.«

»Jepp, machen wir.«

Bitterle öffnete sein Postfach auf dem Bildschirm. Eine Flut von Artikeln fächerte sich hintereinander auf. Ihn interessierten vor allem die jüngeren Meldungen.

Während er die ersten Schlagzeilen überflog, schob Julia Michalek die Tür auf, eine Tasse in der einen und eine Gießkanne in der anderen Hand balancierend. Bitterle fragte sich, für wen sie sich so zurechtgemacht hatte. Zu ihren strassbesetzten Jeans trug sie einen türkisfarbenen Fusselpulli, dazu passend hatte sie kirschroten Lippenstift aufgetragen. Sie wünschte dem Kommissar fröhlich einen »Guten Morgen«, stellte die Tasse vor ihm ab und widmete sich den Pflanzen. Man sah ihr an, wie sehr sie sich freute, dass ihr Urlaubsmitbringsel so prächtig wuchs, aber keiner glaubte so recht daran, dass die Staude wirklich einmal ein paar Bananen tragen würde.

»Also, ich frage mich ja schon, ob das auf Dauer mit dem gut geht.« Sie deutete mit dem Kopf Richtung Sprekels Büro. Bitterle sah auf. »Wie der einen nicht mal grüßt, selbst so«, dabei spreizte sie ihre Arme seitwärts und deutete nach einer Drehung einen Knicks an, »würde der einen kaum wahrnehmen. Also beim alten Kriminalrat hätte es so was nicht gegeben.«

»Da sagen Sie was.«

»Wisst'se, als ich meinem Erich davon erzählt hab, meinte der bloß: ›Du mit dei'm früher, früher haben Kühe Hörner g'habt, heut nimmer. Na und?‹«

Bitterle blickte sie über seinen Monitor an und meinte: »Na ja, aber heutzutage wird die Milch auch nur noch bitter und flockig anstatt sauer, so wie früher.«

»So ist es. Gell, Sie melden sich, wenn Sie noch einen Kaffee möchten.«

Die Michalek, dachte Bitterle, wenn wir die nicht hätten. Er atmete tief aus und widmete sich wieder den Zeitungsartikeln. Beim Lesen der nächsten Schlagzeile verspürte er ein deutliches Grummeln in der Magengegend.

Kulinarisches Donaufest
Vera Steinle probiert Hahnhodengulasch.
Zitat Steinle: Die Geschmäcker sind bekanntlich verschieden.
Aber das gehört schließlich zum Aufnahmeritual und basta.
Sushi ist auch nicht jedermanns Sache, und meinem Vater hat die erste Pizza vor 50 Jahren wohl auch nicht sonderlich ge-
schmeckt. Aber nahrhaft sind sie bestimmt, allein wenn man an das viele Eiweiß denkt.

Bitterle schüttelte sich und flüchtete sich für einen Augenblick in die Vision eines Zwiebelrostbratens. Er beschloss, demnächst wieder die »Kannenschänke« zu besuchen. Bevor er weiterscrollte, kam Kula ins Büro.

»Und? Gibt's schon was?«

»Nichts Relevantes. Wie wär's, wenn Sie mal im Rathaus nachfragen? Die Steinle ging dort ein und aus. Vielleicht wissen die was, das uns voranbringt.«

Kula lächelte Bitterle an, sagte: »Bin schon unterwegs«, und verschwand.

Er beugte sich wieder zu seinem Bildschirm.

Donau als Verbindung zwischen den Ländern
Bis zu 300.000 Besucher werden erwartet.
Zitat Steinle: Da können wir wieder zeigen, was Gastfreund-
schaft heißt.

Ein wundervolles Stück Handarbeit
Vera Steinle nimmt auf dem Donaufest eine rumänische Mär-
chenfigur aus Wollfilz entgegen und probiert kroatischen Wein.
Zitat Steinle: Es ist hier fast wie im Urlaub, wenn nicht sogar
besser, denn es ist direkt vor der Haustür.

Was für ein Humbug, dachte der Kommissar. Was soll daran
Urlaub sein, zwischen diesen Menschenmassen, die sich nur
gegenseitig auf den Füßen herumtrampeln. Urlaub, das war
für ihn eine ruhige Bergwiese in Kärnten, wo das Geläut der
Rinder von den Felsen widerhallte.

Und so ging es weiter. Eine Lobeshymne nach der anderen.

Anerkennung war längst fällig
Vera Steinle nimmt Ehrenmedaille in Budapest entgegen.
Zitat Steinle: Ich bin gerührt!

Streit um Sperrstunde vorprogrammiert
Steinle sieht Nachtruhe gefährdet. Was denken die Wirte?
Zitat Steinle: Die einen machen Party, bis der Arzt kommt,
und wir? Wir müssen schaffen! Wie geht das zusammen? Die
Steuerzahler müssen ausgeschlafen sein!

Die Tür wurde mit einem Ruck geöffnet, und der Kriminalrat
platzte ins Zimmer. »Wie weit sind Sie? Irgendwelche Erkenntnisse? Die Medien sitzen mir im Nacken!«

»Presseberichte. Die hat ja auf jeder Hochzeit getanzt. War
sich für nichts zu schade.«

»Bis Mittag erwarte ich von Ihnen Ergebnisse! Teambesprechung um zwei! Ich brauche was Präsentables. Richten Sie's
auch Ihren Kollegen aus!« Er wandte sich um und zog die Tür
zu.

Bitterle blickte ihm nach, ließ Luft ab und murmelte: »Nordlicht!« Er kämpfte sich weiter durch die Artikel, überflog nur noch die Schlagzeilen.

Stadt macht Mittel für bulgarische Trachtenausstellung frei
Ungarische Küche in Ulm
Flaschenpost zum Schwarzen Meer

Kula betrat das Büro und schüttelte sich den Regen aus den Haaren. Sie schlüpfte aus ihrer Jacke und hängte sie über die Stuhllehne.

»Mann, ist das ein Scheißwetter. Und so was nennt sich Sommer.«

»Sie sind aber schnell zurück. Was war im Rathaus?«

»Die Steinle hat wohl bei der letzten Stadtratssitzung um Geld gebettelt. Worum es dabei genau ging, konnte man mir nicht sagen. Ich habe klargemacht, dass das eilt. Sie sehen nach, und ich soll am Nachmittag noch mal kommen, haben sie gemeint.«

Lukas stürmte mit einem angebissenen belegten Brötchen herein, rempelte Kula dabei beinahe um und nuschelte: »Mensch, Konrad, die Spurensicherung hat sich gemeldet. Leider hat sie rund um das Brückchen nichts Besonderes sichergestellt. Das Übliche halt: Kippen, Zigarettenschachteln, zwei Kondome, Kaugummipapier, ein Stückchen Kork, drei leere Dosen und jede Menge Scherben. Aber, jetzt kommt's, in einer der Zillen haben sie noch etwas entdeckt.«

»Lukas!« Bitterle klang ein wenig gereizt. »Mach's nicht gar so spannend. Ich hoffe, etwas von Interesse.«

»So eine Lasche, vermutlich Leder. Aber wozu genau das Ding gehört und ob es überhaupt etwas mit unserem Fall zu tun hat, können sie noch nicht sagen. Das wird dauern, meinten sie.«

»Wieso? Die wissen genauso gut wie wir, dass die Sache eilt.«

»Nun, der Leiter von denen liegt im BWK und kriegt ein neues Knie, und der Laborant macht eine Fortbildung.«

»Ausgerechnet jetzt. Dabei haben wir nur diese eine Woche.

Aber immerhin ist er im Bundeswehrkrankenhaus, da geht das ruckzuck. Ach ja, schon was zu den Handydaten in Erfahrung gebracht?«

»Da gibt's ein Problem. Die Steinle hat im Mai ihrem Provider gekündigt, da gab es wohl Unstimmigkeiten mit der Abrechnung. Mehr sagen die aber erst nach einem richterlichen Beschluss. Jedenfalls sieht es so aus, als ob sie die letzten Monate Prepaid verwendet hätte.«

Bitterle atmete hörbar aus, kniff danach die Lippen zusammen und sagte: »Na super! Irgendjemand eine Idee?«

Lukas zog die Schultern hoch und drehte die Handflächen nach außen. »Wir brauchen ihr Handy, ganz einfach.«

»Und wie geht's jetzt weiter?«, fragte Kula.

»Vielleicht finden wir hier noch etwas, Moment noch.« Bitterle überflog weiter die Presseberichte. »Hier, das scheint doch genau die Sache zu sein, weswegen sie im Rathaus war und Geld wollte. Das ist ein erster Hinweis, womöglich kommen wir da weiter. Hört euch das mal an!«

Steinle plant Ausstellung, Streitereien bei den Fotofreunden
Die bekannte Ulmer Kulturschaffende Vera Steinle, die nach Unregelmäßigkeiten bei Zahlungstransfers neue Wege sucht (wir berichteten), plant nach dem Bildband über die Ulmer Gastronomie nun eine neue Fotoreihe über Feierlichkeiten. Vorgesehen ist eine Zusammenstellung feuchtfröhlicher Feste entlang der Donau. Das Ulmer Nabada steht dabei im Mittelpunkt. Nach der Auflösung des Ulmer Fotoclubs ist sie allerdings auf die Hilfe von Hobbyfotografen angewiesen. Ebenfalls offen ist die Finanzierung. Nach dem Rückzug einiger Sponsoren aus kommunalpolitischen Gründen und Unstimmigkeiten mit ansässigen Vereinen fehlt es Steinle an Geld. Weshalb die Club-Fotografen einen Rückzieher machten, ist nicht bekannt. Falls sich engagierte Hobbyfotografen finden, die entsprechende Aufnahmen haben, möchten sie sich bitte bei unserer Kulturredaktion melden. Zitat Steinle: Gute Bilder sind uns immer willkommen. Das wird ein ganz großes Ding.

Bitterle richtete sich auf, klatschte die Hände auf die Tischplatte und sagte: »Und? Das könnte doch ein erster Anhaltspunkt sein. Also, Lukas, vergiss erst mal die anderen Vereine, ihr kümmert euch um die Mitglieder dieses Fotoclubs.« Er sah auf die Uhr. Kurz vor zwölf. »Was ist mit Ihnen, Frau ... Ähh, kommen Sie mit?«

»Skoulatopulos. Danke, aber ich habe was mit.«

Auf dem Weg zur Kantine schaute Bitterle noch kurz bei Julia Michalek vorbei, vielleicht hatte sie Lust, ihn zu begleiten. Aber auf ihrem Bildschirm flatterte ein Spatz mit einem Strohhalm im Schnabel umher. Ein sicheres Zeichen, dass die Sekretärin ihren Platz verlassen hatte.

Er war früh dran, die meisten Tische waren noch unbesetzt, und er konnte dem Koch über die Schulter schauen, als er einen Hackbraten in Scheiben schnitt. Genau das Richtige, Hackbraten mit Soße und Kartoffelsalat, noch lauwarm und mit Gurkenschnitzen. Er trug sein Tablett zum nächstgelegenen Fensterplatz. Draußen bot sich das gleiche Bild wie seit Tagen. Die Menschen hasteten in Regenkleidung und mit Schirmen durch die Straßen, den Blick zu Boden gesenkt. Während er gedankenverloren kaute, fiel ihm der erste Artikel über die Steinle ein, in dem sie die ungarische Spezialität verkostete. Er schüttelte sich kurz, freute sich über die schwäbische Hausmannskost und auf den Besuch bei seiner langjährigen Freundin in der Rechtsmedizin, den er für den Nachmittag geplant hatte.

Bitterle war froh, dass er nicht hoch auf den Eselsberg musste, um sich die Leiche anzuschauen. Allein diese grünliche Neonbeleuchtung regte jedes Mal seine Fluchtreflexe an. Dazu dieser Geruch, diese Mischung aus medizinischer Wissenschaft und Tod. Einer der wenigen Orte, an denen er seinen Beruf hasste. Hier unten, in den rechtsmedizinischen Büroräumen in der Prittwitzstraße, ging es im Gegensatz zur Abteilung in der Uniklinik unblutig zu. Und ausnahmsweise ruhig. Außer dem leichten Rauschen der Belüftungsanlage herrschte fast völlige Stille. Nur das Quietschen seiner nassen Gummisohlen hallte durch den Gang. Die Tür zu Dr. Ina Weichselbrauns Reich war angelehnt, von drinnen kam rasches Tastaturgeklapper. Bitterle schob seinen Kopf langsam durch den Türspalt und nahm sofort den Duft ihres herben Parfüms wahr. Irgendeine exklusive Komposition, die sie sich in Wien hatte zusammenstellen lassen und die dort immer wieder und ausschließlich für sie gemischt wurde. Und selbstverständlich holte sie es dort persönlich ab. Manche in der Dienststelle bezeichneten sie als kompliziert oder gar als kapriziös. Aber für Bitterle war die Weichselbraun einfach etwas Besonderes. Ein bunter Tupfer unter den sonst oft so langweiligen Kollegen. Er mochte sie, egal was man über sie sagte.

»I hab's glei. Setz dich derweil«, sagte sie und wies, ohne ihren Blick vom Bildschirm zu wenden, hinter sich auf den Sessel. Bitterle ließ sich in das Monstrum fallen. Das braune Leder war abgewetzt und fleckig, an den Armlehnen stellenweise gerissen, an der Polsterung waren sogar ein paar Steppnähte aufgeplatzt. Trotz seiner Form – vorne wuchtig und breit, hinten schmal – war er unglaublich bequem. Jedes Mal, wenn Bitterle sich dort niederließ, befiel ihn eine wohlige Müdigkeit, der er sich auch heute wieder gern hingab. Ina sagte jedem, ob er es hören wollte oder nicht, dass sie dieses Art-déco-Erbstück aus den 1920er Jahren für keinen Preis verkaufen würde, egal wie viel man ihr dafür böte. Es stamme von ihrem Patenonkel, der Kunstmaler war, und schließlich hatte darin schon Friedensreich Hundertwasser Platz genommen.

Bitterle hatte Zeit, sie zu beobachten. Die auberginefarbene Lesehilfe wippte auf der Nasenspitze, während sie höchst konzentriert die Zahlenfolgen in einer Tabelle kontrollierte. Sie war wieder mal beim Friseur gewesen. Die blond marmorierte Löwenmähne von neulich hatte einem adretten Pagenschnitt weichen müssen. Glatt und am Ende nach innen gezogen, in Bordeaux und mit abwechselnd schwarzen und violetten Strähnchen. Sie hatten die Farbe ihrer Brille. Er kratzte sich am Haarkranz und war wieder einmal froh, dass ihm seine Frisur keine Mühe machte. Alle zwei Monate fünfzehn Euro. Aber bei dir ist das etwas anderes, dachte er und kam sich beinahe wie ein Spanner vor. Egal ob von hinten oder von vorne, du siehst immer gut aus.

Ina drehte sich lächelnd um und riss ihn aus seinen Gedanken. »Servus, Konni, gut schaust aus.« Sie rollte auf ihrem Bürostuhl dicht an ihn heran und kniff ihn kurz ans Kinn.

»Dito, schicke Frisur.«

»Ach geh, bist du deppert. Ich überleg, ob ich den Friseur verklagen soll. Ich wollt ein paar Strähnchen – und jetzt? Schau her, was der aus mir g'macht hat. Ich komm mir schon vor wie eine Mandarinente. Aber deswegen bist net da, oder?«

Er seufzte. »Nein, leider nicht. Dass diese Leiche ausgerechnet jetzt auftauchen muss, eine Woche vor Schwörmontag … Der Neue macht mir jetzt schon die Hölle heiß von wegen der Touristen.«

»Also, da kann ich di leider net beruhigen. A Mord is net auszuschließen. Die Würgemale und das Hämatom unterm linken Aug deuten auf an Streit hin, den's davor geben haben muss. Aber die hat eindeutig no g'lebt, wie s' ins Wasser g'falln is. Wenn auch bloß ganz kurz. Se hot kaum a Wasser in der Lunge g'hobt.«

»Also Fremdeinwirkung.«

»Mit Sicherheit! Aber i hob noch andere Verletzungen g'funden. Geh her, lass uns hoch in d' Uniklinik fahr'n, ich zeig's dir.«

Bitterle hob abwehrend die Hände. »Ina, bitte! Verschone mich mit deinen Leichen. Sag's mir einfach, sei so lieb! Bitte!«

»Na schön, aber auch bloß, weil du's bist, Spatzl.« Und wieder griff sie ihm kurz ans Kinn. »Gib acht, was ich g'funden hab. Seitlich am Schädel hat's eine tiefe Druckstelle, entweder von am Schlag, oder da is irgendwo aufkemma. I denk, des könnt auch eine Bootskante g'wesen sein. In etwa so …« Ina schleuderte ihren Kopf in einer ruckartigen Bewegung seitlich nach hinten, ihre Frisur wippte federnd mit. Sie ließ sich mit einer Drehung vom Stuhl gleiten, fiel zu Boden, drückte ihr Gesicht auf den grauen PVC-Belag und fuhr ungerührt fort: »Dann müsst sie sich 'dreht haben, is im Wasser gelegen, hat noch einen Schnaufer 'tan und aus die Maus.« Sie richtete sich auf, überprüfte ihre Frisur und setzte sich wieder dem Kommissar gegenüber. »Arme Frau, so einen Tod hat sie net verdient. Auch wenn s' hin und wieder a weng sperrig g'wesen is.«

»Da sagst du was.« Bitterle dachte an den Ruf, den die Steinle seit einigen Jahren hatte. Querelen im Kulturausschuss, wenn sie wieder einmal auf irgendwelchen Forderungen beharrt hatte. Sei es wegen einer Ausstellung, Fördermitteln für einen Workshop oder der Gratisnutzung öffentlicher Räume außerhalb der festgelegten Zeiten. Aber das ist kein Grund, ermordet zu werden, dachte er. »Und sonst?«

»Ja mei, eine Total-OP hat s' g'habt, und an Knie und Händen eine Mords-Arthros'n. Die wann keine Schmerzen net g'habt hat.«

»Medikamente? Drogen?«

»Allerdings, zumindest Alkohol, aber was genau noch? Das muss im Labor geklärt wer'n, und des dauert – des geht net vor Mittwoch. Die Leber hat zumindest ausgesehen wie ein Swimmingpool.«

»Wie ein Swimmingpool?«

»Ja, der Begriff stammt von einem alten Underground-Comic und hat mir einfach g'fallen.«

Bitterle lächelte sie kurz an, wurde aber gleich wieder ernst. »Was ist mit den Würgemalen?«

»Hier am Kragen«, mit einer raschen Bewegung landete ihre rechte Hand auf Bitterles Hals, »hat s' Druckstellen, den Abständen nach war das koa Kleiner. Und dabei hat sie sich vielleicht g'wehrt.« Sie packte Bitterle an seinem Sakko und zog ihn dicht zu sich heran, wobei sich ihre Nasenspitzen fast berührten. Genussvoll atmete er ihren herben Duft ein und überlegte, sie noch irgendwohin einzuladen, als sie fortfuhr: »Aber das ist jetzt die Sache von euch Kriminalern.« Sie ließ ihn los und griff hinter sich. »Da hast mein Bericht, ich hab euch alles, was mer bisher wissen, zusammeng'fasst. Und jetzt muss i mich beeilen, wir kriegen Besuch. Mein Leopold hat ein paar von seine Spezl für den Abend eing'laden, und i muss noch was kochen. Und der Paddy, unser Ami, der kriegt mal was Gescheites. Einen Tafelspitz und hinterher Palatschinken. Dazu einen Grünen Veltliner von der Wachau.«

Bitterle richtete sich schlagartig auf, alle seine Antennen waren mit einem Mal wieder auf Ermittlung ausgerichtet. »Was für ein Ami?«

»Ach, so ein Professor von Chicago.«

»Kennst du seinen Namen?«

»Na sicher, Patrick Jameson. Warum fragst du?«

»Das ist der Zeuge, der die Steinle gefunden hat«, sagte Bitterle leise, fast flüsternd, und plötzlich wurde ihm bewusst, dass er vergessen hatte, dem Amerikaner eine wichtige Frage zu stellen. »Weißt du, seit wann der hier ist?«

»Montag. Sag mal, du denkst doch nicht etwa ... also der Paddy doch net. Geh, bist jetzt deppert?«

»Hast du eine Ahnung, wo er während der letzten Tage war?«

»Oh Konrad. Also gut, wenn du es genau wissen willst, mit uns war er unterwegs. Bodensee, Neuschwanstein, Viktualienmarkt und im Deutschen Museum.«

»Nun sei nicht gleich beleidigt, du weißt, ich muss das fragen. Oder wär's dir lieber, ich kreuz heute noch bei euch auf?«

»Untersteh dich! Der war's net. Glaub's mir. Warum hätt er auch soll'n? Weißt, des is wirklich ein ganz ein Lieber. Und g'scheit is der auch noch. Der hat eine neue Methode entwickelt, wie man noch besser mikroinvasiv operieren kann.«

»Mikrowas?«

»Mikroinvasiv. So durch die Haut oder durch die Nase in eine Ader und von dort aus direkt ins Herz. Und wenn du richtig narrisch bist, kannst du dir demnächst sogar vom Proktologen die Mandeln rausnehmen lassen.«

»Proktologe?«, fragte Bitterle zunehmend verwirrt.

»Arscharzt. Sag bloß, du hast no nie Hämorrhoiden net g'habt?«

»Ach du!«, seufzte Bitterle und erhob sich.

Zum Abschied wurde er von Dr. Weichselbraun an ihren ausladenden Busen gedrückt und mit einem lässigen »Baba« zur Tür begleitet. Auf dem Flur nahm sich Bitterle einen Moment, um ihren Bericht zu überfliegen, und machte sich dann eilig auf den Weg ins Präsidium.

Teambesprechung im Neuen Bau. Alle warteten auf den Hauptkommissar. Kula schnippte die Fingernägel gegeneinander und wagte hin und wieder einen Blick auf Dr. Sprekel. Er ging vor dem Flipchart auf und ab, schob unentwegt den Ärmel des Jacketts hoch und sah auf die Uhr.

»Wo bleibt verdammt noch mal dieser Bitterle?«

Die Ermittler blickten ins Leere und gaben keine Antwort.

Mit einem Ruck wurde die Tür aufgezogen, Bitterle stand im Raum und rieb sich den Schweiß von der Stirn. Der Kriminalrat stemmte die Hände in die Seiten. »Haben Sie eigentlich eine Ahnung, wie lange –«

Bitterle unterbrach ihn unwirsch. »Ich mach nur meine Arbeit, Herr Doktor, wenn's recht ist, und ich fange Ihretwegen nicht an zu schlampen, nur weil Sie meinen, es käme auf ein paar Minuten hin oder her bei der Besprechung an. Worauf's ankommt, sind Ergebnisse, sind Fakten! Und die würde ich jetzt gern vortragen, wenn's denn genehm ist.«

Es war totenstill im Raum, man hätte eine Fliege atmen hören können. Bitterle wischte sich erneut den Schweiß vom inzwischen rot angelaufenen Gesicht und schritt nach vorne ans Pult. Dr. Hinrich Sprekel nahm schweigend Platz und inspizierte mit schmalen Lippen seine Hände.

»Was wissen wir?«, fragte Bitterle und sah in die Runde. Alles hing an seinen Lippen, sogar sein Chef sah für einen Moment über den Brillenrand. Bitterle stemmte die Fingerspitzen gegen die Tischplatte und beugte sich vor. »Die Fakten: Die Tote wurde eindeutig identifiziert. Es handelt sich um Vera Steinle, wohnhaft in Ulm, Unter der Metzig 19, also keine zweihundert Meter von dem Ort, an dem sie von dem amerikanischen Gelehrten Patrick W. Jameson bei seiner morgendlichen Joggingrunde gefunden wurde. Seine Aussage wurde protokolliert. Nebenbei, so habe ich eben erst erfahren, ist er ein international anerkannter Gelehrter mit hervorragendem Leumund. So viel dazu. Der Fundort ist aller Wahrschein-

lichkeit nach auch der Tatort. Zu den Möglichkeiten des Tat-
hergangs komme ich später. Gefunden wurde bei der Leiche
nichts außer ihrem Schlüsselbund und einem Taschentuch. Die
Suche nach ihrer auffälligen Micky-Maus-Tasche können wir
vergessen, die ist bei der momentan herrschenden Strömung
längst abgetrieben.«

»Minnie Maus, wenn schon«, warf Kula Skoulatopulos ein.

Bitterle zog den Mund schief und räusperte sich. »Meinetwegen auch Minnie Maus.« Dann fuhr er fort: »Was wissen wir
über das Opfer?«

Seine Pause war gerade so lang, dass niemand auf die Idee
kam, er erwarte eine Antwort.

»Vera Steinle war allseits bekannt in Ulm, insbesondere weil
sie die letzten Jahre die Organisation des Donaufestes über-
nommen hat. Vom Fotoclub hat sie sich unlängst aufgrund
interner Differenzen getrennt. Eine Sache, die wir verfolgen
werden.« Er sah in die Runde. »Kula, konnten Sie dazu schon
etwas in Erfahrung bringen?«

»Allerdings. Am 7. Juli wurde sie wegen eines Projektes im
Rathaus vorstellig, für das sie Unterstützung beantragt hatte.
Es ging um Zuschüsse für ein Buchprojekt. Genaueres weiß
ich noch nicht. Scheint jedenfalls kein großes Interesse seitens
der Stadt bestanden zu haben.«

»Ob hier ein Motiv zu finden ist, wird sich zeigen, auf jeden
Fall weiter nachhaken.«

»Geht klar, Chef. Ich habe übrigens mit Veras Sohn Fabian
gesprochen. Er ist offenbar ihr einziger Verwandter, mehr
Familie hatte sie nicht. Fabian lebt in Karlsruhe und wurde
bereits von den Kollegen vor Ort über den Tod seiner Mutter
informiert. Armer Junge, er war noch ganz durcheinander.
Aber er kommt her, ich hole ihn morgen vom Bahnhof ab.
Vielleicht könnte er uns begleiten, wenn wir die Wohnung der
Toten untersuchen … Sie wissen schon, vielleicht fällt ihm auf,
dass etwas fehlt.«

»Keine schlechte Idee, besonders da die Steinle allein gelebt
hat.«

»Nicht nur das, sie hatte offenbar auch keine Freunde. Ihre

einzige Beziehung waren die Leute aus den verschiedenen Vereinen, aber es scheint, dass sie mit keinem von ihnen außerhalb der Clubtreffen Kontakt hatte. Ihr Sohn meinte, sie ging gern einen trinken, aber auch das eher allein.«

»Komische Frau. Da stellt sich die Frage, ob es irgendetwas gab, das sie verheimlichen wollte. Das sollten wir im Hinterkopf behalten. Sonst irgendwelche Neuigkeiten? Ja, Lukas?«

»Die Spurensicherung hat, wie schon erwähnt, in einer der Zillen eine Lasche aus Leder gefunden. Wozu sie gehört, ob zu einer Tasche, einem Schuh oder einem Kleidungsstück, darum kümmert sich bereits die KTU. Das Einzige, was die bislang mit ziemlicher Sicherheit sagen können, ist, dass das Lederstück etwa gleich lange im Wasser gelegen hat wie die Steinle. Mehr dazu, wenn sie wieder vollzählig sind. Ich bleib auf jeden Fall dran. Und wegen der Vereine recherchiere ich noch. Diesen Fotoclub, mit dem die Steinle Trouble hatte, gibt es ja nicht mehr, die haben sich aufgelöst. Die Vorsitzende, eine gewisse«, er blickte auf seine Notizen, »Graziella Ambrosini, ist wohl auch so eine überkandidelte Kunsttante, wie mir ein ehemaliges Vereinsmitglied verraten hat. Offenbar gab es Unstimmigkeiten zwischen ihr und dem Opfer.«

»Gut. Da werden wir nachhaken, hol die Frau für eine Befragung her. Was ist mit der Öffentlichkeit?«

Julia Michalek meldete sich zu Wort. »Alles erledigt. Südwest Presse, Schwäbische und Neu-Ulmer bringen Fotos der Steinle und einen Zeugenaufruf. Ebenso die lokalen Radiosender. Von der Landesschau in Stuttgart kam noch keine Rückmeldung.«

»Danke.« Bitterle rieb sein Kinn und nickte. Der Kriminalrat hatte ein Bein über das andere geschlagen und wippte mit der Schuhspitze. Bitterle sah es aus den Augenwinkeln, strich sich über den kahlen Schädel und überlegte kurz, wann er es endlich in die Zoohandlung schaffen würde. »Nun aber zum Wesentlichen, zum vermeintlichen Tathergang.«

Räuspern vom Kriminalrat. »Machen Sie's doch nicht ganz so dramatisch, Bitterle! Lassen Sie endlich hören. Ich habe noch andere Termine.«

Bitterle ignorierte die Zurechtweisung seines Vorgesetzten und klappte die Mappe mit Dr. Ina Weichselbrauns Bericht auf. »Obwohl die Obduktion noch nicht vollends ausgewertet ist und die detaillierte Blutanalyse noch aussteht, wissen wir Folgendes mit ziemlicher Sicherheit: Todeszeitpunkt war zwischen zweiundzwanzig Uhr Freitagnacht, dem 11. Juli, und Samstag früh gegen ein Uhr. Dies geht aus dem Zustand der Hautoberfläche der Leiche hervor. Der bei Wasserleichen übliche wächserne Überzug – also die sogenannte Waschhautbildung – war nur an den Fingerspitzen erkennbar, ebenso hatte noch kein Haarausfall eingesetzt. Weiterhin sicher ist, dass zuvor ein Kampf oder Handgemenge stattgefunden haben muss. Darauf deuten Hämatome an den Oberarmen und Würgemale am Hals hin. Den Abständen nach wurden sie von einer mittelgroßen bis großen und starken Person mit kräftigen Händen verursacht. Der Schädel weist eine Bruchstelle auf, die mit ziemlicher Wahrscheinlichkeit von der Holzkante eines der Boote stammen dürfte und zu einer Bewusstseinstrübung oder zur Ohnmacht geführt haben dürfte. Die Zillen wurden auf Haare und Hautpartikel untersucht, ob sich da aber nach dem Regen etwas finden wird ...«

Bitterle ließ den Satz in der Luft hängen und schnäuzte sich ausgiebig, bevor er weitersprach. »Da in der Lunge nur eine geringe Menge Wasser gefunden wurde, sind mehrere Schlussfolgerungen bezüglich ihres Todes möglich. Erstens: Sie war schon ohne Bewusstsein, als sie an der Bootskante aufgeschlagen ist, oder zweitens: Sie verlor das Bewusstsein erst durch den Sturz auf die Bootskante. Diese massive Gewalteinwirkung auf den Schädel hatte jedoch den unmittelbaren Tod zur Folge, sonst hätte sich mehr Wasser in ihrer Lunge befinden müssen. Ob es vorsätzlicher Mord, Totschlag oder ein Unfall mit Todesfolge war, werden die weiteren Untersuchungen ergeben. Noch Fragen?« Vereinzeltes Räuspern, Bitterle genoss die Stille im Raum.

Der Kriminalrat ergriff als Erster das Wort: »Und wie gedenken Sie, nun weiter vorzugehen? Ihre Erkenntnisse in allen Ehren, aber die Öffentlichkeit erwartet Ergebnisse.«

»Wenn es etwas Neues gibt, Herr Dr. Sprekel, sind Sie der Erste, der es erfahren wird. Versprochen!«

Linda hatte seine Wohnung auf Vordermann gebracht. Die Küche war tipptopp, der Kühlschrank gefüllt, und das Wohnzimmer lud zum Faulenzen ein. Mit einem Weizen und zwei Leberwurstsemmeln lehnte sich Bitterle zurück, lauschte dem Knistern der LP aus den Achtzigern, und seine Gedanken folgten dem United Jazz and Rock Ensemble aufs »Château Sentimental«.

In Ketten und im Büßerhemd

Dienstag, 8. Juli

Im Sitzungssaal des Rathauses herrschte Tumult. Einige zeigten doch tatsächlich ganz offen mit dem Finger auf sie und redeten wild durcheinander. Plötzlich hallten laut und vernehmlich die Worte des Stadtkämmerers über alle hinweg: »Die Steinle! Sie wollen doch nicht schon wieder Geld! Wo soll das hinführen? Da könnte ja jede kommen und die Hand aufhalten.«

Jemand anderes rief aus dem Hintergrund: »Ja, genau. Die soll erst mal was leisten, bevor sie wieder bloß bettelt und die anderen für sich schaffen lässt.«

Es waren aber auch beschwichtigende Stimmen darunter. »Ich finde die Idee gut. Wenn wir verschiedene Kunstgattungen zusammenbringen und für eine flächendeckende Werbung sorgen, wird das der Stadt bestimmt nützen. Denkt an die Touristen. Gerade jetzt im Sommer.«

»Aber das kommt doch viel zu spät!«, maulte ein anderer. »In zwei Wochen ist das Nabada vorbei. Geldverschwendung bei leeren Kassen.«

So ging es weiter, bis sie sich erhob und signalisierte, den Sitzungssaal verlassen zu wollen. »Mir reicht's! Das wird mir langsam wirklich zu dumm. Immer das Gleiche mit euch Geizkrägen. Nichts als ein Haufen dummer Banausen.«

»Hiergeblieben! So einfach kommen Sie uns nicht davon. Erst groß rumtönen und sich dann aus dem Staub machen wollen.« Die Stadträte kamen näher und bildeten einen Kreis um sie. Sie war eingekesselt.

Grobe Hände griffen nach ihr, fesselten sie an den Unterarmen und stießen sie unsanft vorwärts. Barfuß, nur mit einem knöchellangen weißen Hemd bekleidet, wurde sie an einem Kälberstrick über den Rathausplatz Richtung Donau gezerrt. Das steil abfallende Sträßchen war von Schaulustigen gesäumt, deren Stimmen sich überschlugen und die wild mit ihren Kameras hantierten. Blitzlichtgewitter. Smartphones wurden über Köpfe hinweg in ihre Richtung gehalten. Sie stemmte sich mit aller Kraft gegen den Zug und sah sich ängstlich nach ihrer Wohnung um. Dort, keine zwanzig Meter entfernt, wäre sie in Sicherheit, doch ihre Füße fanden auf den über Jahrhunderte glatt polierten und regennassen Katzenköpfen des Pflasters keinen Halt. Sie rutschte auf den Fersen vorwärts, strauchelte und schlug vornüber auf den Boden. Ihre Knie waren aufgerissen, bluteten und schmerzten, als würden Dolche in ihnen stecken. Ihr Kopf dröhnte. Doch sie fand keine Gnade und wurde einfach weitergeschleift. Das Seil schnitt in ihre Handgelenke. Die Rufe entlang des Gässchens wurden lauter.

Vor dem Tor des Metzgerturms bildete sich ein Menschenknäuel. Auf der Treppe zur Stadtmauer spielte ein Stehgeiger in fadenscheinigem Frack auf einem völlig verstimmten Instrument. Er war Sascha wie aus dem Gesicht geschnitten. Sie rief ihn um Hilfe. Er schien sie nicht zu hören, spielte weiter seine absurden Tonfolgen und warf dabei immer wieder seine Haare nach hinten. Reporter bedrängten sie, Mikrofone wurden ihr entgegengestreckt. Ein wirrer Wortschwall brach über sie herein, doch eine Aussage stach aus der Kakofonie hervor. Deutlich hörte sie die Forderung, die von allen Seiten anschwoll: »Steinigt sie! Steinigt die Steinle! Sie wirft das Geld zum Fenster raus.«

Eine einzelne Stimme rief sogar: »Und dann schmeißt sie in die Donau.«

Vera Steinle schrak hoch. Sie war schweißgebadet. Nass zwischen Brüsten und Beinen, am Nacken, über der Scham und an den Armen. Sie presste die Stirn ins Kissen und lauschte ihrem rasenden Puls. Tapsend langte sie nach dem Wecker. Drei Uhr siebzehn. Schon wieder so früh und schon wieder ein Alptraum. Lag das an dem neuen Medikament, das sie sich hatte verschreiben lassen? Eigentlich unmöglich. Der Arzt meinte doch, es sei gut verträglich, und die Schmerzen in den Gelenken waren zwischendurch so gut wie verschwunden. Oder bin ich einfach überlastet und brauche eine Pause, sollte abschalten? Bestimmt, dieses Gespräch gestern mit der Ratsversammlung hatte sie einfach mitgenommen. Sie hatte denen ihr Projekt vorgestellt, von ihrer Ausstellung, Saschas Haiku und der Möglichkeit eines Bildbands geschwärmt. Doch diese Kleingeister hatten nicht so begeistert reagiert wie erhofft. Belächelt hatten sie sie, überheblich abgewunken und dann die Entscheidung vertagt.

Sie zog sich die Decke über den Kopf und wünschte sich weit weg. Egal wohin. Nur weg! Vielleicht danach? Doch, ganz bestimmt. Wenn ich das alles hinter mir habe und die Ausstellung ein Erfolg war, fliege ich für ein paar Tage nach Menorca und gehe wandern, dachte sie. Doch im selben Moment fielen ihr wieder ihre Kniegelenke ein, die sie unbedingt schonen sollte. Keine größeren Belastungen, hatte der Arzt ihr noch beim Hinausgehen geraten, dabei hatte er sie eindringlich angesehen und mit dem erhobenen Zeigefinger gewedelt. Der kann mich mal!

Sie versuchte, nach den schwindenden Fetzen des Traumes zu greifen. Sie waren flüchtig wie Holunderblütenduft, der von den Vorboten eines Gewitters davongejagt wird. Einzelne Stücke, verblassende Bilder, beklemmende Augenblicke, die sich nach und nach zu einem Ganzen zusammenfügten … Der letzte Teil des Traumes war nur noch ein Schemen. Den Strick um den Hals gebunden, an seinem Ende ein verwitterter Mühlstein, sank sie immer tiefer und wurde zuletzt am Grund der Donau von der Strömung flussabwärts getrieben. Mutterseelenallein. Nur begleitet von einem Schwarm unerschrockener Aale auf Futtersuche.

Vera Steinle drehte sich zur Seite und vergrub sich unter ihrer Decke. Ihr Nachthemd klebte, das Laken war zerknittert. Sie lauschte ihrem immer noch hart pumpenden Herzen. Dabei versuchte sie, sich zu beruhigen, vielleicht konnte sie noch einmal einschlafen. Aber die Sorgen hatten die Oberhand gewonnen und drängten sich nach vorne.

Wie wird sich der Stadtrat entscheiden? Werden die Drucke rechtzeitig fertig? Schafft es der Fotoladen am Münsterplatz? Schneller und billiger wäre bestimmt ein Online-Dienstleister, aber bei diesem Fachgeschäft habe ich immer beste Qualität bekommen. Aber die kostet eben. Mit wie viel kann ich von der

Stadt rechnen? Bald weiß ich mehr. Der OB hat bisher immer zu mir gehalten. Aber dann ist da ja auch noch Malte. Der Kerl kommt bestimmt wieder mit seinen Teenie-Schnappschüssen an. Schmachtende Blicke überm Kinderbikini am Donauufer. Nie was Neues, will aber überall dabei sein. Dass der sich das überhaupt traut, er als Lehrer. Also ich als Mutter … Aber was sag ich ihm? Zu wenig Platz – das frisst der nie. Falsches Thema? Im Reden war der schon immer gut. Ich hör ihn jetzt schon von seinen »generationenübergreifenden Momenten« faseln. Ich halt ihn einfach hin. Und was ist mit Sascha? Wann höre ich endlich was von ihm? Sascha, wo steckst du?

Sie schob das Kissen zurecht und versuchte, wie schon die letzten Nächte, sich an seinen Duft zu erinnern, an dieses herbe Aftershave. Sascha, warum meldest du dich nicht? Schließlich siegte doch die Müdigkeit und zog sie in einen traumlosen Schlaf.

Ein Hacker kommt nach Ulm

Dienstag, 15. Juli, Vormittag

Kula wartete am Bahnhof auf Fabian Steinle. Veras Sohn wollte seine Mutter noch einmal sehen. Unbedingt. Egal in welchem Zustand.

Der Zug war pünktlich. Reisende quollen aus dem Hauptportal, und Kula sah mehrmals auf das Bild, welches sie von Fabian hatte, und verglich es mit den Ankommenden. Dort, da vorne, das musste er sein. Ein junger Mann war auf dem Bahnhofsvorplatz stehen geblieben und blickte suchend umher, schaute zur Unterführung gegenüber, dann nach links in ihre Richtung. Er sah exakt aus wie auf dem Foto, der typische Informatik-Student. Die mittellangen schwarzen Haare trug er zur Seite gescheitelt, um Kinn und Wangen wucherte ein jugendlicher Flusenbart. Dazu eine Brille, die aussah, als hätte man in ein Steinkohlenbrikett zwei Löcher gestanzt, und ein schwarzes T-Shirt. Gegen den Wind trug er eine abgetragene Kapuzenjacke und graue ausgebeulte Jeans. Und natürlich den unvermeidlichen kleinen Rucksack. Ebenfalls schwarz. Ein kurzes Hupen, ein paar Lichtzeichen, und Herr Steinle kam auf Kula zu. Als er am Wagen stand, hielt sie ihm die Tür des Passats auf.

»Hallo, Herr Steinle. Schön, dass Sie gut angekommen sind. Es freut mich, Sie kennenzulernen, auch wenn es so ein trauriger Anlass ist. Die in der Rechtsmedizin warten schon auf uns. Ist es okay, wenn wir gleich dorthin fahren?«

»Kein Problem, passt schon. Aber hallo erst mal.« Er setzte sich. Nachdem er sich angeschnallt hatte, streckte er ihr eine schmale, knochige Hand entgegen und sah sie mit geröteten Augen an.

»Hatten Sie eine gute Fahrt?«

»Die Fahrt an sich schon, bloß in Stuttgart gab's wieder 'ne Demo. Da war alles dicht mit Bullen. Die hatten …« Fabian brach abrupt ab und schielte zu Kula hinüber. »Oh, sorry, ich …«

»Ist schon okay, ich bin's gewohnt. Aber erzählen Sie mal, was studieren Sie denn in Karlsruhe?«

»Ich bin schon fertig am ZKM und hab jetzt 'ne Assistentenstelle.«

Die Ampel sprang auf Gelb. Kula rumpelte über die Straßenbahnschienen in die Olgastraße, reihte sich am Theater in die linke Abbiegespur und fragte: »ZKM?«

»Zentrum für Kunst und Medientechnologie. Wegen meinem Programm hab ich gleich 'ne Anstellung in der Forschung bekommen und mach demnächst den Doc.«

»Aha.« Mehr fiel Kula dazu nicht ein. Sie war für den Moment irritiert, denn Fabian sah aus, als wäre er gerade mal zwanzig. Wenn er aber bereits an seiner Doktorarbeit schrieb, musste er älter sein. Aber alt genug, um den gewaltsamen Tod der Mutter zu verkraften? Das ist man wohl nie. Sie betrachtete ihn aus den Augenwinkeln. Der Junge sah nicht gut aus. Er tat ihr leid. Aber ganz sicher wollte er nicht von ihr bemitleidet werden. Sie bemühte sich um einen lockeren Tonfall. »Medientechnologie, das klingt nach einem Job mit Zukunft. Woran forschen Sie denn genau?«

»Sie interessieren sich für meine Arbeit?« Er sah unsicher zu ihr hinüber.

»Ja, natürlich. Ich weiß nur ehrlich gesagt nicht allzu viel darüber.« Sie lächelte ihn halb entschuldigend, halb aufmunternd an. »Mögen Sie mir erklären, worum genau es dabei geht?«

Sichtlich erfreut legte er los, als ob ihm nur wenige Minuten Zeit blieben, sein Projekt zu erklären. Kula war froh darüber, denn somit war er noch eine Weile abgelenkt. Der Anblick seiner toten Mutter, deren Leiche zudem zwei Tage im Wasser gelegen hatte, würde bestimmt ein Schock für ihn werden.

»Das Programm, das ich entwickelt hab, heißt Plagyahoo. Es sucht nach Fälschungen im gesamten Netz. Sie können den Übereinstimmungsfaktor zwischen null und einhundert Prozent variieren. Also die Suche begrenzen zwischen der Ähnlichkeit eines Füllfederhalters mit einem Goldhamster oder der von eineiigen Zwillingsamöben.«

Kula sah zu Fabian hinüber, verstand zwar kein Wort, aber

vorsichtshalber nickte sie und schwieg. Sie wollte ihn nicht mit dummen Zwischenfragen unterbrechen.

»Die Sache ist die: Die ganze Welt wird immer mehr mit Plagiaten überschwemmt. Und niemand macht was dagegen. Bis der Schwindel auffliegt, ist der Markt schon gesättigt, und die Firmen, die das Zeug ursprünglich entwickelt haben, gucken in die Röhre. Machen womöglich Pleite, und die Jobs gehen perdu. Hier, die Rücklichter da von dem Skoda.« Er wies durch die Frontscheibe. »Gibt's in echt und aus Fernost für fast geschenkt. Und dabei ist es so einfach, die Fälscher aufzuspüren. Geht ratzfatz!«

»Sagen Sie bloß.« Kula zeigte sich immer mehr von ihm beeindruckt.

»Logo! Original eingeben, Übereinstimmungsfaktor programmieren. Manchmal dauert es nur Minuten, und du hast bis zu fünf Treffer. Die meisten natürlich aus China.« Fabian stupste Kula am Arm. »Hey, stell dir vor, die Chinesen haben mir zwei Millionen für das Programm geboten.«

Kula ging nicht weiter auf Fabians »du« ein. »Wow! Und? Haben Sie zugesagt? Damit hätten Sie ja praktisch ausgesorgt.«

»Quatsch! Die würden mich dafür bezahlen, dass das Programm nicht auf den Markt kommt. Aber dafür hab ich's nicht programmiert.«

»Verstehe. Sie sind also einer von den Guten.«

»Na ja. So gesehen schon! Wie gut das funktioniert, konnte ich erst letzte Woche unter Beweis stellen. Schickt mir meine Mutter doch Fotos von einer Ausstellung, die sie mit dem Tablet gemacht hat. Sie hat vermutet, dass die Bilder, die da gezeigt werden, keine Originale sind, und hat mich gebeten, das zu prüfen.«

Kula wurde hellhörig. »Haben Sie die Bilder dabei?«

»Nicht hier, die musste ich interpolieren, die sind jetzt viel zu groß. Aber sie liegen auf dem Server im ZKM. Ich brauch bloß ein Netz.«

»Hätten Sie nach unserem Termin in der Pathologie noch Zeit? Wir könnten gemeinsam ins Präsidium. Vielleicht bringt uns das weiter.«

»Logo.« Fabian sah zum Fenster hinaus, dann fragte er: »Wie weit ist es denn noch?«

»Wir sind gleich da.«

Nachdem sie das Hinweisschild »Universität Ulm« passiert hatten, bog Kula vom Berliner Ring in die Einsteinallee ab. Fabian war still geworden, und als sie vor dem Gebäude der Rechtsmedizin hielten, blickte er nur noch auf seine verknoteten Finger, die er zwischen seinen Knien hielt.

Kula drehte sich ihrem Beifahrer zu und sagte mit belegter Stimme: »Bringen wir's hinter uns!«

Fabian Steinle räusperte sich und nickte stumm.

»Geht's denn?«

»Ja, es ist nur … Meine Mutter und ich … die letzten Jahre haben wir uns kaum gesehen. Sie hat es so gewollt, sie meinte immer, sie habe keine Zeit, zu mir zu kommen oder mit mir die Touristentour durch Ulm zu machen. Aber das war schon okay, ich meine … ich hätte sie schon gern öfter gesehen. Immerhin haben wir uns Mails geschrieben, uns Fotos geschickt. Und wir haben regelmäßig bei einem Glas Wein und Bionade geskypt und dabei über unsere Projekte gesprochen. Sie hat mir von ihrem Kunstkram und so erzählt, ich ihr von meiner Arbeit beim ZKM. Sie war eigentlich immer allein, und jetzt frage ich mich, ob sie einsam war.«

Vorsichtig legte Kula ihre Hand auf seine Schulter. »Sollen wir noch ein wenig warten?«

Mit einem Ruck straffte Fabian seinen Rücken. »Passt schon.« Mit feuchten Augen und schmalen Lippen stieg er aus.

Sie wurden von Bitterle vor der Eingangstür in Empfang genommen und in den Sektionssaal geführt. Dort war alles vorbereitet. Dr. Ina Weichselbraun stand am Kopfende der Liege und hatte die Hände bereits am Tuch. Mit zögernden Schritten trat Fabian näher. »Können wir?«, fragte die Rechtsmedizinerin in akzentfreiem Hochdeutsch.

»Ja«, flüsterte Fabian. Sein Blick glitt durch den Raum und suchte Halt. Aber alles um ihn herum war glatt. Nur weiß gekachelte Wände, die das kalte Neonlicht des Sektionssaales reflektierten. Tränen stiegen in seine Augen, und er schluckte mehrmals. Sein Adamsapfel hüpfte auf und ab. Dann sah er zu der Ärztin hoch und wiederholte, diesmal mit fester Stimme: »Ja, ich bin so weit.«

Fabian erstarrte, als sein Blick auf seine tote Mutter fiel. Er biss sich auf die Unterlippe und schloss die Augen. Als er sie wieder öffnete, reichte Dr. Weichselbraun ihm ein Glas Wasser. Dankbar nahm er es entgegen und nippte mehrmals daran. Vorsichtig wandte er sich wieder dem leblosen Körper seiner Mutter zu. Sein Blick ruhte einen Moment auf ihrem Gesicht, doch mit einem Mal sah er hoch und wandte sich an die Gerichtsmedizinerin. »Wo ist die Kette mit dem Amulett?«, fragte er und zerriss dadurch die angespannte Stille. »Sie hat sie niemals abgelegt!«

Die beiden Polizisten sahen zuerst einander und dann Dr. Weichselbraun fragend an. Die stutzte. »Sie hat keine Kette getragen, als sie zu uns kam. Sind Sie sich sicher?«

»Natürlich bin ich mir sicher! Zwei Fische an einer Goldkette, ineinander verschlungen wie ein Yin-und-Yang-Symbol. Es war ihr Sternzeichen, und es war ein Unikat. Sie trug es seit ihrer Geburt.«

Vielleicht eine Spur, dachte Bitterle und fragte: »Gibt es ein Bild davon?«

»Denke schon. Ich finde sicher was auf meinem Notebook und schicke es Frau Skoulatopulos aufs Handy.« Und nach drei tiefen Atemzügen: »Ich würde jetzt gern wieder gehen.«

»Könnten Sie uns noch aufs Revier begleiten? Auch wegen der Bilder Ihrer Mutter«, fragte Kula. »Je früher wir irgendetwas Konkretes haben, desto eher —«

»Na klar«, fiel ihr Fabian ins Wort. »Mir ist doch genauso daran gelegen, dass Sie den Täter finden. Und außerdem … Ich bin froh über jede Ablenkung.« Er sah Kula eindringlich in die Augen. »Wenn Sie die Kette wiederfinden, dann geben Sie sie mir, ja? Ich hätte sie wirklich gern als«, er räusperte sich, »als Andenken an meine Mutter.«

Kula suchte seinen Blick. »Versprochen.«

Sie führten Fabian in ein Besprechungszimmer mit einem Tisch, vier Stühlen und den üblichen Aktenschränken, auf denen sich neben einer ausrangierten Kaffeemaschine bergeweise Schnellhefter stapelten. Auf dem Fensterbrett herrschte allerdings Leben: Julia Michalek versorgte die jungen Papyrustriebe täglich mit frischem Wasser, und mit dem Benjamini redete sie sogar, allerdings nur, wenn sie sich unbeobachtet fühlte.

Fabian fuhr seinen Laptop hoch und gab den WLAN-Zugangscode ein, den Kula von ihrem Handy ablas.

»Haben Sie Hunger«, fragte sie, »möchten Sie etwas essen? Wir gehen demnächst in die Kantine. Kommen Sie mit?«

»Sorry, bin Veganer.« Fabian linste über den Rand seiner Brille, zog die Stirn in Falten und presste die Lippen aufeinander. »Hab aber was mit.« Dabei langte er nach unten, durchsuchte seinen Rucksack und fischte eine lila Tupperdose heraus. »Aber vielleicht was zu trinken?«

»Kein Thema.« Kula ging auf den Flur und kam mit einem Glas und einer Flasche stillem Mineralwasser wieder.

Veganer! Kein Wunder, dass der so bleich und dürr ist, dachte Bitterle. Doch als er sah, mit welcher Rasanz Fabians Finger über die Tastatur huschten und mit welcher Geschwindigkeit danach ein Bild nach dem anderen aus der oberen Ecke auf den Bildschirm purzelte, musste er sich eingestehen, dass Ernährungsweisen offenbar nichts mit Leistung zu tun hatten. Dabei strich er sich unbewusst über seinen Bauch.

»Und schon sind sie da«, sagte Fabian. »Hier, diese drei Bilder hat mir meine Mutter geschickt. Schwarz-Weiß-Aufnahmen vom Karneval in Venedig. Ich sollte prüfen, ob das echte analoge Aufnahmen wären. Sie hatte da ihre Zweifel.«

Die Kommissare stützten sich an den Stuhllehnen ab und lauschten gespannt Fabians Ausführungen. Er schien wirklich zu wissen, was er tat.

»Und nun raten Sie mal.« Fabian schaute mit der Miene eines Fünfjährigen hoch, der für seine Sandburg gelobt werden möchte.

»Sie werden es uns bestimmt gleich sagen«, moserte Bitterle, womit er sich einen Ellbogenrempler von Kula einhandelte.

»Mensch, Fabian, nun machen Sie's doch nicht gar so spannend«, flötete sie. »Bestimmt hatte Ihre Mutter recht. Stimmt's?«

»Logo. Aber das war ganz schön viel Arbeit. Ich hatte ja nichts außer den winzigen Tabletshots. Die mussten erst mal suchetauglich gezoomt werden. Also, wir reden hier von etwa hundertfünfzig Megabyte pro Bild.«

Bitterle drehte die Augen nach oben, und Kula war froh, dass ihr Kollege hinter Fabian stand.

»Das dauerte gut drei Stunden. Dann hab ich sie losgeschickt, einmal um die weite Welt«, Fabian machte eine weit ausholende Armbewegung, »und dann, nach einer halben Stunde: Ta-ta-ta-taaaa! Treffer! Gleich dreimal.« Wieder dieser kindliche Gesichtsausdruck. »Die Bilder stammen aus einem Foto-Webshop in Italien. ›Agenzia di fotografia, Firenze‹ nennt sich der Laden und verscherbelt Bilder rund um den Globus. Sie bekommen dort alles, vom Petersdom bis zu badenden Kindern im Po. Das Raffinierte an den Bildern, die mir meine Mutter geschickt hat, war aber, dass es Collagen waren. Ich habe sie einem meiner Profs gezeigt, und dem ist dabei was aufgefallen. Die Maskenträger wurden in die Venedig-Panoramen hineinmontiert. Sehr raffiniert übrigens! Fast nicht zu bemerken.«

Fabian kostete die Stille, die seinen Ausführungen folgte, so lange aus, bis Kula ihn an der Schulter berührte und ein »Unglaublich!« hinhauchte.

Er klammerte sich am Schreibtisch fest und lehnte sich nach hinten. »Jepp. Es war die Schärfentiefe. Der Hintergrund war insgesamt gleich unscharf, was nur mit sehr langen Brennweiten zu machen ist, aber so große Distanzen? In Venedig? Das geht gar nicht, das ist völlig unmöglich. Außerdem klappt das dann mit den Personen im Vordergrund nicht. Also … eindeutig eine digitale Auftragsarbeit. Von wegen analog.«

Jetzt spendierte selbst Kommissar Bitterle ein »Bravo, Herr Steinle. Wirklich gute Arbeit«, womit er sich erneut einen seltsamen Blick Kulas einfing.

Sie näherte sich dem Bildschirm und stand jetzt dicht hinter

Fabian. »Könnten wir die Bilder bitte noch mal sehen? Vielleicht gibt es irgendwelche Hinweise.«

Fabian fächerte die Ansichten hintereinander auf und scrollte sie per Tastendruck weiter.

»Stopp!«, rief Bitterle. »Das kenne ich! Hier, am Rand, neben dem Bilderrahmen, diese Säulen. Und die Treppe. Das ist doch im —«

»Stadthaus. Mittlere Etage«, kam es prompt von Kula. »Da muss Vera Steinle die Aufnahmen gemacht haben. Und da seitlich ist noch jemand auf dem Bild.«

Fabian zoomte höher. »Das ist eine Spiegelung. Jemand muss in einiger Entfernung gegenüber dem Bild gestanden haben, als meine Mutter sie abfotografiert hat.«

»Könnten wir das noch größer und vor allem deutlicher haben?«

Ein paar Klicks, und man sah die Gestalt einer weiblichen Person, allerdings trüb und unscharf.

»Wer ist das?«, fragte Bitterle. Die drei blickten sich stumm an.

Fabian fand als Erster wieder Worte. »Ich krieg das nicht deutlicher hin. Aber vielleicht finden wir die Antwort auf dem Rechner meiner Mutter, möglicherweise hat sie noch mehr Fotos gemacht.« Er sah zu den beiden hoch. »Ich habe einen Schlüssel.«

Bitterle blickte auf die Uhr. »Schön, aber zuerst brauche ich etwas in den Bauch. Was ist mit Ihnen, Kula, kommen Sie mit?«

»Moment noch, gehen Sie ruhig schon vor, ich will noch sehen, wo Lukas steckt. Er kann Herrn Steinle in die Wohnung begleiten.«

Bitterle saß an seinem Stammplatz in der Kantine und betrachtete das Treiben auf der Hirschstraße. Passanten eilten mit aufgespannten Schirmen durch die Fußgängerzone oder hielten ihre Kragen zu. Immer noch Sauwetter und immer noch keine richtige Spur. Er war unzufrieden, nein, er war sauer. Nach wie vor nichts Konkretes. Und ob das mit den

Bildern etwas bringen würde? Bitterle hatte seine Zweifel. Fabians Computerspielereien? Vielleicht. Bestimmt käme Sprekel nachmittags wieder angetanzt und hielt ihm Vorträge von wegen Verantwortung den Bürgern gegenüber. Der glaubte wohl, mit seinem Gemecker irgendetwas beschleunigen zu können. Lustlos stocherte er in seinem Hühnerfrikassee herum, schob den Gemüsereis von einer Seite zur anderen und betrachtete die kümmerlichen Salatblätter im Schälchen. Kula trat mit ihrem Tablett an seinen Tisch und nahm Platz. Bitterle nickte kurz, doch nach ihrem fröhlichen »Guten Appetit, Chef« lächelte er sogar zurück.

»Schmeckt's Ihnen nicht?«

Bitterle kniff die Lippen zusammen und schüttelte den Kopf. »Am Essen liegt's nicht.«

»Der Fall!«

Er seufzte und sah ihr zu, wie sie die Kartoffelpuffer zerteilte, ins Apfelmus tunkte und mit Genuss kaute. Das ist jetzt also meine neue Kollegin, dachte er und versuchte, sich die zukünftige Zusammenarbeit vorzustellen.

»Wie lange sind Sie jetzt bei uns, also ich meine im Dezernat eins?«

Sie schob ihr Essen in eine Backe und sagte: »Morgen ist es eine Woche.«

»Und Sie sind sich sicher, dass Sie bleiben wollen?«

»Auf jeden Fall!«

Bitterle wartete, bis Kula aufgegessen hatte, und fragte: »Was mich noch interessieren würde, warum sind Sie eigentlich weg vom Dezernat Jugend? Warum haben Sie dort aufgehört? Gibt es einen bestimmten Grund?«

»Einen? Da gibt's jede Menge.« Sie nahm einen großen Schluck Apfelschorle und fuhr fort, während Bitterle den Rest seines alkoholfreien Hefeweizens leer trank und mehr schlecht als recht einen Rülpser unterdrückte. »Die Arbeit dort ist frustrierend. Man tritt auf der Stelle. Alles, was man macht, bleibt völlig ohne Ergebnisse, wenn man's genau betrachtet.«

Bitterle lehnte sich zurück. »Erzählen Sie.«

»Die, mit denen wir es dort zu tun haben, sind alle minderjährig und nicht strafmündig. Dabei sind ein paar darunter, da reichen zwei oder drei, die sind schon richtig kriminell und dominieren den Rest. Und das sind zumeist arme Kerle aus schwierigen Verhältnissen, auch einige Migranten ohne richtiges Zuhause, Flüchtlingskinder, deren Väter in irgendeinem scheiß Krieg gefallen sind. Kaum Schulbildung, die wenigsten haben einen Ausbildungsplatz oder einen Job. Und dann kommt da so ein Arsch mit einem dicken BMW oder Audi an, fetter Auspuff, Mords-Anlage und verspricht denen das Blaue vom Himmel, verteilt Crystal und lässt sie im Glauben, wenn sie für ihn arbeiten, wären sie bald genauso dick im Geschäft. Kurz darauf sind sie abhängig von dem Typen – und von den Drogen. Und dann tauchen wir auf, erklären denen, dass es so nicht geht und dass sie sich nach einer anständigen Arbeit umsehen sollen. Stecken sie in irgendein Förderprogramm und glauben, damit seien die Probleme aus der Welt. Von wegen. Alibi-Aktionen für die Öffentlichkeit sind das. Was glauben Sie, wer die von den Einrichtungen oder Schulen am Nachmittag abholt?«

»Ich kann's mir denken. Dicke Karre, Basecap und ein Höllenlärm. Bum, bum, bum.«

»Genau. Und falls wir mal so ein Bürschchen schnappen und es zu Hause abliefern, kommt der Vater an die Tür und wimmelt einen ab. Du stehst dann im Treppenhaus und musst kurz darauf mit anhören, wie er sein Früchtchen windelweich prügelt. Chef, ich sag Ihnen was. Ich hab's so satt. Wissen Sie, bei der Mordkommission stelle ich mir das so vor: Da gibt's einen Fall, eine Leiche und einen Täter. Und den müssen wir schnappen – fertig. Den Rest macht das Gericht.« Kula lehnte sich zurück und strahlte Bitterle an. »Hab ich recht?«

Bitterle betrachtete Kula eindringlich. Dann sagte er leise: »Sie haben vielleicht Nerven. Warten Sie's ab, was da noch alles auf Sie zukommt. Aber trotzdem, wird schon schiefgehen. Willkommen im Club, Frau Sko... äh, Skoulato...«

»Kula. Nennen Sie mich einfach Kula, mein Nachname ist eh viel zu lang und auch zu kompliziert.«

»Also gut – Kula.« Bitterle neigte sich über den Tisch, erhob sich leicht und streckte ihr die Hand entgegen, die sie herzhaft schüttelte.

Doch noch bevor sie etwas erwidern konnte, betrat Lukas die Kantine, stürmte auf die beiden zu und sagte hektisch: »Los, kommt, wir haben eine Zeugin!«

Samirs Flucht

Dienstag, 15. Juli, Nachmittag

Die Zeugin saß im Gang vor Bitterles Büro, hielt die Henkel ihrer Tasche umklammert und starrte zu Boden. Ihre Regenjacke hing tropfend über der Stuhllehne. Der Kommissar berührte ihre Schulter. »Bitte, Frau ...«

Sie schrak hoch. »Heuriger, Stefanie Heuriger. Ich möchte Sie nicht stören, aber nach dem Artikel in der Zeitung und dem ... dem Aufruf ...«

»Machen Sie sich keine Sorgen, Frau Heuriger, das haben Sie völlig richtig gemacht. Jeder noch so kleine Hinweis hilft uns, den Fall aufzuklären.«

Sie nahm ihm gegenüber Platz, die Hände immer noch an der Tasche. »Also, ich ... ich meine, weil doch in der Zeitung gestanden hat, dass die Frau Steinle ... also, weil sie ja ermordet wurde, und da dachte ich, dass ich vielleicht etwas gesehen habe, das wichtig sein könnte.«

»Nun«, fragte Bitterle, »was haben Sie denn gesehen?«

Frau Heuriger atmete tief durch. »Am Freitagabend gegen neunzehn Uhr hatte ich mir ein Eis geholt und ging die Lautengasse entlang der Blau. Auf dem Spielplatz rechts davon turnten ein paar Jugendliche an den Geräten. Sie waren deutlich zu alt für Wippe und Rutsche. Sie reichten eine Flasche untereinander umher und krakeelten. Eine Frau kam mit hektischen Schritten den Lautenberg herunter, ging über das Brückchen und trat schimpfend auf die drei jungen Männer zu. Ich bin mir nicht sicher, aber es könnte Frau Steinle gewesen sein, obwohl ich sie nur aus der Zeitung kenne. Da steht ja öfter was über sie und ihre Fotos und so. Auf jeden Fall ist es dann zu einem Gerangel gekommen. Ich weiß nicht mehr, wie es angefangen hat, jedenfalls sind die plötzlich ganz dicht beieinandergestanden. Besonders der eine mit den komischen Hosen. Dann hat die Frau laut gerufen, richtig getobt hat die, aber ich habe kaum etwas verstanden, irgendetwas mit einer Kette, ich kann mich aber auch irren. Jedenfalls haben die drei sie verspottet und sind einfach abgezogen, die Blau entlang und unter der Brücke durch.«

Kula war inzwischen hinzugekommen. »Herr Steinle ist mit Lukas auf dem Weg in die Wohnung seiner Mutter. Er meldet sich, wenn der Datenabgleich mit diesem Playadingsbums Ergebnisse gebracht hat.«

»Bis wann?«

»Dazu hat er nichts gesagt.«

Bitterle verdrehte die Augen und wandte sich wieder der Zeugin zu. »Und die Steinle?«

»Sie ging den dreien hinterher – und dann? Ich weiß nicht, sie ist einfach unter der Brücke verschwunden.«

»Sehr schön, Frau Heuriger. Und bei den Jugendlichen, ist Ihnen da noch etwas aufgefallen? Irgendeine Besonderheit?«

»Hmm.« Sie heftete ihren Blick auf ihn. »Das eine vielleicht noch. Richtig. Der eine, der wo so dicht an sie herangetreten ist, der ist so komisch gelaufen, ein ganz seltsamer Gang. Ganz eigenartig.« Frau Heuriger zeigte ein erstes schüchternes Lächeln. »Der ist so – so breitbeinig gegangen, so wie ein Zweijähriger, der die Windel voll hat.«

»Samir«, platzte es aus Kula heraus. Bitterle blickte sie fragend an, doch sie bemerkte es nicht. »Ging der so wie ein alter Cowboy, der zu lange auf dem Pferd gesessen hat? So o-beinig mit schlenkernden Armen? Würden Sie bitte mal mit nach draußen kommen, dann zeige ich Ihnen, was ich meine.«

Bitterle und die Zeugin traten auf den Flur und sahen Kula dabei zu, wie sie den Gang entlangeierte. Es war ein ausgesprochen komischer Anblick, selbst Bitterle blickte ihr belustigt hinterher.

»Ja, ganz genau. So ist der gegangen. Genau so«, sagte Frau Heuriger und wirkte beinahe erleichtert.

Kula strahlte. »Den kenn ich. Los, Chef, den knöpfen wir uns vor.«

Bitterle überlegte für einen Moment, die alte Landstraße zu nehmen, entschied sich aber dann doch für die B 30, so wären sie schneller in Wiblingen. Kula saß auf dem Beifahrersitz, sah nach draußen und spielte mit den Kordeln ihrer Fleecejacke, die Knie hielt sie gegeneinandergepresst. Wie sie so dasaß, hätte er sie sich eher in einem Tanzstudio vorstellen können als bei der Kripo, so zart, wie sie im Augenblick wirkte. Wäre da nicht der Griff der Heckler & Koch, der ab und zu aus dem Holster ragte, gewesen.

»Schleppen Sie die immer mit sich rum?«, fragte Bitterle, wobei er mit dem Kinn in Richtung Waffe wies.

»Die? Nun ja, noch so eine Angewohnheit von früher. Mit den Jungen bin ich auch so klargekommen. Aber bei Drogen, also bei den Typen dahinter, von denen die Jugendlichen abhängig waren, bin ich lieber auf Nummer sicher gegangen.«

»Verstehe«, sagte Bitterle, obwohl er nicht die geringste Ahnung hatte, was sie damit meinte. »Das war recht leichtsinnig, dem Jungen einfach so zu versprechen, dass er die Kette seiner Mutter zurückbekommt. Wir wissen nicht, ob wir sie überhaupt wiederfinden, und wenn, ist sie ein Beweisstück, das wir nicht so einfach herausgeben dürfen.«

»Schon klar, aber ...« Kula schwieg einen Moment. »Er hat mir einfach leidgetan.«

»Ja, ich weiß.« Bitterle schielte zu ihr hinüber und fragte sich, ob er wohl mit ihr auf Dauer klarkäme. Doch er hatte keine Lust, jetzt weiter darüber nachzugrübeln, deshalb fragte er ins Blaue hinein: »Sprechen Sie eigentlich Griechisch?«

Sie schleuderte den Kopf in seine Richtung. »Nä.«

Noch bevor er ihr kurzes »Nä« als »Nein« interpretieren konnte, begann sie, ihn mit einer unverständlichen Salve von harten, vokallastigen Silben zu bombardieren. Es klang, als purzelten Dutzende Tischtennisbälle eine Treppe herunter. Somit war klar, dass »Nä« nur »Ja« bedeuten konnte. Immerhin das erste griechische Wort, das er verstanden hatte.

»Jetzt wissen Sie's«, sagte sie und zeigte wieder ihr neckisches Lächeln. »Ich bin zwar hier geboren, aber meine Eltern haben zu Hause fast nur griechisch gesprochen, mein Deutsch habe ich erst im Kindergarten gelernt oder auf der Straße.«

»Und wie kamen Ihre Eltern nach Deutschland?«

»Zufall, oder nennen Sie es meinetwegen Fügung. Mein

Vater war Schiffsbauer, hat die Boote der Fischer in Schuss gehalten und war an vielen Abenden bei meinem Opa. Mitte der Siebziger war Angelo's Taverne die einzige Bude außerhalb von Naxos, wo man ein Omelett, einen gebratenen Fisch oder einen Retsina bekommen konnte. Die Rucksacktouristen hingen dort immer herum. Müssen tolle Leute gewesen sein. Hotels gab es damals kaum, und abgesehen von Marmor, Saatkartoffeln und Zitronenlikör hatte die Insel nichts zu bieten außer Landschaft und jede Menge Sandstrand. Wissen Sie, wo Naxos liegt?«

»Keine Ahnung.«

»Also, wenn oben Athen und unten Kreta ist, liegt das ungefähr in der Mitte dazwischen, etwas rechts Richtung Türkei. Das sind die Kykladen.«

»Aha.«

»Mein Vater hatte sich mit Peter angefreundet, einem Deutschen, der jedes Frühjahr zum Wandern und zum Baden nach Agia Anna kam und ihn einmal nachts mit hinaus aufs Meer genommen hat. Sie wollten den aufgehenden Vollmond über dem Zeus beobachten. Ich habe es einmal selbst erlebt, vor Jahren, es ist ein unglaublicher Moment, wenn so eine riesige Silberscheibe langsam aufsteigt und das Meer zu glitzern beginnt, wenn der Mond sich darin spiegelt und alles ringsum zu leuchten anfängt. Jedenfalls war es an diesem Abend kalt und windig, und als sie zurückwollten, völlig durchgefroren und schon weit Richtung Paros abgetrieben, sprang der Außenborder nicht mehr an.«

»Ich denke, Ihr Vater war Schiffsbauer.«

»Eben, Papa hat nur mit Hilfe seines Hemds, seiner Socken und der Schnürsenkel den Motor geflickt und ihn wieder zum Laufen gebracht. Die Aktion hat den Peter so beeindruckt, dass er ihm angeboten hat, nach Deutschland zu kommen. Er versprach, ihm eine richtig gute Stelle zu besorgen. Peter war Ingenieur, oder ist es immer noch, in einer Firma, die Kräne und Bagger baut. Und so kam Papa nach Ehingen.«

»Und Ihre Mutter?«

»Die hat er mitgenommen, sie wollten eh heiraten. Und

obwohl sie einen guten Posten beim Hafenamt hatte, ist sie mit. Einfach so. Ratzfatz, von heute auf morgen.«

»Sind Sie auch so spontan?«

»Ich hoffe es.« Und wieder schenkte sie ihrem Kollegen dieses verschmitzte Lächeln.

Hochhäuser kamen hinter Bäumen in Sicht. Sie waren kurz vor dem Ziel. Bitterle verließ die Schnellstraße Richtung Bodensee und fuhr durch den Kreisverkehr zum Tannenplatz.

Er musste an das Tamtam denken, das sie bei Baubeginn veranstaltet hatten. Von »richtungsweisender Architektur in Sachen moderner Wohnungsbau« war damals groß getönt worden. Als das Areal wenig später zum sozialen Brennpunkt verkommen war, wurde das vehement bestritten. Müll, Schlägereien, Drogen, Raub. Erst nachdem die Polizeistation errichtet worden war, hatte sich einiges zum Besseren geändert. Wenigstens dem Anschein nach.

Bitterle sah sich nach einem Parkplatz um. Rostlauben kümmerten neben dicken PS-Protzen. Und bei den Containern lagen mehr Flaschen daneben als drinnen.

»Wer ist dieser Samir?«, fragte er.

»Eigentlich ein armes Schwein. Kam mit seiner Familie als Flüchtling nach Ulm. Hätte eigentlich als Kleinkind eine Spreizhose wegen der Hüfte gebraucht, aber hier war es dann zu spät.«

»Deshalb der seltsame Gang. Läuft der wirklich so?«

»Klar, hat deswegen wohl auch einen Knacks weg. Aber nicht nur deshalb. Der Vater hat sich abgesetzt, die Schwester hat's nach Frankfurt auf den Strich verschlagen, und nun lebt er allein mit seiner Mutter hier. Keine rechte Ausbildung, kein Job, hängt so rum und macht Dummheiten.«

»Und was hatten Sie mit ihm zu tun?«

»Das Übliche. Ladendiebstahl, Schlägereien und immer wieder Drogen.«

Sie stiegen aus. Die gesamte Anlage bot einen trostlosen Anblick. Grauer Beton, alte Balkone, die vielfach als Abstellfläche für Müll dienten. Kula vergewisserte sich, dass Fabian das Foto von Steinles Amulett geschickt hatte, und läutete bei Al Askari.

Als sich nichts tat, drückte sie den Knopf noch einmal, diesmal etwas länger. Ein Summen, und sie standen im Hausflur. Auch hier war alles alt. Der Boden war schmuddelig, die Wände besprüht, das Geländer klebte.

Die Al Askaris wohnten im dritten Stock. Kula klopfte. Die Tür wurde geöffnet, so weit die Kette es zuließ, und zwei dunkle Augen unter einem Kopftuch blickten sie ängstlich an. Kula hielt der Frau ihren Ausweis entgegen und sagte: »Guten Tag, Frau Al Askari, wir kennen uns bereits. Ich müsste mit Samir sprechen.«

»Samir betet.«

»Dann unterbrechen Sie ihn bitte. Es ist dringend!«

»Samir guter Junge!«

»Das wissen wir, aber ich müsste ihn trotzdem sprechen.«

»Warten Sie.« Die Tür wurde geschlossen.

Samir ließ sich Zeit. Nach einer gefühlten Ewigkeit klirrte die Kette, und er öffnete. Er zog eine verächtliche Schnute und sagte mit hochgezogenen Augenbrauen und nach vorne gestreckten Händen: »Isch nix gemacht.«

Kula trat einen Schritt auf ihn zu und sagte: »Können wir erst mal reinkommen?«

»Ähh, warum?«

»Das besprechen wir besser in der Wohnung. Oder möchtest du, dass wir dich mitnehmen? Der ganze Schreibkram, das Warten. Und was sich deine Mutter dann wieder anhören muss. Du weißt doch, wie das läuft. Denk an die Nachbarn!«

Samirs Schnute verschwand, er nickte und watschelte voraus. Kula streifte sich die Schuhe von den Füßen und machte Bitterle mit einem Stupser darauf aufmerksam, es ihr gleichzutun.

Während Bitterle sich bückte, um die Schnürsenkel zu öffnen, stieß er sich den Kopf an der hüfthohen Kommode, auf der neben mehreren verzierten Messingkännchen das Modell einer Moschee mit sechs Minaretten stand. Was für geniale Baumeister, dachte Bitterle für den Moment und folgte dann seiner Kollegin.

Samirs Zimmer war unerwartet aufgeräumt. An der Wand

hing ein Tuch mit der Abbildung einer weiteren Moschee und direkt daneben, nur von einer Stecknadel gehalten, Bin Ladens Porträt mit mahnend erhobenem Zeigefinger. Auf dem Fensterbrett ein Ghettoblaster biblischen Ausmaßes. Volle Aschenbecher, leere Bierdosen und Klamottenberge in den Ecken suchte man hier vergebens. Sogar Staub war gewischt worden, und die Pflanzen bekamen regelmäßig Wasser. Offensichtlich hatte Mama das Heft in der Hand. Samir ließ sich aufs Bett fallen, Kula schnappte sich den Hocker, und Bitterle blieb an die Tür gelehnt stehen.

»Kennst du das?«, fragte die Kommissarin und hielt Samir ihr Handy mit dem Bild von Vera Steinles Kette unter die Nase.

Er rutschte an die Kante, drückte die Schultern nach hinten und sagte: »Nie gesehen.«

Samirs Mutter betrat leise den Raum. Sie stellte ein verziertes silbernes Tablett mit zwei bauchigen Teegläsern und einer Schale mit Kandisstückchen ab und wiederholte leise: »Samir ist guter Junge.« Sie verschwand beinahe lautlos.

»Soso, nie gesehen«, setzte Kula die Befragung fort. »Es gibt aber eine Zeugin. Sie hat beobachtet, wie du und deine Kumpels eine Frau bedrängt und ihr etwas vom Hals gerissen habt.«

»Die lügt. Isch kenn das nisch.«

»Was hast du am Freitag gemacht? Gegen Abend, halb acht.«

»Isch? Keine Ahnung. Kumpels, gefeiert. Was weiß isch?«

»Samir, pass auf. Die Frau, der die Kette gehört, ist tot, und du bist bislang der Letzte, der mit ihr gesehen wurde. Wir wissen auch, dass du die Frau angegriffen hast. Du bist eindeutig identifiziert worden. Du und deine Gang habt sie eingekesselt, sie hat sich gewehrt, und du hast ihr die Kette vom Hals gerissen. Da stehst du ruckzuck unter Mordverdacht.«

Bitterle verdrehte die Augen und tat so, als suche er nach Fliegen an der Zimmerdecke.

»Gib's doch einfach zu. Ihr habt sie bestohlen, seid weggelaufen, und sie ist hinter euch her. Das wissen wir bereits. Erzähl uns, was dann passiert ist.«

»Isch nix gemacht. Weiß nix von Kette oder Frau. Welsche Frau überhaupt?«

»Gut. Wie du willst. Bestimmt hast du gehört, dass Karim und Manoucher zurück sind? Sie sitzen in Koblenz in U-Haft. Ich denke, du weißt, wovon ich rede.«

»Kenn isch nisch!«

»Mag ja sein, aber was glaubst du, wie deine Kollegen im Knast reagieren, wenn die erfahren, dass der Tipp, der zu ihrer Verhaftung geführt hat, von dir kam?«

Bitterle räusperte sich überdeutlich und suchte weiter nach Fliegen.

»Ey Mann, das könnt ihr nisch machen!« Samir wurde bleich und schluckte. Inzwischen saß er an der vordersten Bettkante und wippte nervös mit den Beinen. Sein Blick flackerte zwischen den beiden Ermittlern hin und her.

»Doch, Samir, können wir. Und nenn mich bitte nicht Mann!«

Samir waren seine Fluchtgedanken deutlich anzusehen, immer wieder blickte er zur Tür und zurück. Doch Kommissar Bitterle blockierte sie breitbeinig und mit vor der Brust verschränkten Armen. Samir knetete die Hände.

»Okay, was krieg isch?«

Kula lachte. »Was du kriegst? Du kriegst keinen Ärger, kapierst du das denn nicht? Überleg's dir. Und vergiss nicht, wie gesagt, wir ermitteln in einem Mordfall.«

»Hören Sie auf. Der will's nicht anders«, sagte Bitterle, zog seine Handschellen hervor und machte einen Schritt auf Samir zu.

Der rutschte von der Kante zur Bettmitte und flehte: »Nein, bitte nicht. Kein Knast!« Er holte tief Luft. »Okay, aber die hat misch zuerst angegriffen. Isch hab misch nur gewehrt. Auf einmal isch hatte das Ding in die Finger.«

»Okay. Was ist dann passiert?«

»Passiert? Nix is passiert, die is hinter uns her, aber wir waren schneller.« Er wagte ein kleines, abfälliges Lachen. »War ja 'ne alte Frau.«

»Soso. Und die Kette?«

»Das Teil von der Tussi? Das is weg.«

»Und wohin?«

»Die hat jetzt Laschkow.«

»Laschkow?«, fragte Bitterle.

»Ein Russe«, erklärte Kula, »der eine Disco im Donautal hat. Das ›PROSPEKT‹ ist eine ziemlich miese Adresse.«

»Hab davon gehört. Gibt es dort nicht immer wieder Ärger?«

»Aber hallo, und das nicht zu knapp, ist ja auch kein Wunder bei dem Namen. Eigentlich heißt der Typ Viktor Fedjuschin, nennt sich aber Kalaschnikow, oder kurz Laschkow.« Und an Samir gewandt: »Was hat er dir für die Kette gegeben? Stoff?«

»Nee, kein Stoff! Waren Schulden.«

Kula sah auf die Uhr. »Okay. Pass auf, Samir, es ist jetzt halb sieben. Ich würde vorschlagen, du begleitest uns, und wir klären die Sache direkt mit Laschkow.«

»Okay«, sagte Samir, »aber isch muss vorher noch auf Klo.« Er erhob sich und ging auf Bitterle zu.

»Was dagegen, wenn ich dich dabei begleite?«

»Wie?«

»Nur zur Sicherheit, damit du auf keine dummen Gedanken kommst.«

»Ähh …« Samir wirkte einen Augenblick verunsichert, dann sagte er: »Nee. Is schon okay.«

Bitterle trat einen Schritt beiseite. Samir öffnete die Tür und witschte hindurch. Noch bevor Bitterle reagieren konnte, zog er sie mit einem lauten Knall zu. Dem folgten unmittelbar danach ein helles blechernes Scheppern, ein Rumpeln und gleich darauf ein dumpfes Klopfen, wobei Bitterle mit ansehen musste, wie die Türklinke langsam nach oben gedrückt wurde.

»Mistkerl, elender. Ich hätt's wissen müssen, verdammt noch mal«, fluchte Kula, während Bitterle gegen die Tür klopfte, Frau Al Askaris Namen und »Aufmachen! Hallo, bitte öffnen Sie sofort die Tür!« rief.

Kula versuchte es am Fenster. Sie schleuderte den Ghetto-blaster aufs Bett, riss die beiden Flügel auf und sah nach unten.

Zu hoch, kein Sims. Keine Chance. Sie boxte gegen den Fensterrahmen und zischte: »*Gamoto!* Verdammte Scheiße!«

Im selben Augenblick schoss Samir auf seinem Mountainbike um die Ecke, zeigte Kula seinen Mittelfinger und rief nach oben: »Fick disch, Alte. Misch kriegs' du nisch!« Dann stieg er in die Pedale und war im nächsten Moment hinter einem offen stehenden Müllcontainer verschwunden.

Bitterle war außer sich. Wieder und wieder hämmerte er gegen die Tür und wiederholte seine Aufforderung: »Frau Al Askari, bitte machen Sie endlich die Tür auf. Sie machen sich strafbar.«

»Da hat drohen, glaub ich, wenig Sinn, nach dem, was die schon alles durchgemacht haben. Die will doch bloß ihren Sohn schützen.« Sie ging zu Bitterle und schob ihn behutsam zur Seite. »Frau Al Askari, hören Sie mich? Bitte öffnen Sie. Glauben Sie mir, es ist besser, wenn Sie aufmachen. Wir wollen doch bloß verhindern, dass Samir noch mehr Dummheiten macht. Wir kennen uns doch. Wir wollen Ihrem Sohn nur helfen.«

Kulas beschwichtigende Worte zeigten Wirkung. Kurz darauf hatte Frau Al Askari die Barrikade entfernt, behutsam die Tür geöffnet und spähte zu ihnen herein. Die beiden Ermittler blickten in ein tränenüberströmtes Gesicht. Frau Al Askari sah die Kommissare verzweifelt an und beschwor sie mit kaum hörbarem Flüstern: »Nisch böse sein! Samir guter Junge. Nisch Gefängnis, bitte.« Zuletzt ergriff sie Bitterles Arm mit beiden Händen. Hin- und hergerissen zwischen Wut und Betroffenheit machte er sich los. Er hatte Mühe, an sich zu halten, doch dann wurde ihm bewusst, dass die Mutter an dem ganzen Schlamassel am wenigsten Schuld hatte. Dass sie nur ihrem Instinkt folgte und wie eine Löwin ihr Junges verteidigte. Schließlich war Samir das Letzte, was ihr hier in der Fremde geblieben war. Langsam begann sie ihm sogar leidzutun. Er schob sie vorsichtig beiseite und griff verlegen nach seinen Schuhen. Sie hatten schwer darunter gelitten, unter die Klinke gestopft worden zu sein. Endlich hatte er einen Grund, sich ein Paar neue zu kaufen. Eilig verabschiedeten sie sich von Frau Al Askari und verließen die Wohnung.

Im Treppenhaus fragte er Kula: »Sie sagten, in diesem Club gibt es immer wieder Ärger. Glauben Sie, wir sollten Verstärkung anfordern?«

»Ach woher, mit dem werden wir auch so fertig.«

»Sicher?«

Rivalinnen

Mittwoch, 9. Juli

Vera Steinle ging nicht wegen der Aussicht oder wegen des klassisch-modernen Ambientes in dieses, wie Spötter gern lästerten, Ulmer Treppenhaus-Café. Sie kam auch nicht, um hier Bekannte zu treffen, denen konnte sie überall begegnen. Sie kam wegen der Torten. Vor allem wegen des Mohnkuchens. Nicht zu süß, nicht zu schwer und genau die richtige Portion für ein oder zwei Tassen Cappuccino. Trotz der Gewissensbisse steuerte sie jedes Mal auf die Kühlvitrine zu, um zu schauen, ob das Objekt ihrer Begierde angeboten wurde. Dem war zum Glück fast immer so.

Und nach den ersten Bissen war auch dieses Unbehagen wegen der Kalorien verschwunden. Ab diesem Moment war ihre Welt wieder in Ordnung, zumindest für eine Weile. Denn sie schlitterte immer wieder in diesen Kreislauf. Das schlechte Gewissen danach und die Erleichterung, wenn sie dieses erneut mit Kuchen oder Alkohol besänftigen konnte. Was auch hervorragend klappte, jedenfalls die paar Stunden, bis alles von vorne losging. Mittlerweile hatte sie sich jedoch mit Hilfe mehrerer Therapieansätze zu einer Einstellung durchgerungen, die ihr das Leben ein wenig leichter machte. Zumindest oberflächlich. Sie sagte sich, ich gehöre nun mal zu den Molligen – und fertig. Selbst wenn mich einige hinter vorgehaltener Hand »Törtchen« nennen. Und mit den Medikamenten war sowieso alles viel einfacher geworden. Sogar gegen die Müdigkeit hatte sie eine Lösung gefunden. Sobald sie dieses Erlahmen in den Gliedern spürte, holte sie sich neue Energie durch ein Gläschen Sekt. Das half immer. Zumindest für eine Weile.

Vera knetete ihre Knöchel. Trotz der neuen Tropfen machten ihr die Gelenke immer noch zu schaffen. Waren sie unter normalen Umständen schon dick, schwollen sie bei diesem Wetter zu kirschgroßen Knoten an und schmerzten, als tobe sich der Teufel selbst in ihnen aus. Sie würde wieder einmal zum Arzt gehen und um weitere Spritzen bitten müssen.

Sie schluckte leer und drehte sich für einen Moment zum Tresen. Der Kuchen lag auf dem Teller, der Barista hantierte jedoch noch an der Maschine und schäumte Milch. Sie zog den Tabletcomputer aus der Tasche und lud die Bilder hoch. Egal wie oft sie die Aufnahmen hin und her schob, es waren zu wenige. Zumindest für einen Bildband. Wenn sich doch Sascha endlich melden würde. Gemeinsam wollten sie die Reihenfolge festlegen, dann würde er die Haiku verfassen, den Stimmungen entsprechend, fließend, ganz Donau, wie er geschwärmt hatte. Ungeduldig wartete sie auf eine Nachricht von ihm. Er war wie vom Erdboden verschwunden. Sie hatten sich letzten Sonntag bei ihr treffen wollen, doch Sascha hatte kurzfristig abgesagt. »Muss dringend in die Heimat, bin Montag zurück, melde mich umgehend«, war die letzte Nachricht. Und heute war Mittwoch. Wo steckte er? Sobald er zurück ist, lege ich los, dachte sie. Und wenn die vom Rathaus meinen, sie könnten mich weiter hinhalten und auf irgendwann vertrösten, dann haben die sich geschnitten. Den Bildband mache ich auf jeden Fall. Mittlerweile hatte sie die Zusage dreier Mitglieder des Jugendorchesters – Geige, Bratsche, Cello –, das Programm war Routine, ihre Teilnahme Ehrensache, ließen sie verlauten. Wenigstens das.

Ihre Bestellung wurde gebracht. Voll Freude schob sie den ersten Bissen in den Mund, ließ dem Genuss den Vortritt vor den Sorgen und spülte mit Kaffee nach. Sie sah nach draußen. Erste dicke Tropfen fielen, und gerade so, als ob sie sich verabredet hätten, wurde daraus ein Sturzregen, der auf dem Münsterplatz Hektik verbreitete. Windböen trieben Plastiktüten und Pappbecher vor sich her, stülpten sogar Regenschirme um. Ein Kind im gelben Regenanzug, das lustvoll durch eine Pfütze stapfte, wurde von der Mutter unter Geschimpfe weggezerrt. Und jene Gäste, die bislang unter dem Vordach ausgeharrt hatten, zog es nach drinnen. Selbst die Bundestagsabgeordnete, die sich seit den jüngsten Anschuldigungen eher forsch und unverwundbar gab, hatte sie doch bald höchste Absolution in Rom in Aussicht, drängte mit ihrem Tross ins Trockene. Der Himmel über Ulm wurde von Minute zu Minute schwärzer.

Alles Wasser strömte auf die Stadt, die Welt schien untergehen zu wollen. Während sich die Neuankömmlinge das Nass aus den Haaren schüttelten und von den Jacken streiften, kam Gemurre aus allen Ecken: »Das ist doch kein Sommer. Was für ein Sauwetter aber auch.«

Ein Witzbold meinte: »Da braucht's koi Nabada meh, do wirsch au so patschnass.«

Vereinzelt erntete er Gelächter, ansonsten eher schweigsames Stirnrunzeln.

Steinle zog ihr Smartphone aus der Tasche, hob den Blick und sah nach draußen. So schnell, wie das Unwetter ausgebrochen war, verschwand es wieder. Der Sturm ließ nach, nur noch einzelne Tropfen fielen, Normalität hatte sich wieder eingestellt.

Vor dem Eingang zum Stadthaus standen zwei Personen in ein Gespräch vertieft. Sie kniff ihre Augen zusammen, konnte zwar Pechstein, den Kulturredakteur der örtlichen Presse, erkennen, nicht aber, mit wem er sich so angeregt unterhielt. Oder doch? Vera musste sich täuschen. Sie fischte die Brille aus der Tasche. Tatsächlich, Graziella! Bereitet wohl ihre Ausstellung vor. Das schau ich mir an.

Vera ging zur Bar, kippte dort zur Sicherheit noch einen Grappa und bezahlte.

Graziella und Pechstein waren verschwunden. Im Fenster neben der Eingangstür hing ein neues Plakat: »Wasser-Spaß in Venedig und in Ulm – Fotografien von Graziella Ambrosini mit Texten von Alexander Wenzel«. Das saß! Vera starrte auf die Ankündigung und traute ihren Augen nicht. Hat sie es mal wieder geschafft, sich mit fremden Federn zu schmücken und dabei entsprechend in Szene zu setzen. Sie musste an die Zeit denken, als sie noch beide im Fotoclub gewesen waren und an einem Strang gezogen hatten. Und heute? Nur noch auf ihren eigenen Vorteil bedacht, ohne jegliche Rücksicht. Immer nur ich und nochmals ich.

Graziella hatte damals den Vorsitz, allein schon wegen der Kontakte ihres Mannes. Jedoch wurde ihr nachgesagt, ihre Interessen rigoros durchzusetzen, wobei sie das eine oder andere Mitglied zwar in ihrem Schlepp duldete und somit für eine zwar mürrische, aber dennoch akzeptable Zufriedenheit im Verein sorgte. Aber solchen, die sich kritisch äußerten, zeigte sie die kalte Schulter. Sie bestimmte, wer zu welchen Themen welche Bilder liefern sollte, und ließ sich bei der Auswahl von niemandem dreinreden.

Vera nahm den Lift zur ersten Etage, trat aus der Aufzugstür und sah sich um. Nichts. Sie hielt sich links und ging den gewölbten Rundgang entlang. Auch hier nur weiße Wände. Ebenso im Raum vor dem gläsernen Brückengang mit Blick auf den Münsterplatz. Erst im hinteren Bereich der Galerie – dem Raum mit den Winkeln und Trennwänden – hingen vereinzelt Exponate. Der größte Teil lagerte noch am Boden. Große Abzüge in schwarz-weißen Schattierungen zeigten Impressionen von Venedig, im Vordergrund jeweils Maskenträger während des Karnevals. Höchst dekorativ und unnahbar wirkende Motive im Format sechzig mal neunzig Zentimeter in hellen Holzrahmen. Sie zog ihr Tablet aus der Tasche und machte ein paar Aufnahmen. Das sind nie und nimmer Graziellas Bilder, dachte Vera, wenn überhaupt, dann höchstens die Farbabzüge. Heimische Motive mit badenden und fröhlichen Menschen, die in Fässern, auf Brettern und abenteuerlichen Bötchen die Donau hinunterdümpelten, Bilder vom letzten Nabada bei schönstem Sommerwetter.

Vera hörte ein Flüstern: »Alles im grünen Bereich, meine Liebe. Mach dir keine Sorgen. Bis nächste Woche ist alles fertig. Und wenn du willst, helfe ich dir beim Anbringen.«

»Wie lieb von dir.«

Kurze Stille, dann ein Rascheln.

»Bitte lass. Nicht hier. Wenn uns jemand sieht. Ich muss auch bald.«

Vera schlich die Trennwand entlang und spähte um die Ecke. Dort konnte sie aus den Augenwinkeln beobachten, wie ein Mann seinen Handrücken zart über Graziellas Hals gleiten ließ und sie auf den Nacken küsste. Vor den weißen Wänden und inmitten der Bilder wirkte er selbst wie ein Kunstwerk. Grobe naturfarbene Leinenhosen, violettes Seidenhemd und ein taubengraues Samtsakko. Der erdbeerfarbene Schal hing lose über der Schulter. Dazu offenbar handgefertigte Lederslipper. Mode aus Modena. Neben Graziella wirkte er provozierend jung und dabei dennoch abgeklärt. Das Musterexemplar eines Dandys, die Raubkopie eines Dorian Gray. Dann wandte er den Kopf etwas ins Profil, und Vera erkannte ihn. Sascha! Ihr schoss das Blut in den Kopf, ihr Herz hämmerte gegen den Brustkorb, und alle Kraft wich aus ihren Gliedern. Sie lehnte sich gegen die Rückseite der Wand und lauschte. Eines der Bilder spiegelte die beiden als Schemen. Vera konnte ihren Blick nicht von ihnen lösen.

Graziella zog Sascha zu sich heran und fragte nach einem flüchtigen Kuss: »Sehn wir uns heut Abend? Um acht im Atelier, wie immer?«

»Gern.« Schritte entfernten sich.

Dann hielt Vera nichts mehr zurück. Sie trat hinter der Trennwand hervor und räusperte sich. »Stör ich?«

Graziella schrak hoch, drehte sich um und starrte Vera für den Bruchteil einer Sekunde an. Doch sie fing sich schnell. Mit eisiger Miene fragte sie: »Was machst du denn hier?«

»Das Gleiche könnte ich dich fragen.«

»Was willst du von mir? Ich habe zu tun und würde jetzt gern weitermachen.« Sie war im Begriff, sich abzuwenden.

»So schnell wirst du mich nicht los, meine Liebe. Erklär mir lieber, was das mit dem Venedig-Kitsch soll. Diese Bilder sind doch nie und nimmer von dir. Wann warst du denn in Venedig? Jedenfalls nicht während unserer Zeit im Fotoclub.«

»Was weißt du denn, wann ich wo war und was ich gemacht habe? Du hast doch nur deine eigenen Projekte im Kopf und bist blind für alles, was außerhalb davon geschieht. Hauptsache, du stehst in der Zeitung. Immer im Mittelpunkt. Wegen jedem Mist setzt du dich in Szene und gierst nach Publicity. Steinle hier, Steinle da. Als ob es niemand Wichtigeres als Vera Steinle gäbe.«

»Ach ja? Wer hat dich die ganze Zeit unterstützt und Streit geschlichtet, wenn du mal wieder meintest, zu Höherem berufen zu sein, und dich einen Dreck um die Vereinsarbeit gekümmert hast? Hast du überhaupt kapiert, dass sich immer mehr Mitglieder andere Vereine gesucht haben? Denen, die besser waren als du, hast du zum Schluss keine Chance mehr gegeben, auszustellen. Außerdem habe ich die Kasse in Ordnung gebracht. Und im Gegensatz zu dir bewege ich wenigstens noch etwas in der Ulmer Kulturszene. Du lässt dich doch bloß von Alfonso freihalten und gibst mit seinen Beziehungen an. Das neue Donauprojekt habe ich in die Wege geleitet, während das hier«, Vera machte eine ausladende Geste und drehte sich halb um die eigene Achse, »nur mit Hilfe deines Mannes zustande gekommen ist. Wie geht's ihm eigentlich? Wie ich höre, baut er ja ganz schön ab. Kann er denn noch allein essen, oder fütterst du ihn schon? Und dann Sascha!«

Graziella erstarrte. »Woher kennst du Sascha?«

»Das geht dich einen Scheiß an, wen ich woher kenne. Weiß Alfonso von deiner Affäre? Was er wohl dazu sagen würde, wenn er erführe, dass du ihn mit so einem jungen Casanova betrügst?«

»Untersteh dich! Ein Wort von dir – ich warne dich!«

»Ha, willst du mir jetzt drohen? Mach dich doch nicht lächerlich.«

Graziella spießte Vera mit ihrem Blick auf und zischte: »Verschwinde.«

»Du hörst von mir.«

Vera stieg die Treppe hinunter. Ihr Puls raste, das Blut rauschte in ihren Ohren. Es fiel ihr schwer, ihre Gedanken zu ordnen. Sie fragte sich, ob Alexanders Teilnahme an Graziellas Ausstellung etwas an ihrer Vereinbarung ändern würde. Stünde er weiter zu seinem Wort? Nach dem Abend in der Bar schien alles so sicher. Die Zusage, ihren Bildband mit seinen Haiku zu bereichern. Diese spritzige Lyrik gepaart mit all dem fröhlichen Wassertreiben. Und jetzt stand womöglich das ganze Buchprojekt auf dem Spiel. Ohne seine Texte stünde sie nicht nur vor der Stadt dumm da, sondern vor allem vor sich selbst. Sie horchte in sich hinein und spürte ernste Bedenken aufkeimen. Aber sie hatte bislang noch nie aufgegeben und jedes Projekt durchgezogen. Mit Sascha würde sie schon klarkommen. Jetzt musste sie sich erst einmal um diese Venedig-Bilder von Graziella kümmern. Ein paar Wischer übers Smartphone, eine Notiz, und schon waren die Aufnahmen auf dem Weg zu Fabian.

Auch Graziella war aufgewühlt, als sie kurz darauf das Stadthaus verließ und sich auf den Heimweg machte. Diese verdammte Steinle, was schnüffelte die ihr hinterher? Würde sie jemandem von dem erzählen, was sie gesehen hatte? Wenn ja, würde man ihr glauben? Fieberhaft überlegte Graziella, wie viel genau sie gesehen haben könnte. Wie lange hatte sie schon dort im Gang gestanden? Sie würde doch wohl nicht so weit gehen, Alfonso davon zu erzählen?

Graziella fluchte. Sie war leichtsinnig gewesen. Hatte sich mit Sascha hier anstatt wie sonst jeden Mittwoch in ihrem kleinen Studio in Offenhausen getroffen. In ihrer Dunkelkammer, wie sie das Atelier mehrdeutig nannte. In den beiden Räumen hatten ihr Archiv Platz gefunden sowie ein paar Leuchten und Stative. Doch das Wesentliche war die bequeme, mit bordeauxrotem Velours bezogene Chaiselongue. Wie im Rausch vergingen die Stunden mit ihm darauf. Jede Woche bescherte er ihr die Magie der Jugend und verzauberte sie. Ihr Herz begann beim Gedanken daran erneut zu klopfen, und ein seliges Lächeln erschien auf ihren sonst so strengen Zügen. Sascha … Nein, liebe Vera, das wirst du mir nicht kaputt machen! Ich kann alles haben: Sascha, meine Ehe und die Anerkennung und Bewunderung jedes Einzelnen, der zählt in dieser Stadt. Und solltest du versuchen, mir das zu nehmen, dann wirst du mich kennenlernen!

Entschlossenen Schrittes stieg sie die Stufen zur Wohnung hoch und schloss auf. Im Flur empfing sie abgestandene Luft, aus dem Wohnzimmer drang das leise Schnarchen Alfonsos. Er lag auf der Couch, sein Hausmantel bis zum Schritt geöffnet. Ein Arm hing zu Boden, die andere Hand lag grotesk verdreht auf der Lehne. Seine Lippen flatterten leicht bei jedem Atemzug, und aus dem rechten Mundwinkel rann ein Speichelfaden, der bis zum Kinn hinab eine weißliche Kruste gebildet hatte.

Er schien schon länger zu schlafen. Kein Wunder, dachte Graziella, als sie die beiden Rotweinflaschen erblickte, von denen die zweite bereits bis über die Hälfte leer getrunken war. Du säufst zu viel, dachte sie. Eindeutig!

Ein Räuspern kam vom Sofa. Alfonso hob die Augenlider und mühte sich hoch. »Du kommst spät«, nuschelte er. Es war eine Floskel, die er jedes Mal, auch ohne zuvor auf die Uhr gesehen zu haben, brachte, egal wann sie kam.

»Findest du? Das kommt dir nur so vor, mein Lieber.« Dabei küsste sie ihn flüchtig auf die Stirn. »Du weißt doch, wie das vor solchen Veranstaltungen ist, da muss dies erledigt werden, dann kommt jenes dazwischen und dann das. Malte kam viel zu spät, dann mussten wir nach den Rahmen sehen. Du kennst das doch von früher. Aber ich denke, vielleicht schläfst du besser im Bett als hier im Wohnzimmer.« Dabei überlegte sie, ob sie ihn auf den Wein ansprechen sollte. »Außerdem solltest du nicht so viel trinken. Du weißt, du schläfst dann schlecht.«

»Was kümmert es dich? Ich vertrödele doch eh den ganzen Tag mit Nichtstun. Aber mit dem Bett hast du wohl recht.« Alfonso erhob sich und schlurfte Richtung Badezimmer.

Graziella ließ sich aufs Sofa fallen und kickte die Keilpumps von den Füßen. Sie legte die Beine für einen Moment auf den Couchtisch und massierte die Waden. Da sie die Flaschen und das Weinglas mit dem eingetrockneten Bodensatz störten, stand sie auf und räumte die Hinterlassenschaften ihres Gatten in die Küche. Zurück im Salon griff sie nach der Flasche mit dem Mandellikör, schenkte sich großzügig ein und nahm noch im Stehen einen kräftigen Schluck. Für einen Moment überlegte sie, die Flasche zurück ins Regal zu stellen, entschied sich aber dagegen und ging zurück zum Sofa. Nach wenigen Positionsänderungen hatte sie die bequemste Lage gefunden, lehnte sich zurück und schloss die Augen.

Was war aus ihrem Mann geworden, ihrer einstigen großen Liebe. Ein Häuflein Elend. Wer konnte schon sagen, wie lange er noch selbst in der Lage wäre, sich … Aber daran mochte sie nicht denken. Nicht jetzt und auch nicht später. Sie hatte diesem Mann alles zu verdanken.

Es war schlimm für sie gewesen, in Holzgünz aufzuwachsen. Dazu noch auf einem Bauernhof, wo Hilfe eingefordert wurde. Wo sie den Stall ausmisten und beim Melken helfen musste, den Kühen die Saugnäpfe mit diesem eigenwilligen Schmatzen vom Euter ziehen, um sie an anderer Stelle wieder aufzustülpen. Noch schlimmer war dieser Gestank. Diese Mixtur aus Schweiß und Gülle, die nie ganz aus ihren Kleidern verschwand. Die ihre Klassenkameradinnen auf Abstand hielt und sie hinter vorgehaltener Hand über sie tuscheln ließ. Nur *die* Jungen hatten sich an sie herangetraut, die ähnlich rochen wie sie. Am schlimmsten war jedoch ihr Name. Nicht genug, dass sie eine Ranzlhuberin war, die Tochter von Josefa und Alois Ranzlhuber, Milchbauern seit zig Generationen. Warum mussten ihre Eltern sie auch noch auf den unseligen Namen Kunigunde taufen? Kunigunde Josefa Ranzlhuber. Als ob ihre Welt nicht schon schlimm genug wäre.

Jeden Tag seit ihrem zehnten Lebensjahr hatte sie nur den einen Wunsch gehabt: Fort! Fort von den Kühen, fort von den Pflichten und fort von dem Druck, den ihr Vater langsam, aber sicher aufbaute. Er hätte sie gern mit dem Sandlinger Schorsch zusammengebracht, dem Burschen vom Nachbarhof. Einen schneidigen Kerl hatte ihn ihre Mutter genannt, »genau 's Richtige fürs Madel und nacherd bleibt d' Sach beianand«.

Kunigunde suchte sich nach dem Realschulabschluss eine Lehrstelle als Sekretärin mit Buchhaltung in Günzburg. Nur durch die Aussicht, künftig jemanden für die Steuererklärung zu haben, gaben die Eltern schließlich ihren Segen, wenn auch nur zögerlich und halbherzig, und sorgten für eine Unterkunft. Bald darauf saß sie in einer Versicherungskanzlei, ließ sich Briefe diktieren und tippte sie ins Reine. Auf der großen Olympia-Schreibmaschine mit dem weichen Tastaturanschlag und dem fröhlichen Pling, wenn die Zeile zu Ende war. Fünf langweilige, freudlose Tage, an deren Ende ein noch grausameres Wochenende auf dem elterlichen Hof wartete.

Wenn sie Freitagabend nach Hause kam, wurde sie zur Beichte geschickt. Als ob sie etwas zu beichten gehabt hätte. Die Eltern nicht geehrt? Unkeusches getan oder gedacht? Der

Pfarrer hatte ihr dann drei Vaterunser und drei Ave-Maria aufgebrummt – mindestens – und mit dem Fegefeuer gedroht, falls sie diese nicht mit Andacht beten würde. Inbrünstig, die Augen gesenkt und die Fingerspitzen der gefalteten Hände an der Nasenspitze. Als ob sie nicht schon genug in Flammen stand, lichterloh brannte und über glühende Kohlen ging. Und falls sie es gewagt hatte, einen Abend mit ihrer Freundin durch die Gegend zu stromern, den Flug der Fledermäuse zu deuten oder von einer besseren Zukunft zu träumen, sich vorzustellen, wie es wäre, geküsst zu werden, konnte sie sicher sein, dass sie von der Mutter am Sonntag mit zur Morgenandacht geschleppt wurde. Früh um fünf!

So ging es Monat für Monat, Jahr für Jahr. Bis Kunigunde es satthatte und beschloss, sich nach einer anderen Arbeit umzusehen. In Ulm – in der Großstadt.

Ihr neues Zuhause lag direkt gegenüber dem »Aquarium«, jener geheimnisvollen Bar, in der allen Gerüchten zum Trotz – oder gerade deshalb – die Ulmer Prominenz nächtens ein- und ausging. Von den Politikern kannte sie die wenigsten, aber bei Stars wie Nana Mouskouri und Udo Jürgens war sie sich sicher. Damals war Alfonso in ihr Leben getreten und hatte alles verändert …

Die Jahre mit ihm entschädigten sie für die Holzgünzer Zeit um ein Vielfaches. Alfonso verwöhnte sie wie in den Geschichten aus Tausendundeiner Nacht. Nichts war ihm zu kostspielig. Er las von ihren Augen Wünsche ab, von deren Existenz nicht einmal ihre Träume etwas ahnten. Kein Jahr später hatten sie eine große italienische Hochzeit gefeiert, und aus Kunigunde Josefa Ranzlhuber war Graziella Ambrosini geworden, eine Dame der Ulmer Gesellschaft mit besten Kontakten ins Florentiner Kunstmilieu. Sie gehörte fortan dazu. Orte, die sie zuvor in stiller Scheu bewundert hatte, wurden nun zum Wohnzimmer. Bei besonderen Anlässen waren sie regelmäßig unter den geladenen Gästen, auch wenn sie sich manchmal fehl am Platz fühlte. Bei all den Gecken und Schönlingen. Besonders ein Abend war ihr in Erinnerung geblieben. Peinlicher ging es nicht mehr …

»Kommst du nicht?« Alfonso stand in der Tür und stützte sich am Rahmen ab. Die Haare wirr, den einen Mundwinkel halb offen hängend. Graziella schrak hoch. Während sie sich aufrichtete, sah sie nach der antiken Drehpendeluhr. Halb zwei. Über ihren Erinnerungen hatte sie völlig die Zeit vergessen und war wohl eingenickt. Sie tat Alfonso den Gefallen und folgte ihm.

Russenzauber

Dienstag, 15. Juli, früher Abend

Im Industriegebiet angekommen, bog Bitterle von der Daimlerstraße in eine Sackgasse ab. Er ließ den Wagen neben ein paar Containern ausrollen und kam hinter einem orangefarbenen 70er Camaro zum Stehen. Kula hatte richtig vermutet. Nur wenige Schritte von ihnen lag Samirs Mountainbike vor dem Eingang. Dort war ein massives Rolltor ein paar Handbreit zur Seite geschoben. Bitterle beugte sich zur Frontscheibe und sah nach oben. In riesigen dunkelroten Lettern stand quer über der Fassade das Wort PROSPEKT, links und rechts davon schimmerten jeweils drei goldfarbene Sterne. »Ist schon ein Riesending.«

»Stimmt. Damit kann Laschkow Eindruck schinden und seine Macht demonstrieren, genauso wie mit seiner Karre.« Sie deutete auf den Chevi. »Dass da drin nicht nur gefeiert und getanzt wird, weiß jeder. Bloß, der Kerl ist echt raffiniert, den Drogenhandel und die Waffenschiebereien konnte man ihm nie nachweisen.«

»In dem Gebäude war früher eine Präzisionsdreherei. Ich kann mich noch an die Aufregung und die Protestaktionen der Arbeiter erinnern, als der Betrieb verkauft wurde. Kurz darauf hat er dichtgemacht.«

»Das war wohl vor meiner Zeit.«

Bitterle sah zu Kula. »Was glauben Sie, hat der Junge etwas mit Steinles Tod zu tun?«

»Also geplant auf keinen Fall. Dazu hat der nicht genug Grips. Wenn überhaupt, dann war es ein Unfall oder höchstens im Affekt. Wann war noch mal der Todeszeitpunkt?«

»Zwischen Freitagnacht und Samstag früh. Das passt doch! Die Zeugin hatte den Streit am Freitag so gegen sieben beobachtet. Dem Burschen werde ich mal auf den Zahn fühlen. Wenn der mir kein glaubhaftes Alibi vorweist, ist der dran. Und nun?«

»Abwarten, der kommt bestimmt gleich raus.«

Ein paar Minuten später meinte Bitterle: »Mir dauert das zu lang. Auf geht's.«

Sie stiegen aus und gingen zum Tor. Drinnen waren Stimmen zu hören. Kula legte den Zeigefinger auf die Lippen und bedeutete ihm mit nach unten gerichteten Handflächen, leise zu sein.

»Mach dich vom Acker, Bursche, Chef ist fertig mit dir«, sagte jemand mit rauem Akzent.

»Aber is wischtig, Mann«, jammerte Samir Al Askari. »Isch krieg Ärger, Mann.«

»Den bekommst du, wenn du nicht sofort verschwindest. Hast du das immer noch nicht kapiert?«

Kula sah Bitterle fragend an. Der drückte das Tor so weit auf, dass sie ins Innere schlüpfen konnten, und schob behutsam einen Vorhang beiseite. Im Inneren war es düster. Seitlich sahen sie eine endlose Bar mit Hunderten von Flaschen, davor eine ebenso lange Reihe rot gepolsterter Hocker. Dicke Rohre und Traversen mit Scheinwerfern und Lautsprechern zogen sich entlang der Decke. In der Mitte hing eine meterdicke Spiegelkugel. Die Tanzflächen auf den verschiedenen Stockwerken waren kaum zu erkennen.

»In der Szene wird das ›Prospekt‹ mit dem ›Tresor‹ in Berlin verglichen«, flüsterte Kula.

»Sagt mir nichts.«

»Es wird behauptet, dass es hier die exklusivsten Wodkasorten zwischen Zürich und Sankt Petersburg geben soll. Sogar russischen Whisky sollen die haben, für durchschnittliche Discogänger allerdings nicht zu bezahlen, heißt es.«

Vorsichtig gingen sie weiter. Bei einer der hinteren Plattformen schien Licht. Sie konnten Samir erkennen, der flehentlich auf einen Riesen mit militärischem Haarschnitt einredete.

»Mann, die stecken misch in Knast, hörst du. Komm, Mann, hol Chef, dann isch bin sofort weg.«

Bitterle trat unter die Lampe und zog seinen Ausweis aus der Tasche. »Guten Tag, der Herr, Kriminalpolizei. Was ist hier los?«

Kula stellte sich neben ihn und fragte: »Irgendwelche Probleme?«

»Scheiße, Mann!« Samirs Stimme überschlug sich. »Hab's doch gesagt, jetzt sind die Bullen da. Isch muss weg!«

Der Riese sah zwischen Bitterle und Kula hin und her, während sich seine Hand langsam in Richtung einer Tasche seiner Cargohose bewegte.

Kula sah es, öffnete ihr Holster und richtete die Waffe auf den Riesen. »Das würde ich bleiben lassen!«

Doch noch während sie dies sagte, legte der andere den linken Arm um Samirs Hals, zog das Messer und drückte es ihm unters Kinn. »Einen Mucks, und du bist tot!« In Richtung Kula rief er: »Waffe runter! Ganz langsam. Sichern und auf Boden.«

Kula war einen Moment lang starr vor Schreck. Dann erfasste sie die Situation und folgte der Aufforderung.

»Brav so! Und jetzt schieb rüber zu mir.«

Nun machte Bitterle einen Schritt auf ihn zu.

Der Riese reagierte sofort. »Noch ein Schritt, und der Kleine ist hin!«

Bitterle blieb stehen. Er überlegte, wie das weitergehen sollte, und verfluchte sich, weil er auf Kula gehört und keine Verstärkung angefordert hatte. Er nahm sich vor, nie wieder ohne Waffe zu so einem Einsatz zu gehen – wie schon so oft. »Hören Sie, der Junge hat Ihnen nichts getan. Legen Sie um Himmels willen das Messer weg. Sie machen alles nur noch schlimmer.«

Der Riese schien unbeeindruckt. Er zog Samir noch ein Stück näher zu sich her. »Verschwindet! Alle beide. Sofort!«

Von einer Stahltreppe waren Schritte zu hören. Ein Mann löste sich aus dem Dunkel, kam näher und sagte in fast akzentfreiem Deutsch: »Was geht hier vor? Wer sind Sie?« Und an seinen Bodyguard gewandt: »Mach keinen Quatsch, Boris. Lass den Kleinen los!« Er ging zu den beiden Kommissaren und streckte ihnen die Hand entgegen. »Viktor Fedjuschin, wie kann ich Ihnen helfen?«

Wenn Bitterle einen klotzigen Russen mit gegelten Haaren und eckigem Kinn erwartet hatte, wurde er enttäuscht. Viktor Fedjuschin war eher klein, mit Bauchansatz, aber sichtlich durchtrainiertem Oberkörper, und kam in Jeans und Sweatshirt daher. Die wenigen blonden Haare waren wie mit dem Lineal gescheitelt und ordentlich zur Seite gekämmt. Das einzig Auffallende an ihm waren seine eng stehenden grauen Augen, die einen frösteln lassen konnten. Und die im Hosenbund steckende, deutlich sichtbare halbautomatische Walther.

Als Fedjuschin Bitterles Blick bemerkte, sagte er: »Keine Sorge, alles angemeldet, und ich habe einen gültigen Pistolenschein. Aber bitte, worum geht es eigentlich? Liegt etwas gegen mich vor?«

Während die beiden Ermittler ihre Ausweise zückten, rieb Samir sich den Hals, betrachtete die Blutstropfen an seinen Fingern und entfernte sich dabei vorsichtig Schritt für Schritt von seinem Peiniger.

Bitterle begann. »Herr Fedjuschin, es geht um eine Halskette, die Ihnen der Junge angeblich gegeben haben soll. Was wissen Sie darüber?«

Kula fischte erneut ihr Handy aus der Jackentasche und hielt es dem Inhaber unter die Nase. »Das ist sie.«

Er blickte kurz auf das Bild, schob die Unterlippe vor und sagte: »Nie gesehen.«

Kula hakte nach. »Der Junge behauptet aber das Gegenteil. Er sagte, er hätte Ihnen diese Kette gegeben, um Schulden zu begleichen. Oder ging es da vielleicht um etwas anderes?«

Fedjuschin hob die Handflächen. »Also beim besten Willen, ich habe keine Ahnung, wovon Sie reden. Und jetzt muss ich Sie bitten, mich zu entschuldigen. Ich habe zu tun, wichtige Geschäftspartner.« Und während er sich abwandte, wies er Boris an, er solle sich gefälligst bei den Kommissaren und dem Jungen entschuldigen. »Und zwar so, wie es bei uns üblich ist!« Dabei wies er auf die Flaschen an der Wand.

Bitterle war sprachlos ob der Dreistigkeit, mit der Fedjuschin versuchte, sie abzufertigen.

Kula nicht. »So einfach geht das leider nicht. Wann dieses Gespräch beendet ist, bestimmen wir. Wir ermitteln in einem Mordfall, diese Kette ist dem Opfer entwendet worden und ein wichtiges Indiz. Wenn es Ihnen lieber ist, können wir das Gespräch auch gern auf dem Kommissariat fortsetzen.« Über ihr Gesicht huschte ein verschlagenes Lächeln. »Das wird natürlich ein wenig Zeit in Anspruch nehmen, der ganze Papierkram, Sie verstehen. Und es ist ja schon fast Abend ... Ich fürchte, Ihre ›wichtigen Geschäftspartner‹ werden bis morgen warten müssen.«

Fedjuschin hob eine Augenbraue, er schien das Für und Wider seiner Optionen abzuwägen. »Aber, aber, ich bitte Sie, Frau Kommissarin«, sagte er schließlich sanft, »wozu denn diese Umstände? Ich denke, das lässt sich doch auch einvernehmlich regeln. Meinen Sie nicht?«

»Einvernehmlich, aha«, brummte Bitterle, »das fällt Ihnen aber früh ein. Also, was ist jetzt mit dieser Kette?«

»Vielleicht dürfte ich das Foto noch einmal sehen, bitte, Frau Kommissarin. Sie wissen, die Lichtreflexionen«, er wies mit einer unbestimmten Geste nach oben, »und dann meine Augen – die sind auch nicht mehr die besten.«

Kula rief erneut das Foto auf. Fedjuschin bedankte sich mit einer höfisch anmutenden Verneigung und ging vor bis zum Eingang. Dort schob er den Vorhang beiseite und suchte demonstrativ nach dem günstigsten Lichteinfall.

»Ach so, diese Kette meinen Sie, ja, richtig. Die hat der Junge uns gegeben, als Pfand, weil seine Getränkerechnung zu hoch war.« Bedauernd hob er die Hände. »Wenn ich gewusst hätte, dass er sie illegal besitzt, hätte ich sie natürlich niemals angenommen.«

»Der lügt«, fauchte Samir. »Hat misch erpresst. Hat gesagt, wenn isch nisch zahle Schulden für Stoff, er macht misch alle. Hat er gesagt. Ich schwör's!«

»Wann war denn die Drogenfahndung das letzte Mal bei Ihnen, Herr Fedjuschin?«, fragte Kula.

Fedjuschin warf Samir einen kalten Blick zu. »Ich sehe nach, ob ich diese Kette finde, und dann dürfte der Fall erledigt sein.« Er wandte sich um, nahm jeweils zwei Stufen nach oben und kam wenige Augenblicke später wieder. Er legte die Kette mit dem daran hängenden Fische-Symbol vor Kula auf den Tresen. »Heute Abend gibt es eine kleine Party, ganz privat.

Wenn Sie möchten, es wäre mir eine große Ehre und vor allem ein Vergnügen, Sie als meinen persönlichen Gast begrüßen zu dürfen. Und Sie sind selbstverständlich genauso willkommen, Herr Kommissar. Aber nun muss ich wirklich weiterarbeiten. Ich denke, das war's.«

»Nicht ganz«, sagte Bitterle, »Ihren Türsteher erwartet eine Anzeige, aber darum werden sich die Beamten von der Bereitschaft kümmern.«

»Aber wieso das denn? Es ist doch nichts passiert, war doch nur ein Spaß«, begehrte der Riese auf.

»Spaß, sagen Sie?« Bitterle wurde lauter. »Für mich war das Nötigung mit Körperverletzung. Sie dürfen die Stadt bis auf Weiteres nicht verlassen!« Die beiden Ermittler verabschiedeten sich mit knappem Nicken und schnappten sich Samir. Mit ihm in der Mitte gingen sie Richtung Ausgang.

Am Wagen blieb Kula stehen und kramte das Handy hervor.

»Wen rufen Sie an?«, fragte Bitterle.

»Die Drogenfahndung. Und die Sitte am besten gleich dazu. Von wegen kleine Party, ganz privat und Geschäftspartner. Der wird sich wundern.«

»Lassen Sie mich das machen. Ich kenne einen, der ist bei so was besonders gründlich.« Und an Samir gewandt: »Und du kommst jetzt mit aufs Präsidium.« Bitterle öffnete die hintere Wagentür und drückte den Jungen auf die Rückbank.

»Hey, Leute, das könnt ihr nisch machen! Isch hab alles gesagt, und Kette is auch da. Das war's.«

»Das war's, meinst du?« Kula tat erstaunt. »Und den Rest? Hast du den vergessen?«

»Welsche Rest?«

»Pass mal auf, Samir!« Kula beugte sich zu ihm hinunter. »Da wären erst einmal Raub mit Körperverletzung. Dann hast du uns immer noch nicht gesagt, was du Freitagabend gemacht hast. Mit Kumpels gefeiert reicht uns nicht. Wir wollen das ganz genau wissen. Wann, wo und mit wem. Klar?«

Samirs Augen wurden immer größer, und er flüsterte: »Ey, können wir das nisch irgendwie anders regeln?«

»Anders regeln? Ich glaube, du hast immer noch nicht kapiert, dass wir bei der Mordkommission sind und nicht in Bullerbü oder bei Pettersson und Findus.«

»Kenn isch nisch.«

Bratwurst und Prosecco

Mittwoch, 16. Juli, Vormittag

Wieder einmal platzte Dr. Sprekel in Bitterles Zimmer. »Irgendwelche neuen Erkenntnisse?«

Bitterle wandte sich vom Monitor ab und schüttelte den Kopf.

»Kein Wunder, wenn Sie nur dasitzen und in die Gegend starren. Draußen sind die Täter, nicht hier drin. Wie wär's, wenn Sie sich mal etwas bewegen würden?« Dabei wies sein Finger zum Fenster.

Bitterle lehnte sich zurück und verschränkte die Arme vor der Brust. »Mörder fängt man zuallererst mit dem Kopf und nicht mit den Füßen, Herr Kriminalrat. Aber wenn Sie unbedingt darauf bestehen«, er blickte auf die Uhr auf seinem Bildschirm – kurz nach neun, zu früh für eine Bratwurst –, »dann werde ich eben ab Mittag draußen weiterarbeiten.«

»Bis heute Abend will ich Ergebnisse! Die Presse sitzt mir im Nacken. Nicht auszudenken …« Er ließ den Satz in der Luft hängen, doch bevor er die Tür hinter sich zuzog, drehte er sich noch einmal um. »Wo treibt sich überhaupt Ihre Kollegin herum?«

»Frau Skoulatopulos ermittelt.«

»Na, dann hoffe ich für sie, dass sie etwas Verwertbares vorzuweisen hat. Besprechung um Punkt siebzehn Uhr.« Damit verließ er endgültig den Raum. Bitterle schickte ihm ein stummes »Arschloch« hinterher und widmete sich wieder den Aussagen der Anwohner. Es war kaum zu glauben, aber offenbar hatte niemand etwas gesehen oder gehört. Keinen Streit, keinen Hilferuf, nichts. Zeugen, die sich zum Tatzeitpunkt am Donauufer oder auf den großen Rasenflächen aufgehalten hatten, waren trotz wiederholter Radio- und Presseaufrufe bislang keine erschienen. Selbst von den unmittelbaren Anwohnern unterhalb der Stadtmauer mit ihren kleinen Häuschen und den verträumten Gärtchen kamen keine Hinweise. Niemand wollte etwas gehört oder gesehen haben. Auch aus Samir war nichts weiter herauszubekommen gewesen, was ihnen weitergeholfen hätte. Es war zum Haareraufen.

Halb zehn. Lukas trat ein und wedelte aufgeregt mit ein paar Ausdrucken. Kula dicht dahinter.

»Lukas, da bist du ja endlich. Du warst doch gestern Nachmittag mit Fabian bei der Steinle zu Hause. Habt ihr da was entdeckt?«

»Hallo, Chef. Die Durchsuchung der Wohnung war ein Reinfall. Kein Handy, kein Terminkalender, keine Hinweise, dafür jede Menge leere Weinflaschen. Wir haben natürlich auch nach ihrem Rechner gesucht, dachten, vielleicht findet sich da etwas zum Tathintergrund. Aber ihr Laptop war verschwunden. Da war auch kein Stick und keine CD.« Lukas zog die Schultern hoch und drehte die Handflächen nach oben. »Einfach nada.«

Bitterle zog fragend die Augenbrauen hoch. »Wirklich gar nichts? Und wieso kommt ihr zwei dann so aufgeregt bei mir angetanzt?«

»Wir sind im Netz fündig geworden. Ist erst ein paar Monate alt. Zwischen der Steinle und der Ambrosini muss es wirklich ganz schön gekracht haben.« Er reichte einen Ausdruck über den Schreibtisch an Bitterle.

Superzoom: Schon gehört, GA war auf Vereinskosten in Venedig.
ASA-1: Woher willst du denn das wissen? Beweise???
Sex x Sex: Ist doch klar, der Vorstand darf alles. Wie gehabt.
ASA-1: Nun mal halblang, so was zu behaupten, einfach so, geht gar nicht.
Superzoom: Sie ist gesehen worden. Mit einem jungen Gigolo. Schienen sehr vertraut.
Blende32: Ja und? Urlaub kann jeder. Sagt doch nix über die Kosten.
Superzoom: Doch. Sie hat Vereinsgelder abgezweigt, die für das Buchprojekt »Ulm feiert« vorgesehen waren. Ich hab's aus erster Hand.
Pixelpaul: Erste Hand? Da meinst du wohl die Steinle, oder?

*Und warum macht die nix dagegen? Hat doch sonst so eine
große Klappe.*
Sex x Sex: *Die Ambrosini würde sofort zurückschießen. Die
Steinle hat selbst genug Probleme an der Backe. Muss ja nicht
jeder wissen, was die so schluckt und in sich reinschüttet. Öffentlich wäre die vollends unten durch.*
Superzoom: *Wie war das mit den Krähen und den Augen?*

»Interessant! Diese Ambrosini, habt ihr die inzwischen erreichen können?«

»Wir haben's versucht, aber die geht nicht an ihr Telefon,
und auf Nachrichten reagiert sie nicht.«

»Die Polizei versucht, sie im Zusammenhang mit dem Mord
an ihrer Bekannten zu vernehmen, und die Dame ist nicht
erreichbar? Seltsames Verhalten.« Er lehnte sich in seinem Stuhl
zurück. »Haben wir von der ein Bild?«

Lukas verschwand für einen Moment und kam mit zwei
Ausdrucken zurück. Sie zeigten Graziella Ambrosini bei einem Empfang und ihr Porträt auf der Fotoclub-Website. Eine
Dame, etwa Mitte sechzig, mit blond gefärbten und stufig
geschnittenen Haaren. Sie war sorgfältig geschminkt, hatte aber
einen bitteren Zug um die Lippen, und das Lächeln war nur
angedeutet, ihr Blick zielgerichtet.

Bitterle stutzte. »Die kenn ich, die ist mittwochs immer auf
dem Markt.« Er sah auf die Uhr. »Fünf nach zehn, vielleicht
klappt's ja. Bis später.«

Schon an der Tür, machte er auf dem Absatz kehrt und
rief Lukas zu: »Was ist eigentlich mit dem Lederdings, dieser
Lasche, oder was das war?«

»Bin dran.«

Bitterle pflügte durch die Menschenmassen, die den Wochenmarkt bevölkerten. Viele standen da und redeten, begrüßten
oder verabschiedeten sich, begutachteten unschlüssig die Ware
und versperrten mit ihren Einkaufstrolleys den Weg. Ein leben-
diges Treiben, beinahe mediterran – bis auf das Wetter. Beim
Uhrengeschäft bog er rechts ab, Richtung Hafengasse und

Zoohandlung. Er brauchte dringend Fischfutter. Der Inhaber machte ihn auf die neu eingetroffenen Skalare aufmerksam. Er wusste, sie waren Bitterles Lieblingsfische. Mit ihrer nahezu schwarzen Zeichnung bildeten sie zwischen dem Hellgrün der Wasserpflanzen einen meditativen Ruhepol. Ihre gelassene Art, in der leichten Strömung zu stehen, nur hin und wieder sacht mit den Flossen zu wedeln, diese Eleganz, wenn sie erhaben durchs Becken schwebten. Dieser stolze Blick, und wie sie blitzartig die Richtung wechseln konnten, um danach in Seelenruhe weiterzuziehen. Es fiel ihm schwer, sich loszueisen. Beim Betrachten dieser Fische hatte er oft die besten Ideen, um seine Fälle zu lösen. Ohne lange zu überlegen, ließ er drei von den kleinen Fischchen reservieren und bezahlte die Dose mit den Futterflocken.

Obwohl er Plastiktüten auf den Tod nicht ausstehen konnte, war er doch gezwungen, eine zu nehmen. Worin sonst hätte er sein Fischfutter transportieren sollen? Diese Abneigung hatte nichts mit ökologischen Gründen zu tun, auf die eine Tüte hin oder her kam's seiner Auffassung nach nicht an. Nein, Bitterle fand die Dinger einfach hässlich. Am schlimmsten waren die großen mit irgendwelchen Aufdrucken. Bei denen lief der Kunde für eine Firma unbezahlt Werbung, außerdem wurde sichtbar, welches Geschäft er bevorzugte, und somit konnte jeder Rückschlüsse auf Einkommen und Konsumvorlieben ziehen.

Mit einem Blick nach oben – die Wolken fegten Richtung Osten, aber es blieb trocken – verließ er den kleinen Laden und ging entlang der Münster-Nordseite zurück zum Markt. Zeit für eine Bratwurst. Der Imbissstand war bekannt und an Markttagen ständig belagert, gehörte er doch dazu wie bunte Eier im Osternest. An manchen Tagen reichte die Schlange bis weit in die Platzgasse hinein, und man konnte fast den Eindruck gewinnen, eine englische Reisegesellschaft wäre zu Besuch. Niemand schob, keiner drängelte. Alle standen brav hintereinander in einer Schlange und warteten, bis sie an der Reihe waren. Geschiebe gab es nur, wenn zum Beispiel eine Mutter mit Zwillingskinderwagen vorbeiwollte oder Rentner mit ihren Rollatoren, die sich den Durchgang frei maulten. Einmal hatte Bitterle einen Sachsen gehört, den die Schlange an Zeiten erinnert hatte, als es in Chemnitz die jährliche Bananenration zu kaufen gab.

Die Münsterglocken hatten ihr Mittagsgeläut beendet, ein letzter Ton hallte nach, als Bitterle am Bratwurststand ankam und seinen Kopf seitlich um die Ecke streckte. Er hatte sich an die Sonderbehandlung gewöhnt, denn der Besitzer wusste, dass er meist in Eile war.

»Ah, unser Münsterplatz-Columbo. Auch mal wieder unterwegs«, sagte der Chef, während er Würste auf dem Grillrost drehte. »Wie immer? Eine Rote, groß und kross und mit viel Senf?«

»Ganz genau. Wie immer groß und kross.« Bitterle war froh, nicht auf den Fall angesprochen zu werden. Kaum einer in der Schlange nahm Notiz davon, wie er seine Wurst entgegennahm, zahlte und voller Genuss hineinbiss. Er leckte sich die Finger und sah dem quirligen Markttreiben scheinbar entspannt und unbeteiligt zu. Doch sein Blick glitt über die Menge, und er analysierte jedes Gesicht. Er hielt Ausschau nach Graziella Ambrosini und begann, die Stände entlangzuschlendern. Mit einem Surren öffneten sich die Türchen des Glockenspiels des Haushaltswarengeschäfts hinter ihm, und die Porzellanglocken begannen mit ihrem ersten Lied. Er liebte dieses Gebimmel. Doch heute war er nicht zum Vergnügen hier.

An einem Stand mit Kartoffeln entdeckte er sie – Frau Ambrosini. Sie trug die Frisur wie auf dem Foto und war mit einem dunkelblauen Wollkleid sowie bordeauxrotem Bolero mit gepolsterten Schultern bekleidet. Die Absätze fand Bitterle für ihr Alter eine Spur zu hoch. Er trat näher und belauschte ihr Gespräch mit der jungen Verkäuferin.

»Was? Für die Kartoffel wollt ihr au no Geld? Die keimen ja schon. Bis ich die daheim hab, hend die Blätter. Und da. Die schwarzen Stellen, die muss ich alle rausschneiden. Das Zeug g'hört auf den Kompost!«

Die Verkäuferin, dem Alter nach noch Schülerin, trat von einem Bein aufs andere, schob die Haare hinters Ohr und sah sich hilfesuchend um. Dann zeigte sie auf die Schütte daneben. »Vielleicht möchten Sie die neuen Kartoffeln aus Sizilien, ganz frische Ernte.«

»Mädle, ich glaub, du spinnst. Denkst du vielleicht, ich geb über drei Euro für ein Kilo Kartoffel aus? Überhaupt! Wie läufst du denn hier rum? Minikleid, Lidstrich und was weiß ich sonst noch alles. Ein Wochenmarkt ist kein Opernball. Haben dir das deine Eltern nicht beigebracht? Mein Gott, du solltest dich was schämen!«

Mit diesen Worten ließ sie die Kleine stehen und ging zum nächsten Stand.

Bitterle lächelte das Mädchen an und versuchte sie zu trösten: »Mach dir nichts draus. Die hat's bestimmt nicht so gemeint.«

Er ging weiter hinter Frau Ambrosini her, beobachtete sie und beschloss, sie bei nächster Gelegenheit anzusprechen. Beim Eiermann bot sich die nächste Überraschung. Er erlebte aus unmittelbarer Nähe, wie sie mit dem Händler feilschte, als er zwei Packungen Eier über die Theke reichte und sie diese öffnete.

»Da. Das eine ist kaputt, da fehlt die halbe Schale. Das zahl ich nicht!«

»Aber Sie haben doch Knickeier verlangt. Und bei zehn Cent pro Ei kann schon mal ein kleines Löchlein in der Schale sein.«

»Löchle, sagen Sie? Kleines Löchle? Das Ei ist kaputt und damit basta. Eins neunzig, mehr zahl ich nicht.« Sie suchte die Münzen aus der Geldbörse und ließ sie kommentarlos auf den Blechteller fallen.

Da schau her, das kann ja heiter werden, dachte Bitterle und tupfte sich den Senf von den Lippen. Frau Ambrosini steuerte den Stand gegenüber an, der auch Kartoffeln anbot. Bitterle folgte ihr und blieb nur einen Schritt hinter ihr stehen. Sie verlangte eine Tüte, drehte jede einzelne Kartoffel in den Händen und legte höchstens jede dritte in den Beutel. Als sie bezahlt hatte, sprach er sie an.

»Frau Ambrosini?«

»Was wollen Sie? Wer sind Sie?« Sie musterte Bitterle mit schmalen Lippen und zog die Augen zu Schlitzen.

»Bitterle, Dezernat eins, Kapitaldelikte.« Er zog seinen Ausweis aus der Tasche und hielt ihn ihr direkt unter Nase. »Sagt Ihnen der Name Vera Steinle etwas? Sie kannten sie doch.«

Beim Namen Steinle änderte sich ihr Gesichtsausdruck. Sie biss für den Bruchteil einer Sekunde auf ihre Unterlippe und ließ den Geldbeutel fallen. Die Münzen kullerten im Umkreis von einem Meter übers Pflaster. Eilig ging sie in die Knie und sammelte das Geld ein. Bitterle ging ebenfalls in die Hocke, langte nach einem Fünf-Cent-Stück und warf es ihr, nachdem sie alle Münzen eingesammelt hatte, mit kraus gezogener Stirn in die offene Börse.

»Frau Ambrosini, meine Kollegen haben bereits mehrfach versucht, Kontakt mit Ihnen aufzunehmen. Wir hätten da ein paar Fragen. Ich möchte Sie bitten, heute Nachmittag um fünfzehn Uhr ins Präsidium zu kommen.«

»Wie, wozu das denn?« Frau Ambrosini stopfte ihr Portemonnaie in die Einkaufstasche und erhob sich. »Was wollen Sie von mir? Ich habe für so etwas keine Zeit.«

»Vera Steinle wurde tot aufgefunden, wie Sie sicher mitbekommen haben. Wir müssen klären, ob es ein Mord oder ein Unfall war. Dazu brauchen wir Sie als Zeugin.«

»Mord, sagen Sie? Damit habe ich nichts zu tun. Geht mich nichts an. Und überhaupt!«

»Wann haben Sie Frau Steinle denn zuletzt gesehen? Jeder Hinweis kann uns helfen.«

»Die Steinle? Mein Gott, das ist schon Wochen her, wenn nicht gar Monate. Ich kann mich beim besten Willen nicht erinnern. Und jetzt würde ich gern weiter einkaufen.«

»Wie gesagt, fünfzehn Uhr im Präsidium.«

»Also das passt mir überhaupt nicht. Ausgerechnet heute.«

»Glauben Sie mir, Frau Ambrosini, Sie ersparen sich eine Menge Ärger. Eine gerichtliche Vorladung möchten Sie bestimmt nicht riskieren. Also, wir sehen uns. Bis heute Nachmittag.«

Bitterle tippte sich an die Stirn und wandte sich zum Gehen.

An der nächsten Ecke stellte er sich hinter einen Schirm und sah Frau Ambrosini nach. Sie ging den südlichen Münsterplatz entlang. Der Kommissar folgte ihr in sicherem Abstand. Sie steuerte das italienische Lebensmittelgeschäft an und betrat den Laden. Sofort eilte ein Verkäufer in weißem Hemd und schwarzer Weste auf sie zu und begrüßte sie überschwänglich. Küsschen links, Küsschen rechts, dann hielt er sie an den Schultern auf Armeslänge und machte ihr wohl irgendwelche Komplimente, die der Ambrosini eine kokette Lachsalve entlockten. Der Angestellte bugsierte sie zu einem der Tischchen, die in Fensternähe standen, und kam gleich darauf mit einer Flasche Prosecco angetänzelt. Er balancierte sie affig auf vier Fingern, den Daumen im Flaschenboden, und goss mit großer Geste den Schaumwein in den Kelch.

Vorsichtig näherte sich Bitterle, weiterhin darauf bedacht, nicht bemerkt zu werden. Frau Ambrosini leerte ihr Glas auf ex und streckte es dem Kellner erneut entgegen. Der machte eine bühnenreife Drehung auf dem Absatz und sagte etwas in der Art wie: »*Oh cara mia!* Signora mussen aber seeehr durstig sein!« Sie nickte nur, gab ihre Bestellung auf und deutete auf die Flasche, die daraufhin vor ihr abgestellt wurde. Die Bruschette lagen dicht nebeneinander und waren mit Parmaschinken, Provolone, Lachs und Salami belegt. Die Ambrosini schlang die Brote hinunter, hektisch, scheinbar ohne zu kauen, und spülte bei jedem Bissen mit Prosecco nach. Dabei blickte sie nicht ein einziges Mal vom Teller hoch. Auf einen Wink hin wurden ihr ein Espresso sowie ein Likörglas mit braunem Inhalt serviert.

Bitterle war etwas irritiert. Er machte sich nichts aus diesem Feinkost-Etepetete-Schnickschnack, aber er hätte doch erwartet, dass man selbst einen Imbiss dieser Art mit etwas mehr Genuss zu sich nehmen würde.

Frau Ambrosini war inzwischen an die Kühltheke getreten und deutete auf diverse Käse- und Wurstsorten. In der hinteren Ecke beim Weinregal griff sie zwei Flaschen aus der obersten Reihe und verstaute sie in ihrem Korb. Dies wurde vom Kellner gestenreich kommentiert, und es schien, dass er sie zu ihrer Wahl beglückwünschte. Als sie das Geschäft verließ, hatte sie

Bitterle noch immer nicht bemerkt, obwohl der nur wenige Meter entfernt an der Ecke stand. Schwungvoll ging sie um die Tische im Außenbereich herum, wobei die Quittung aus ihrem Einkaufskorb segelte. Bitterle bückte sich und hob sie auf. Da schau her, dachte er sich, macht so ein Tamtam wegen eines angeschlagenen Eies und lässt so mir nichts, dir nichts hundertachtundfünfzig Euro beim Italiener liegen. Allein achtundneunzig Euro für zwei Flaschen Rotwein.

In der Tasche vibrierte sein Mobiltelefon.

»Ja? ... Eindeutig zu erkennen, sagst du? Und von wann sind die Aufnahmen? ... Prima! Mal sehen, was sie dazu sagt. Sie kommt um drei. Lukas soll mal sehen, was er alles über sie in Erfahrung bringen kann. Danke.« Zufrieden steckte er das Handy wieder ein und machte sich auf den Rückweg.

Komischer Vogel, diese Ambrosini, dachte Bitterle. Er würde ihr am Nachmittag auf den Zahn fühlen.

Lukas Langenwalter erwartete Bitterle bereits in dessen Zimmer. Auf seinem Schreibtisch lagen Ausdrucke der Bilder aus dem Stadthaus, auf denen sie die Spiegelungen entdeckt hatten. In der Vergrößerung war darauf mit einigem guten Willen Graziella Ambrosini zu erkennen, die einem Mann den Arm um den Hals legte. Die beiden machten einen sehr vertrauten Eindruck.

»Woher hast du die?« Bitterle konnte seine Bewunderung für diesen jungen Beamten kaum verbergen. Immer wieder überraschte er ihn mit Neuigkeiten, und zwar meist zum günstigsten Zeitpunkt.

»Von Steinles Cloud.«

»Cloud? Geht's auch allgemein verständlich?«

»Fabian hat sich da reingehackt. Du glaubst nicht, wie raffiniert der Kerl ist. Sollte glatt bei uns anfangen —«

»Komm zur Sache«, unterbrach ihn Bitterle, »wir haben nicht ewig Zeit. Die Ambrosini kommt um drei. Was bedeutet Cloud?«

»Pass auf. In der Regel speicherst du deine Daten auf deinem Rechner oder zum Beispiel einem Stick, den du aber eben dabeihaben musst, wenn du auf die Daten zugreifen willst. Das kann ganz schön lästig werden. Und dafür gibt's die Cloud. Das ist ein Speicher auf einem Großrechner, auf den du übers Internet mit deinem persönlichen Code Zugriff hast. Und zwar von jedem Rechner an jedem Ort der Welt.«

»Kapiert. Und in so einer Cloud hat die Steinle also die Bilder gespeichert, die sie auch an Fabian geschickt hat?«

»Auch, aber nicht nur. Auf dem Bild, das Fabian uns gezeigt hat, war ja nur eine Person zu erkennen. Aber hier«, er zog ein Bild aus dem Stapel hervor, »sind es zwei, die Ambrosini und dieser Typ. Die Aufnahmen sind vom letzten Mittwoch, gerade mal eine Woche alt.«

Sofort begriff Bitterle die Brisanz dieses Datums. Er freute sich auf das Gespräch mit der Ambrosini am Nachmittag. Die feine Dame würde ihm einiges erklären müssen. »Nur zu dumm, dass man den Kerl nicht richtig erkennen kann. Das Gesicht ist nur im Halbprofil zu sehen, und außerdem ist hier die Spiegelung zu schwach.«

»Ich frag mal, ob die Technik da was machen kann.«

Bitterle bedankte sich bei Lukas und widmete sich wieder den spärlichen Aussagen. Kaum war sein Kollege jedoch aus der Tür getreten, rief er ihm nach: »Moment, was ist denn jetzt mit dieser Lederlasche? Gibt's da schon Ergebnisse?«

»Scheinen zu einer exklusiven Jacke zu gehören. Wollte mich am Nachmittag drum kümmern und die einschlägigen Geschäfte abklappern.«

»In Ordnung. Aber nimm die Skoulatopulos mit.«

»Wieso das denn?«

»Na hör mal. Du und Mode.«

Lukas sah an sich herab, betrachtete sein schwarzes Sweatshirt mit dem Drachenkopf, die ebenso schwarzen Dreiviertelhosen mit dem halben Dutzend Taschen und gab nur ein beleidigtes »Also wirklich« von sich.

Falsche Fotos und Puccini

Donnerstag, 10. Juli

Alfonso Ambrosini lebte schon seit über fünfzig Jahren in Ulm und hatte sich bestens dort eingerichtet. Selbst beim Essen hatte er Zugeständnisse gemacht und sich neben Spätzle sogar mit Kartoffeln angefreundet. Bei der Sprache war er allerdings seinem italienischen Zungenschlag treu geblieben, was ihm deutlich anzuhören war. So klang bei ihm Kartoffel eher nach Kadoffen, und wer genau hinhörte, konnte sogar am Ende noch ein kleines drangehängtes »e« wahrnehmen.

Er war mit siebzehn von zu Hause fort. Hals über Kopf, nachdem der Streit mit seinem Vater eskaliert war. Er hatte sich auf den Weg nach Norden gemacht, mit nichts als einem Satz Unterwäsche, zwei Paar Socken, einem dicken Strickpullover in seiner Reisetasche und einem tiefen Griff in Vaters Ladenkasse.

Er hatte es so satt!

Diese ewigen Zurechtweisungen und die Vorwürfe, er würde nicht zur Übernahme des Geschäfts taugen, des, wie der Alte immer wieder betonte, über Generationen geführten Auktionshauses, welches einst sogar die Königsfamilie beliefert hätte. Er wäre ein zügelloser Herumtreiber, der nur den *ragazze* nachschauen und sich um sein *motorino* kümmern würde. Bei Magirus-Deutz suchten sie damals Leute, welche Löschpumpen auf die Feuerwehrfahrzeuge montierten. Er nahm die Stelle an, und die Arbeit hatte ihm zunächst auch Spaß gemacht. Die Freiheit, die Selbstständigkeit, ganz abgesehen vom verdienten Geld. Endlich konnte er sich seinen Traum erfüllen und kaufte sich eine Kodak-Spiegelreflexkamera. Doch schon ein Jahr später überkam ihn die Sehnsucht nach genau jener Art von Kultur, die ihm im Elternhaus aus jeder Nische entgegengesprungen, die sowohl sichtbar wie hörbar gewesen war. Er sah sich nach einer Nebentätigkeit um, die ihm dies zurückbringen konnte.

In einem Antiquitätengeschäft in der Altstadt wurde er

fündig. Der Besitzer war vom Wissen des jungen Mannes begeistert. Es dauerte nicht lange, bis Alfonso nicht nur die Fotos für die Kataloge machen durfte, sondern sich auch mehr und mehr einarbeitete, bis er schließlich die Montagearbeit aufgab und sich ganz den Antiquitäten und Gemälden widmen konnte. Bald war er die rechte Hand des Inhabers und konnte fünfzehn Jahre später das Geschäft nach dessen Rückzug in den Ruhestand ganz übernehmen. Nach der Heirat mit Graziella wurde er wieder in den Familienclan aufgenommen, und sein Vater löste die finanziellen Verpflichtungen gegenüber dem Vorbesitzer ab.

Doch trotz der Belastung, die ihn tagein, tagaus beanspruchte, blieb er seiner Leidenschaft für die Fotografie treu. Mit dieser Leidenschaft hatte er auch seine damalige Freundin und spätere Frau anstecken können, die jedoch trotz aller Begeisterung nie sein Niveau erreicht hatte. Doch das hatte er sie zu keinem Moment spüren lassen. Er ließ sie in dem Glauben, ihre Bilder wären von außergewöhnlicher Qualität.

Heute war er siebenundsechzig und hatte sich seinen Lebensabend eigentlich anders vorgestellt. Ein Dienstag im Juni des Jahres 2012, ein Zeitpunkt vor ziemlich genau zwei Jahren, sollte seinem Leben jedoch eine komplette Wendung geben. Von einem Moment zum anderen war alles anders. Das Leben war aus den Fugen geraten, das Gleichgewicht zu Ungunsten der Gesundheit aufgehoben. Alfonso erlitt einen Schlaganfall. Er hatte sich zwar recht schnell davon erholt, doch wegen der verbliebenen halbseitigen Lähmungen konnte er seinen Beruf nicht weiter ausüben. Er musste Geschäft und Galerie verkaufen und wurde, wie er sich ab diesem Zeitpunkt gern bezeichnete, Privatier. Seine ganze Freude bezog er nunmehr aus seiner früheren Leidenschaft, der Fotografie, beziehungsweise der Bildbearbeitung und den analogen Vergrößerungen mit all den chemischen Prozessen. Auch wenn ihm wegen des kaum noch zu gebrauchenden linken Armes viele Handgriffe schwerfielen.

An diesem Morgen saß er im Atelier und besah sich die letzten Abzüge, die er bei der »Agenzia di fotografia, Firenze«

bestellt hatte und die ihm per Kurier zugestellt worden waren. Ein paar zusätzliche Blickfänge in Graziellas Bilderreihe, die der Ausstellung hoffentlich zum erhofften Erfolg verhelfen würden. Er zog den Gürtel des seidenen Morgenrockes enger und seufzte, denn er hatte schlecht geschlafen. Aber die Vorbereitungen des Events ließen ihm keine Ruhe. Den Regen, der bei jeder Böe gegen die Scheibe prasselte, ignorierte er. Sein Interesse galt den Bildern, die vor ihm unter der Tageslichtlampe ausgebreitet waren. Besonders ein Schwarz-Weiß-Foto mit dem Porträt eines venezianischen Maskenträgers erregte seine Aufmerksamkeit, oder vielmehr die Fassade eines Palazzo im Hintergrund. Er wischte sich das linke Auge, das seit seinem Schlaganfall immer wieder etwas tränte. Sein ehemaliges Sucherauge, sein unbestechlicher Motivfänger, als er noch aktiv fotografiert hatte und ihn nichts von seiner Leica trennen konnte. Es machte ihm Mühe, sich so weit zu drehen, um mit der rechten Hand nach der Lupe in der linken Schublade tasten zu können und das bierdeckelgroße Vergrößerungsglas herauszuziehen. Er hielt es über das Bild und sah sofort, was er zuvor nur geahnt hatte. Stromleitungen und Isolatoren. Doch weit schlimmer, geradezu verräterisch waren die Reste eines Signets. Das Logo des Händlers, dessen Bilder man per Mausklick erwerben konnte. Die Agentur hatte ihm Pfusch verkauft! Wenn man nicht alles selbst macht, dachte er und widmete sich, während der PC hochfuhr, den restlichen Bildern.

Er hatte Graziella dank seiner Beziehungen die Möglichkeit zu dieser Ausstellung verschafft. »Wasserspaß in Venedig und Ulm« lautete das Motto. Und das im Stadthaus, dem exponiertesten Ulmer Gebäude nach dem Münster. Die beiden so herausragenden Bauwerke aus so unterschiedlichen Epochen, die in Wurfweite zueinander standen, bildeten einen einzigartigen architektonischen Kontrast, der ihn schon immer fasziniert hatte.

Das meiste war schon erledigt, es fehlten nur noch diese drei Motive. Die Schwarz-Weiß-Abzüge des Karnevals in Venedig würden einen perfekten Kontrast zu den Farbaufnahmen des Nabadas vom letzten Schwörmontag bieten. Ihnen blieb nur noch eine knappe Woche Zeit. Die zu erwartende Kritik, den bunten Masken des venezianischen Schauspiels die Farbe gestohlen zu haben, war eingeplant. Umso mehr würden die Bilder des Ulmer Wasserspektakels in den Vordergrund gerückt werden. Eine gute Presse wäre gewiss. Und dass die Lorbeeren dafür seine Frau ernten würde, kümmerte ihn nicht, im Gegenteil, es erregte ihn schon fast.

Früher hätte Alfonso ein analoges Repro des Abzuges gemacht, retuschiert, neu belichtet und entwickelt. Ganz die alte Schule in der Dunkelkammer mit Stoppuhr, den entsprechenden Flüssigkeiten und Thermometer. Doch heute beschränkte er sich darauf, die Ränder zu beschneiden und mit einem Passepartout zu überdecken. Dies machte er bei allen drei Bildern. Zufrieden betrachtete er sein Werk. Nun würde niemandem mehr der kleine Schwindel auffallen, dessen war er sich sicher. Ob die übrigen Venedig-Aufnahmen, die schon im Stadthaus hingen, in Ordnung waren? Er hatte sie sich nicht genauer angesehen.

Er beruhigte sich mit dem Gedanken, dass seiner Frau eventuelle Unstimmigkeiten aufgefallen wären, und lümmelte sich in seinen Ohrensessel. Auf dem Tisch wartete bereits eine Flasche Wein aus seinem Regal, die er umständlich öffnete. Seine Lieblings-Oper von Puccini steckte noch in der Anlage. Er lehnte sich zurück und lauschte der betörenden Stimme der Caballé. Seiner Meinung nach konnte ihr keine der anderen Diven bei »La Bohème« das Wasser reichen. Von diesen Tönen ergriffen, sinnierte er über mögliche Untertitel, welche die Kontraste dieser Bilder unterstreichen würden. Venedig, diese stinkende Pfütze, sollte bedrohlich, abweisend und düster rüberkommen. Ulm hingegen samtweich, feuchtfröhlich und bunt. Auf jeden Fall würde er deswegen noch Herrn Pechstein von der Ulmer Tageszeitung kontaktieren müssen.

Die Lady und der Kommissar

Mittwoch, 16. Juli, Nachmittag

Graziella Ambrosini betrat Bitterles Zimmer, zupfte ihren lindgrün marmorierten Seidenschal von hier nach da und sah den Kommissar herausfordernd an. »Und? Was ist jetzt? Sie wollten mich sprechen, hier bin ich.«

Bitterle sah auf die Uhr. Zwanzig nach drei. »Kleinen Moment noch. Nehmen Sie inzwischen Platz.« Damit erhob er sich und ging zu Lukas. »Komm bitte in etwa zehn Minuten mit den Bildern. Mal sehen, wie sie reagiert.« Anschließend ging er zur Toilette und kam kurz darauf zurückgeschlendert. Seelenruhig und betont langsam nahm er hinter seinem Schreibtisch Platz.

»Sie, ich habe nicht ewig Zeit. Meine Ausstellung, wie Sie vielleicht wissen.«

»Ausstellung? Hier geht es nicht um Kunst, gnädige Frau, hier geht es um Mord, und ich halte Sie zumindest für eine wichtige Zeugin.«

»Was soll ich denn schon wissen? Wie schon heute Vormittag gesagt, ich hatte zu der Steinle seit Wochen«, sie machte eine abfällige Geste, »ach was, seit Monaten keinen Kontakt.«

»Sagten Sie bereits. Aber darauf komme ich später zurück. Zunächst das Formale.«

Frau Ambrosini richtete sich auf und machte den Hals lang. »Sie heißen Graziella Ambrosini, ist das korrekt?«

»Was fragen Sie, wenn Sie's doch schon wissen?«

»Nun, dem Melderegister zufolge tragen Sie diesen Namen erst seit Ihrer Heirat, das war, einen Moment bitte …« Bitterle blätterte im vor ihm liegenden Ordner und tat, als würde er etwas suchen. »Ah, hier ist es, Sie hatten in Siena geheiratet, das war im Jahre 1977. Ist das korrekt?«

»Völlig korrekt, aber was hat das mit dem Fall zu tun?«

»Reine Routine, Frau Ambrosini, wir tun hier nur unsere Arbeit. Sie haben den Namen Ihres Mannes angenommen – Ambrosini. Aber warum haben Sie gleich dazu den Vornamen, oder besser beide Vornamen gewechselt?«

Bitterles Gegenüber stockte, dann erhob sie ihre Stimme. »Bitte verschonen Sie mich mit meiner Vergangenheit. Ich weiß, wie ich früher geheißen habe. Mein Mann weiß es, ich weiß es und sonst niemand. Und das soll bitte schön auch so bleiben.«

»Gut, wie Sie wünschen, Frau Ambrosini.« Bitterle konnte ihren Wunsch sogar verstehen. »Aber um die Bestätigung Ihres Geburtsortes und des Datums werden Sie nicht herumkommen.«

»Wie Sie meinen.«

»Den Unterlagen zufolge sind Sie am 18. April 1950 in Holzgünz geboren. Ihre Eltern waren seinerzeit Landwirte. Ist das korrekt?«

Sie schluckte, blickte zur Seite und murmelte: »Was geht Sie das an? Und überhaupt, was hat das mit dem Tod von Vera Steinle zu tun?«

»Nichts, Frau Ambrosini, gar nichts, aber gewisse Formalitäten müssen nun mal sein.«

Sie atmete kurz und hörbar ein und aus.

»Gut, also weiter. Derzeit wohnen Sie in 89075 Ulm, im Tokajerweg, gemeinsam mit Ihrem Mann Alfonso, geboren 1947 in Siena. Dieser war bis vor …«, wieder blätterte er in den Unterlagen, »bis 2012 Antiquitätenhändler mit eigenem Geschäft in der –«

»Ja, verdammt, in der Bockgasse, worauf wollen Sie hinaus, Herr Kommissar?«

»Ich? Auf gar nichts will ich hinaus.«

Inzwischen war Lukas in den Raum getreten und hatte die Fotos auf den Schreibtisch gelegt. Graziella Ambrosini starrte auf die Tätowierung an seinem Hals, die das bunte Schwanzende eines Drachens darstellte. Bitterle nahm die Bilder, legte sie nebeneinander vor sich hin und drehte sie um hundertachtzig Grad.

»Ich möchte nur Ihre Glaubwürdigkeit prüfen. Habe ich das richtig verstanden? Sie sagten, Sie hätten die Tote seit mehreren Wochen, wenn nicht gar Monaten nicht mehr getroffen? Wie erklären Sie sich dann das hier?« Bitterle schob die Fotografien, eine nach der anderen, dicht vor Graziella Ambrosini an die Tischkante. Er lehnte sich mit verschränkten Armen zurück und sah ihr direkt in die Augen. Sie blinzelte mehrmals, räusperte sich umständlich.

»Ja und? Was soll das sein? Oder besser: Wer soll das sein?«

»Für mich sieht das aus wie Sie. Diese Aufnahmen stammen von Vera Steinles Kamera, sogar Datum und Uhrzeit sind vermerkt. Schauen Sie unten rechts: 9. Juli, zehn Uhr achtundvierzig. Das war vor exakt sieben Tagen, also erst vor einer Woche.«

»Möglich, das würde allerdings bedeuten, sie hat mich heimlich fotografiert. Ich kann mich jedenfalls an keine Begegnung erinnern.«

»Frau Ambrosini, Vera Steinle stand lange in engem Kontakt mit Ihnen, und es gab neuerdings Streit. Ich wiederhole es noch einmal: Wir ermitteln in einem Mordfall und nicht wegen Falschparkens. Jede Kooperation Ihrerseits kann sich entlastend auswirken.«

Frau Ambrosini richtete sich abrupt auf und fauchte Bitterle an: »Stehe ich etwa unter Verdacht? Lächerlich!«

»Zumindest machen Sie sich mit Ihrer verweigernden Haltung mehr als verdächtig. Glauben Sie mir, wir werden Zeugen finden, die einen Kontakt zwischen Ihnen beiden an besagtem Vormittag bestätigen werden. Also, zum letzten Mal: Haben Sie Frau Steinle im Stadthaus getroffen oder nicht?«

»Getroffen, was heißt schon getroffen. Ja, gut, sie stand plötzlich da und wollte was wegen der Ausstellung wissen. Ich konnte ihr nicht helfen, und sie hat sich wieder aus dem Staub gemacht. Von Fotos weiß ich nichts, hat sie wohl heimlich gemacht. Mal wieder typisch für die Steinle.«

»Warum nicht gleich so, Frau Ambrosini? Sie hätten uns beiden viel erspart. Haben Sie sie danach noch einmal gesehen? Am Freitag vielleicht?«

»Verdammt, nein. Und jetzt werde ich gehen. Sie haben meine Zeit lange genug vergeudet.«

»Wie Sie meinen. Bitte warten Sie draußen so lange, bis das Protokoll geschrieben ist. Wir brauchen noch Ihre Unterschrift.«

Sie schob den Stuhl lautstark nach hinten, erhob sich und war im Begriff zu gehen.

»Ach, eine Frage noch: Wer ist die andere Person auf dem Bild? Dieser Mann, dem Sie so – wie soll ich sagen – so vertraut die Hand um den Hals legen?«

»Wo? Wer?« Sie blickte beiläufig auf die Fotos und sagte: »Irgendein Besucher, er hat meine Abzüge gelobt, fand die Ausstellung wohl gut. Kenn ich nicht weiter. War's das jetzt endlich?«

»Sind Sie sicher?«

»Was soll die Frage? Natürlich bin ich mir sicher!«

Bitterle fixierte sie eine Weile schweigend, aber sie kniff nur entschieden die Lippen zusammen und sah Richtung Fenster. Schließlich sagte er: »Das war's, vielen Dank. Allerdings muss ich Sie bitten, die Stadt bis auf Weiteres nicht zu verlassen.«

Wir sehen uns bestimmt wieder, dachte er, keine Sorge. Er blickte auf die Uhr. Noch zehn Minuten bis zur Besprechung mit seinem Chef. Zeit für einen Kaffee.

Julia Michalek saß mit Headset vor dem Rechner und wusste sofort, was den Kommissar zu ihr hintrieb, als dieser klopfte und eintrat. »Kommt sofort. Immer noch ohne Zucker?«

Bitterle tätschelte sich den Bauch und sagte: »Reine Gewohnheitssache.«

Die Besprechung war knapp. Dr. Sprekel schob einen dringenden Termin vor. Julia Michalek hatte ihnen zuvor unter Augenzwinkern zugeflüstert, dass wohl ein Springreitturnier auf Sky übertragen wurde. Selbst die Information bezüglich der Fotos von Graziella Ambrosini tat er kurz ab und erbat weitere Details darüber am nächsten Tag. Bitterle war es recht, ihm kam es nicht ungelegen, einmal zu normalen Zeiten das Polizeipräsidium zu verlassen. Er hoffte, den Fall für ein paar Stunden vergessen zu können.

Zu Hause angekommen, sah Bitterle als Erstes nach seinen Fischen. Der Perlator sprudelte, und seine Schützlinge standen leicht wedelnd in der Strömung. Bitterle klopfte an die

Scheibe. Sie eilten sofort herbei und sammelten sich. Ein klares Zeichen, dass sie Hunger hatten. Er griff in die neue Dose und streute die Flocken ins Wasser. Seine Lieblinge flitzten mit offen stehenden Mäulern nach oben, schwammen dem Futter hinterher und schnappten gierig zu. Doch nicht alle Flocken wurden entlang des Beckenrandes getrieben. Einige der Wasserpflanzen waren gewachsen. Besonders die Cabomba, diese an Dill erinnernden Haarnixen, hatten sich flach auf die Oberfläche gelegt und zu einem Halbkreis geformt. Darin sammelten sich ein paar der Futterflöckchen und drehten sich sacht im Kreis. Es wurden von Minute zu Minute mehr, die Strömung konnte ihnen nichts anhaben. Die schlauen Zwergbarben hatten dies bemerkt. Sie sparten ihre Kräfte, indem sie faul unter dem Wirbel standen und sich das Futter ins offene Maul treiben ließen. Bitterle sah dem Schauspiel eine Zeit lang mit Vergnügen zu, doch mit einem Schlag richtete er sich auf. Die Bettschwere war verflogen. Womöglich war die Tasche der Steinle gar nicht abgetrieben. War es möglich, dass sie sich am Donauufer verfangen hatte und noch immer dort herumdümpelte? Er sah zur Uhr. Viertel vor elf. Egal, dachte er, da muss Reinhold jetzt durch.

Der maulte auch nicht groß, als er hörte, wer in der Leitung war, denn er wusste, dass es einen triftigen Grund für den späten Anruf geben musste. Als er sich Bitterles Überlegungen angehört hatte, sagte er ihm sofort seine Hilfe zu und versprach, sich gleich morgen früh darum zu kümmern.

Pechstein von der Zeitung war ein anderes Kaliber. Bei ihm musste Bitterle alle Überredungskunst aufbieten, bis er sich breitschlagen ließ, in die morgige Ausgabe noch eine Meldung reinzuquetschen, so kurz vor Andruck. Das wär's, dachte Bitterle, der Rundfunk kann bis morgen warten. Er grübelte in sein Kissen und wälzte sich von einer Seite auf die andere, während der Wecker unbarmherzig weitertickte.

Lederlasche mit Niveau

Donnerstag, 17. Juli

Bitterle steckte das Telefon in die Schale, lehnte sich zurück und verschränkte die Arme hinter dem Kopf. Wusst ich doch, dass ich recht habe, dachte er und rekapitulierte die Aussage des Leiters des Wasserwirtschaftsamtes. Es stimmt also, ein Gegenstand kann von der Ulmer Seite nach Neu-Ulm getrieben werden, wenn er nur weit genug Richtung Flussmitte geworfen wird. Die Strömung um die Insel gab der Donau dahinter eine Drift nach rechts, die durch die beiden Strudel nach dem Schwal noch verstärkt wurde. Ganz ähnlich wie in seinem Aquarium. Also war es durchaus möglich, dass Steinles Tasche auf der Neu-Ulmer Seite in einem Rücklauf zu finden war oder noch an einem Hindernis hing, und nicht, wie angenommen, längst in Österreich oder sonst wo schwamm. Und wenn dem so war, hatten sie eine Chance, sie zu finden. Sein Kollege Groner hatte sich schon gemeldet. Mit vier Booten war die bayerische Wasserschutzpolizei vor Ort. Zwölf Beamte suchten das komplette Ufer ab, sie waren geschickt, und vor allem waren sie gründlich.

Lukas kam ins Büro und legte ihm die Ulmer Tageszeitung auf den Tisch. »Seite neun, Lokales. Haben sie gut gemacht, wie ich finde.« Bitterle schlug die Zeitung auf.

Die Polizei bittet die Bürger um ihre Mithilfe im Todesfall von Vera Steinle. Gesucht wird eine Umhängetasche in Silbergrau mit einem auffälligen Minnie-Maus-Motiv auf der Vorderseite. Das Bild bedeckt die ganze Fläche, ist in Schwarz- und Rosatönen gehalten und zeigt ein lachendes Mausgesicht mit überdimensionierten Ohren und rosa gepunkteter Schleife. Sachdienliche Hinweise nimmt jede Polizeidienststelle entgegen.

Darunter waren Bilder der Steinle mit ihrer Tasche abgebildet.

»Na also, geht doch«, sagte Bitterle und war froh, dass er sich von Pechstein letzte Nacht nicht hatte abwimmeln lassen und dass der den Ball weiterhin flach hielt.

»Bei mir läuft Radio«, sagte Lukas, »ich melde mich, wenn die was bringen.«

»Nicht nötig, ich glaub's auch so. Aber was ist jetzt mit der Lasche? Du wolltest mir doch gestern schon von eurer Tour berichten.«

»Ach Gott, wo hab ich bloß meinen Kopf? Richtig, wir sind wegen der Lasche fündig geworden. War übrigens gut, dass Kula mit war. Wir haben in den Kaufhäusern angefangen. Die meisten haben nur mit der Schulter gezuckt, erst in einem der edleren Läden wusste eine ältere Verkäuferin Bescheid, sagte, nachdem sie die Nähte und den Knopf gesehen hat, das sei keine Kaufhausware, da müssten wir in ein Fachgeschäft. Und Kula kannte sich aus. Wusste sofort, wohin. Muss schon sagen, traut man der Kleinen gar nicht zu.«

»Komm zur Sache.« Bitterle hatte begonnen, mit den Fingern auf die Tischplatte zu trommeln. »Was ist jetzt mit der Jacke?«

»Also, in einem Fachgeschäft zwischen Münster und Theater wurden wir fündig. Die Verkäuferin wurde ganz hibbelig, hat gleich die Chefin geholt, und die guckte ganz entsetzt auf die Lasche. Fragte auch gleich, wo wir die herhätten, und meinte, dass es jammerschade um die schöne Jacke sei, würde man ja nicht alle Tage verkaufen, so was Edles, hat sie gesagt. Ein Einzelstück von der Mailänder Messe, ganz neu und exklusiv und auch dort nur unterm Ladentisch. Das wäre die Marke, die sonst Gerhard Schröder —«

»Lukas!«

»Ups, okay, die Lasche stammt von einer – Moment.« Lukas zog sein Smartphone hervor und wischte wild übers Display. »Da ist es. Die Lasche stammt von einer Brioni-Jacke, Hirschleder, italienisches Designermodell von Hand gefertigt für, und jetzt halt dich fest, sage und schreibe fünftausendeinhundert Mäuse. Wusste gar nicht, dass es so etwas gibt.«

»Zumindest nicht in den mir bekannten Geschäften«, meinte Bitterle. »Und? Weiter!«

»Ich habe mir den Kunden, oder besser die Kundin, beschreiben lassen, die das Ding gekauft hat. Und jetzt kommt's:

Die Ambrosini war's. Nach der Beschreibung der Verkäuferin hab ich schon so einen Verdacht gehabt, und dann hab ich schnell ein Bild gegoogelt und es ihr gezeigt. Sie hat sie eindeutig wiedererkannt. Aber was vielleicht noch viel spannender ist, sie war in Begleitung. Sie hat die Jacke für einen Mann gekauft. Bei der Beschreibung kam die Alte richtig ins Schwärmen. Der soll wesentlich jünger gewesen sein, und so gut aussehend wie ein Model oder wie ein Fernsehstar. Bei so jemandem würde sie auch schwach werden, meinte sie und hat der Kula zugezwinkert.«

»Schön und gut. Das wird der Kerl sein, den die Steinle fotografiert hat. Hat die Technik ihre Fotos schon überarbeitet, damit wir endlich wissen, wie der aussieht?«

»Kann ich nachfragen, Chef.«

»Tu das. Und danach raus damit. Das Übliche, aber vor allem die Zeitungen.«

»Geht klar.«

Bitterle sah auf die Uhr. Kurz vor zehn. »Aber zuerst wollen wir uns die Dame noch einmal vorknöpfen. Wo steckt eigentlich Kula?«

»Die ist zum Zahnarzt. Eine Plombe im Backenzahn hat sich wohl gelockert. Sie wollte aber so schnell wie möglich zurück sein.«

»Die Ärmste«, sagte Bitterle und dachte an die Prozedur, als man ihm den letzten Weisheitszahn saniert hatte. »Was ist, Lukas, kommst du mit ins Stadthaus? Wenn wir Glück haben, ist sie schon mit ihrer Ausstellung beschäftigt. Und groß nass werden wir auch nicht, bei den paar Schritten.«

Am Tor des Neuen Baus schlugen Bitterle und Lukas dennoch die Kragen hoch und rannten die paar Meter über den Platz unter das Stadthausvordach, denn es schüttete wie aus Kübeln. Wieder einmal.

Frau Ambrosini und eine Assistentin des Stadthauses waren damit beschäftigt, Textkarten unter den Bildern anzubringen. Bitterle überflog ein paar: kurze Dreizeiler, die sich nicht reimten und die in seinen Augen auch keinen rechten Sinn ergaben.

Aber was verstehe ich schon von Kunst, dachte er und steuerte auf die Dame zu, Lukas dicht hinter ihm.

»So, auch schon wieder fleißig. Da werden Sie ja wohl fertig werden, so weit, wie Sie schon sind.«

»Sie schon wieder.« Die Ambrosini kniff die Augen zusammen und musterte den Kommissar. »Sie halten mich von der Arbeit ab. Suchen Sie lieber Ihren Mörder.«

Bitterle setzte ein vieldeutiges Lächeln auf und sagte betont langsam: »Sehen Sie, meine liebe Frau Ambrosini, genau deshalb sind wir hier.«

»Also, das ist doch ... Was erlauben Sie sich?«

»Immer mit der Ruhe. Ich habe nur ein paar Fragen. Aber wenn Sie uns lieber aufs Präsidium folgen möchten ... Ganz wie Sie wollen.« Bitterle lächelte nicht mehr, sondern sah ihr direkt in die Augen, bis sie ihren Blick senkte.

Ihre Haltung versteifte sich, sie schob ihr Kinn vor und sagte spitz: »Also, was wollen Sie?«

»Ich wollte eigentlich nur wissen, was Sie am, Moment ...« Bitterle zog sein zerlesenes Notizbuch hervor und blätterte umständlich darin herum. Frau Ambrosini wurde mit jeder Sekunde nervöser, fuhr sich durch die Haare, strich den Rock glatt und zupfte die Bluse zurecht. »Ah, da ist es ja. Wo waren Sie am Samstag, den 24. Mai dieses Jahres? Und was haben Sie an diesem Tag gemacht?«

»Im Mai? Woher soll ich das denn wissen? Wahrscheinlich habe ich wie immer gearbeitet. Vielleicht war ich in Venedig, oder sonst wo. Was weiß denn ich? Und deshalb halten Sie mich von der Arbeit ab?«

Bitterle hörte die Anspannung in ihrer Stimme und bohrte weiter. »Vielleicht waren Sie ja auch einkaufen, Möbel, Kunst ... oder Kleidung?«

Graziella Ambrosini sah für einen Augenblick zur Seite, dann fixierte sie Bitterle wieder. »Wie kommen Sie denn darauf?«

»Unseres Wissens waren Sie am 24. Mai in einem exklusiven Ledergeschäft in der Ulmer Innenstadt und haben dort eine Jacke für über fünftausend Euro gekauft. Und zwar in Begleitung eines jungen Mannes, die Jacke war für ihn bestimmt. Ist das so weit korrekt, Frau Ambrosini?«

»Und wenn schon. Ja, ich habe dort eine Jacke gekauft. Und dieser junge Mann ist mein Neffe, wenn Sie es ganz genau wissen wollen. Was ist denn da dabei? Darf ich das etwa nicht?«

»Im Prinzip dürfen Sie das schon. Das Dumme ist nur, dass ein Teil der Jacke bei Vera Steinle gefunden wurde, und zwar neben der Leiche. Was fällt Ihnen dazu ein?«

Frau Ambrosini wurde schlagartig blass, und mit weit weniger sicherer Stimme fragte sie: »Welches Teil? Was wurde dort gefunden?«

»Das tut nichts zur Sache. Uns interessiert nur: Wer ist dieser Mann? Sie sagten, er sei Ihr Neffe. Wir würden gern mit ihm sprechen. Wo finden wir ihn?«

»Keine Ahnung, wo der ist«, entgegnete sie eine Spur zu schnell. »Michael ist letzte Woche abgereist. Wohin, weiß ich nicht. Irgendwo in die Berge. Nach Frankreich.«

»In die Berge. Nach Frankreich. Aha. Und wo wohnt Ihr Michael sonst? Und hat er auch einen Nachnamen?« Bitterles Stimme war die Ungeduld anzuhören. Lange würde er sich nicht mehr an der Nase herumführen lassen. Selbst Lukas, sonst die Ruhe in Person, trat von einem Fuß auf den anderen. Nachdem Frau Ambrosini nicht auf Bitterles Fragen reagierte, wurde der Kommissar lauter und machte einen Schritt auf sie zu. »Zum letzten Mal: Wie heißt Ihr Neffe, und wo wohnt er?«

»Syrlin heißt er, Michael Syrlin, und er wohnt in Berlin, Straße weiß ich gerade nicht, müsste ich zu Hause nachsehen.«

»Dann tun Sie das. Und bestimmt haben Sie eine Telefonnummer, Festnetz, Handy, irgendwas.«

»Muss ich ebenfalls nachsehen.«

»Gut. Sie haben bis morgen Zeit dazu. Punkt acht im Präsidium.« Als keine Reaktion kam, legte Bitterle nach. »Haben Sie mich verstanden? Punkt acht und keine Minute später. Sonst lasse ich Sie zur Fahndung ausschreiben. War das jetzt deutlich genug, Frau Ambrosini?«

Als Antwort bekam Bitterle ein knappes Nicken.

Zurück im Polizeirevier machte sich Lukas im Personenregister auf die Suche nach einem Michael Syrlin in Berlin. Er fand niemanden, der vom Alter her passte. Als er Bitterle darüber informierte, meinte dieser nur: »Dacht ich mir schon. Die lügt wie gedruckt, aber lass die mal einen Tag schmoren, die wird noch früh genug weich. Verlass dich drauf.« Sein Magen gab ein deutliches Signal, dass es Mittagszeit war. »Was ist, kommt schon jemand mit zum Essen? Ich will heut mal woandershin.«

»Gern. Bin gleich so weit. Fabian hat wieder was geschickt. Wieder so Monsterdateien. Bis nach Mittag müssten die Bilder drauf sein.«

Im Flur wurden sie von Sprekel abgefangen. Bevor dieser meckern oder Fragen stellen konnte, erwähnte Bitterle eine heiße Spur und stellte eine Pressekonferenz für den Nachmittag in Aussicht, zumindest aber eine Teambesprechung. Prompt gab sich der Kriminalrat zufrieden und verschwand hinter seiner Tür.

In Bitterles Stammcafé herrschte Normalbetrieb. Die Hälfte war mit Essen beschäftigt, der Rest war bereits beim Verdauungskaffee. Bitterle schnupperte am Büfett entlang.

»Na, Konrad, alls reschtens? Falls nit, mach da nix draus, heit gibt's dei Leibgerischt.«

Kaum dass Bitterle vor dem Koch stand, roch er es auch schon. Gaisburger Marsch, und wie jedes Mal schaufelte Eugen, dieser Pfälzer Obelix, eine Extraportion Fleischstücke auf seinen Teller. Auch beim Schnittlauch meinte er es besonders gut.

Lukas schloss sich der Wahl seines Chefs an. »Genau das Richtige bei dem Sauwetter.«

»Das ist ja der Hammer!« Lukas kam an Bitterles Schreibtisch und breitete drei ausgedruckte Bilder vor ihm aus. »Dieser Fabian ist echt ein Teufelskerl, was der so draufhat ... Und schneller als unsere Leute von der Technik!« Der Kommissar musste ziemlich verständnislos dreingeblickt haben, denn Lukas begann zu grinsen und fuhr fort: »Ich erklär's dir, ich versuch's zumindest. Also, der Typ hat ein Programm entwickelt, das nennt sich Polarisations-Synchronisation. Damit können Reflexionen oder Spiegelungen sichtbar gemacht werden, die man normalerweise weghaben will. Das funktioniert über Pixel-Interpolation, steht jedenfalls so in seiner Begleitmail. Frag mich nicht, wie das funktioniert. Nur so viel habe ich verstanden: Das ist quasi genau das Gegenteil von dem, was ein anständiges Bildbearbeitungsprogramm heute leistet. Et voilà: die Ambrosini, wie sie sich an einen deutlich jüngeren Kerl schmiegt, jetzt beide deutlich zu erkennen.«

Bitterle betrachtete die Bilder, nahm sie einzeln zur Hand und hielt sie dicht vor seine Augen. »Du weißt, was du zu tun hast?«

»Logo. Bin schon unterwegs. Bis später.«

Bitterle nickte ihm hinterher, stützte sein Kinn in die linke Hand und rieb sich den Schnauzer. Hatten sie ihren Fall gelöst? Die Ambrosini und der junge Kerl, da lief eindeutig was, sonst hätte sie ihm wohl kaum diese sündhaft teure Jacke geschenkt. Und die Steinle hatte die beiden überrascht und praktisch in flagranti fotografiert. So weit, so gut. Hatte die Steinle Graziella Ambrosini und ihren Freund mit ihren Fotos erpresst? Gut möglich. Aber wie sollen wir das beweisen? Wir haben nichts in der Hand außer der Lederlasche, die vermutlich zur Jacke dieses Schönlings gehört. Bitterle lehnte sich zurück, verschränkte die Arme hinter dem Kopf und blickte zur Decke. In seinem Hirn wirbelten die Gedanken umher.

»Ich störe nur ungern«, in Sprekels Tonfall lag eine zynische Schärfe, »aber können Sie mir sagen, wo sich Ihr Herr Langenwalter rumtreibt?«

»Lukas? Warum? Der ermittelt.«

»Aha, ermitteln nennt sich so etwas. Meines Wissens treibt er sich stundenlang im Internet herum und surft auf irgendwelchen Kunstseiten herum.«

»Er wird recherchieren.«

»Soso. Und was bitte schön hat das mit einer Galerie in Karlsruhe zu tun? Seitenweise elektrische Musik und Klangcollagen und solch minderwertiger Schund. Und das während der Arbeitszeit. Wo wir doch gewiss Wichtigeres zu tun haben.«

»Herr Dr. Sprekel! Ich bin mir sicher, dass Herr Langen-walter nur seiner Arbeit nachgeht. Und falls er auf den Seiten des ZKM in Karlsruhe unterwegs war, was ich hoffe, so hat das damit zu tun, dass einer unserer wichtigsten Informanten dort als Dozent tätig ist und uns eben erst Hinweise von unschätzba-rem Wert hat zukommen lassen. Und dieser Informant ist kein Geringerer als Fabian Steinle, der Sohn unserer Toten. Was also liegt näher, als dass wir uns von dessen Glaubwürdigkeit über-zeugen? Und Herr Langenwalter macht das auf ungewöhnlich schnelle und effiziente Weise. Somit besteht nicht der geringste Grund zur Klage, Herr Dr. Sprekel.«

Während Bitterles Ausführungen stand der Kriminalrat reglos vor dem Schreibtisch und erlaubte sich hin und wieder einen Griff zum Krawattenknoten, den er jedes Mal etwas mehr lockerte, wobei er auf der Unterlippe kaute. »Sobald Sie Neuigkeiten haben, wünsche ich umgehend Bericht erstattet zu bekommen.«

»Selbstverständlich. Ich weiß, die Presse …«

Sprekel war schon halb aus dem Raum spaziert. Es war ungewiss, ob er den Kommentar noch gehört hatte.

Bitterle griff den Gedankenfaden von zuvor wieder auf. Sie brauchten Beweise, Zeugen. Vera Steinle hatte außer Fabian keine Familie, und ihr Freundeskreis schien auch überschau-bar zu sein. Beziehungsweise nicht existent, denn trotz ihrer Aufrufe in der Zeitung hatte sich niemand gemeldet. Dieser Eindruck deckte sich auch mit Fabians Aussage. Grübelnd ver-sank Bitterle in seinem Bürostuhl. Lukas war bei Vera Steinle zu Hause gewesen, was hatte er gesagt? »Keine Hinweise, dafür jede Menge leere Weinflaschen.« Offenbar hatte die Steinle gern getrunken. War es da nicht naheliegend … Bitterle griff zum Telefon. »Kula? Wie war's denn beim Zahnarzt? Alles wieder in Ordnung? – Sehr gut! Ich habe eine Aufgabe für Sie …«

Kula hatte sich eine Liste der Fotoclub-Mitglieder besorgt. Eitel wie sie waren, gab es jede Menge Porträts im Internet, und es war eine Sache von Minuten gewesen, sich die Bilder auszudrucken. »Jeder Trinker hat sein Stammlokal«, da hatte ihr Chef sicherlich recht gehabt. Und so suchte sie die einschlägigen Kneipen im Fischerviertel auf, von denen sie vermutete, dass dort Vera Steinle Gast gewesen sein könnte. Vom Präsidium dorthin war es ein Katzensprung, und bereits im dritten Lokal hatte sie Erfolg.

Die Wirtin vom »Kahn« war dabei, die Tische für die Mittagsgäste herzurichten. Nachdem Kula die Fotos der Mitglieder auf dem Tresen ausgebreitet hatte, tippte sie zielsicher auf zwei Gesichter. Es waren die der Steinle und von Malte Malewsky.

»Die zwei sind Stammgäste bei mir. Die hatten sich neulich ordentlich in der Wolle. Das vergisst man nicht so schnell, denn bei mir geht's ansonsten friedlich zu.«

»Wann war das?«

»Da fragen Sie mich was. Donnerstag vielleicht, oder Freitag, auf jeden Fall letzte Woche. Da bin ich mir sicher.«

»Können Sie sich erinnern, worum es da ging?«, hakte Kula nach.

»Um Fotografien, irgend so ein Pornozeugs, das die Steinle nicht ausgestellt haben wollte. Also der Malte, der ist ja sonst eher ein Ruhiger, bechert zwar ganz ordentlich, aber ansonsten sitzt er in der Ecke da«, die Wirtin deutete auf den Hocker vor der Bar am Fenster, »und meditiert vor sich hin. Aber an dem Abend war irgendwas anders.«

»Um welche Uhrzeit war das denn so in etwa?«

»Uhrzeit, mein Gott. Also spät war's noch nicht. Noch keine neun.«

Kula machte sich Notizen und sah die Wirtin auffordernd an. »Und?«

»Also der Malte war wohl pullern, sein Platz war leer, da kommt die Steinle rein. Sie war ganz außer sich, hatte so rote Flecken im Gesicht. Da hab ich gefragt, was denn los sei. Ansonsten ist das ja nicht meine Art, aber die sah wirklich bedauernswert aus, so richtig fertig. Da habe ich überhaupt nicht bemerkt, dass sie sich Maltes Barhocker geschnappt hat. Sie lehnte mit dem Kopf zur Wand, atmete ganz hektisch, dabei fasste die sich immer wieder an den Hals und fluchte zwischendurch so leise vor sich hin.«

»Haben Sie etwas verstanden?«

»Kein Wort, war eher so ein Gebrabbel. Doch, einmal sagte sie wohl ›Saubande‹ und ›Gesindel wegsperren‹ oder etwas in der Art.«

»Dann muss es letzten Freitag gewesen sein. Hat sie Näheres dazu gesagt? Von einem Überfall gesprochen oder vielleicht Namen genannt?«

»Gar nichts. Saß einfach nur da. Ja, und dann kam Malte auch schon die Treppen hoch. Hatte, wie gesagt, schon ganz schön was intus und stürmte freudestrahlend auf die Steinle zu und hat sie dabei fast vom Hocker geschubst. Und da wurde die so richtig fuchtig. ›Fass mich nicht an‹ und ›Du bist ja völlig knülle‹.«

»Hat sie wirklich ›knülle‹ gesagt?«, fragte Kula mit einer hochgezogenen Augenbraue.

»Knülle? Hm, na dann eben ›betrunken‹ oder ›besoffen‹ oder ›hinüber‹. Das war's. ›Hinüber‹, hat die gesagt. Wie komm ich bloß auf knülle? Jedenfalls hat sie den Malte vor die Brust gestoßen, sodass der sich gerade noch hat halten können. Und dann fing sie an zu zetern, dass er sie in Ruhe lassen und nicht anfassen sollte. Der Malte fing dann mit irgendwelchen Bildern an, und ob sie es sich nicht noch mal überlegen wolle. Da wurde die Steinle richtig laut. Ob er's immer noch nicht kapiert hätte, dass sie mit solchem Schund nichts zu tun haben wolle und dass er, wenn er noch einmal damit ankäme, sicher sein könne, dass sie das Schulamt informieren würde. Da wurde Malte seltsamerweise ganz still, hat sich einen Hocker weiter gesetzt, nach einem Calvados verlangt und immer wieder so eigenartig zur Steinle rübergeschielt. Aber das hat die wohl nicht bemerkt, die war mit ihrem Handy beschäftigt. Kurz darauf ist der Malte noch mal zu ihr hin, dabei hatte der so etwas Bedrohliches an sich, verstanden habe ich nichts. Nur das, was die Steinle geantwortet hat, das war deutlich. ›Denk ans Schulamt‹, hat sie gesagt.«

»Schulamt?«

»Keine Ahnung, was das sollte. Der Malte ist ja Lehrer, aber seit 'ner Weile krankgeschrieben, hat er mir mal erzählt. Ansonsten interessiere ich mich ja eher nicht für so Privates, außer, was man so mitkriegt.«

»Wissen Sie, wie lange die beiden geblieben sind?«

»Also der Malte, der hat dann kurz drauf bezahlt und ist gegangen.«

»Und die Steinle?«

Die Wirtin blickte zur Seite und knabberte an der Unterlippe. »Es war dann ziemlich was los, aber so lange ist die auch nicht mehr geblieben. Hab nur gesehen, wie sie immer wieder telefoniert hat, oder besser, jemanden anrufen wollte. Dabei wurde die immer nervöser, ansonsten ist die ja eher ruhig. Hat dann ihre vier oder fünf Pils und die paar Schnäpse bezahlt und ist gegangen.«

»Krankgeschrieben«, überlegte Kula laut. »Vielleicht ist Herr Malewsky dann um diese Zeit zu Hause …«

»Keine Ahnung.«

Kula nahm sich vor, ihn später aufzusuchen und zu befragen. Trotz des Hinweises der »Kahn«-Wirtin machte sie sich auf die Suche nach weiteren Zeugen. Im »Eisenhanns«, einem Lokal nur wenige Schritte weiter über die Blaubrücke, wurde Malewsky ebenfalls identifiziert. Der Wirt sagte aus, dass er regelmäßig dort Gast sei, aber wann er zuletzt da war, daran konnte er sich nicht erinnern.

Im »Leporello«, einer Cocktailbar mit Zugang vonseiten der Stadtmauer, wurde sie erneut fündig. Der Barkeeper bestätigte, dass Vera Steinle in Begleitung eines Mannes hier war. Sie waren an jenem Abend die letzten Gäste. Kula zeigte ihm die Bilder, auf denen Wenzel und Steinle zu sehen waren. »War es dieser Mann?«

Der Mixer überlegte. Schließlich fragte er: »Das ist doch die Tote aus der Zeitung, oder?«

»Ja«, sagte Kula knapp.

»Die war da und der«, er deutete auf das Foto von Alexander Wenzel, »war mit ihr zusammen, ist aber schon eine Weile her, vielleicht eine Woche, vielleicht auch zwei. Ich will ja nichts gesagt haben, aber wie die den angehimmelt hat, das war nicht ganz koscher. Also irgendwie war das Ganze seltsam.«

»Seltsam? Warum?«

»Nun, der Herr war nicht zum ersten Mal da. Und hat auch nicht zum ersten Mal mit einer älteren Frau angebandelt. Das scheint seine Masche zu sein. Aber wie gesagt, was geht's mich an?«

»Ist Ihnen sonst noch etwas aufgefallen? Etwas Ungewöhnliches? Haben Sie ein Gespräch mit angehört?«

Der Barkeeper schien zu überlegen, er hielt den Kopf leicht schräg, sein Blick wanderte durch den Raum, bis er mit erhobenem Zeigefinger sagte: »Eines ist mir noch aufgefallen.«

Kula sah ihn aufmunternd an.

»Etwas, was er bei einem früheren Besuch auch schon erwähnt hatte. Es hatte etwas mit Schriftstellerei zu tun. Genau, das war's. Er sei bei den Donau-Autoren. Irgend so was in der Art. Nein, jetzt bin ich mir sicher, er sagte Donau-Dichter. Er sei Mitglied bei den Donau-Dichtern. Das machte die Damen irgendwie ...«

»Irgendwie?«

»Jetzt schauen Sie mich nicht so an. Irgendwie weicher, fast gefügig. Keine Ahnung. Aber diesmal ging's um eine konkrete Angelegenheit, eine Ausstellung, so was in der Art. Ach ja, ums Geld ging's auch noch. Irgendein Deal wegen einer Ausstellung. Hilft Ihnen das weiter?«

»Möglich, wir werden dem nachgehen.« Kula steckte ihre Notizen weg und bedankte sich.

Auf der Stadtmauer entlang Richtung Neuer Bau öffnete sie ihre Jacke. Der Wind hatte die Wolken beiseitegeschoben, und die Sonne nutzte die Chance, zu zeigen, was sie um diese Jahreszeit alles konnte. Kula beschloss, sich kurz in ein Café zu setzen und über die Donau-Dichter zu recherchieren. Glücklicherweise war der Vorsitzende zu erreichen. Auf ihre Nachfrage teilte er – wenn auch recht schnippisch – mit, dass er den Namen Alexander Wenzel noch nie gehört habe und sie schließlich nicht jeden, der ein paar Zeilen reime, aufnehmen würden. Dass der Verdächtige dort nicht bekannt war, wunderte Kula nicht, aber sie fragte sich, warum im Kunstbereich alle so komisch waren. Gedankenverloren rührte sie im Schaum ihres zweiten Latte macchiato. Es war Donnerstagnachmittag, auf den Straßen ringsum herrschte Rushhour, und sie war endlich einen Schritt weitergekommen. Zwar hatte sie noch immer keinen Hinweis, wo sie diesen Wenzel finden konnten, aber Malewsky war offenbar am Tatabend mit Vera Steinle zusammen gewesen und hatte mit ihr gestritten. Er kam als Täter in Frage, zwischen der Steinle und dem Wenzel war wie vermutet was am Laufen, und alle miteinander schienen ein ziemliches Alkoholproblem zu haben. Immerhin. Bitterle würde sich freuen, erst recht Kriminalrat Dr. Sprekel, denn falls das Wetter mitspielen würde, wäre übermorgen Lichterserenade mit Tausenden von Zuschauern zu beiden Seiten der Donau. Wenn, wenn, wenn.

Ob es im Präsidium etwas Neues gab?

Wodka auf der Tunnelrutsche

Freitag, 11. Juli

Das »Haus der Begegnung« war leer, keine Menschenseele unterwegs. Vera ging den Gang der ehemaligen Kirche entlang der Türen bis ans Ende. Anschließend stand sie wieder im Foyer. Der Kiosk hatte geschlossen, und die Rollläden waren heruntergelassen. Sie besah sich die Wand gegenüber. Viel Fläche, zweifelsohne ein exponierter Blickfang. Welche Bilder würden sich hier am besten machen? Ihre eigenen, keine Frage. Wien käme in den Flur linker Hand, rechts Serbien, und ganz hinten Ungarn, wenn überhaupt. Und die Musik neben den Kiosk. Der Hausmeister würde noch für Prosecco, Wasser und anständige Gläser sorgen müssen. Und für Stehtische.

Der letzte Raum war wie vereinbart unverschlossen. Die Rahmen standen bereit, die großformatigen Abzüge lagen einzeln zwischen Seidenpapier gestapelt, zuoberst die aus Österreich. Vera legte sechs Rahmen nebeneinander, öffnete sie routiniert, wischte übers Glas und legte die Fotografien ein. Ein Bild betrachtete sie länger. Jenes mit dem Paar in lasziver Position, Schampus aus dem Stiletto, die Hand unterm Kleid, erregter Blick. Vera schoss das Blut durch die Adern und sammelte sich im Schoß. Sie dachte an Sascha, an den Traum von letzter Nacht. Endlich einmal kein Alptraum. Dieser Moment, in dem er sie hatte wieder jung werden lassen. Ihr Gaumen wurde trocken, und mit einem Mal hatte sie einen bitteren Geschmack auf der Zunge. Mir macht er schöne Augen, und dann treibt er's mit Graziella. So ein Mistkerl. Wo steckt er überhaupt? Und wo bleiben seine Haiku? Sie zog ihr Smartphone hervor und wählte. »... vorübergehend nicht erreichbar. Sie haben jedoch die Möglichkeit ...« Immer das Gleiche. Seit Tagen. Nicht erreichbar. Sie schloss den Rahmen und legte ihn beiseite. Der nächste.

»Stör ich?«

Vera wirbelte herum. Vor ihr stand Malte. Malte Malewsky, mit seinen ausgebeulten Breitcordhosen, dem karierten kurzärmlichen Hemd und den wie üblich völlig ungeordneten eisengrauen Haaren und den widerspenstigen Koteletten. Unterm Arm klemmte eine großformatige Mappe aus festem beigefarbenem Karton, verschlossen mit einer grünen Leinenschlaufe. Vera ahnte es: seine Bilder. Malte hatte sich nicht abwimmeln lassen, es hätte sie auch gewundert.

»Was willst du? Ich dachte, ich hätte dir klipp und klar gesagt, was Sache ist.«

»Schau sie dir doch wenigstens an. Wirklich, Vera, nur anschauen, nur ein Mal. Ich helf dir auch anschließend bei dem hier.« Seine Hand deutete auf den Tisch.

Vera seufzte. »Na schön. Lass sehen.«

Malte schob zwei Stühle beiseite, klappte seine Mappe auf und fächerte seine Arbeiten auseinander. Große Schwarz-Weiß-Aufnahmen, an den Rändern weichgezeichnet. Sie erinnerten an den frühen Hamilton. Auch die Inhalte waren dieselben. Junge Mädchen mit verträumten Blicken. Nur der Hintergrund ließ das Thema Nabada erahnen. Hier und da ein Motivschiff, Wassereimer, die den Inhalt Richtung Zuschauer kippten. Ab und zu junge Kerle mit Bierbechern oder Wodkaflaschen. Aber auch die nie ohne die jungen Dinger, bei denen die Brüstchen an Aprikosen erinnerten, die sich unter den nassen T-Shirts hervordrückten. Den Aufnahmen war trotz fehlender Farbe anzusehen, dass sie das mit dem Make-up noch nicht so richtig im Griff hatten. Junge Mädchen eben, die ihre ersten Schritte ins Erwachsenenleben wagten.

»Sag mal, Malte, hast du sie noch alle? Das ist hart an der Grenze zum Kinderporno. Das sind Phantasien eines Dirty Old Man. Ich möchte nicht wissen, was du daheim rumliegen hast. Das hier«, Veras Falte grub sich tief in die Stirn, »werde ich auf gar keinen Fall ausstellen.«

Malte schwieg zu all den Vorwürfen, rieb sich nur die Nase wie ein ertappter Drittklässler und schluckte trocken.

»Außerdem, bist du dir eigentlich klar darüber, was das für deine berufliche Zukunft bedeuten kann? Malte, du bist Lehrer! Oberstudienrat für Mathe und Sport, wenn ich mich recht entsinne. Und das an einem reinen Mädchengymnasium.

Ausgerechnet. Nein, Malte, ganz bestimmt nicht. Pack dein Zeug zusammen und lass mich bitte weiterarbeiten.«

Grußlos verschwand Malte und zog behutsam die Tür hinter sich zu.

Zeit, Mittag zu essen. Vera Steinle hatte Lust auf Sushi. Zu dem japanischen Restaurant waren es nur wenige Schritte, die Neue Straße hoch, gegenüber dem Rathaus.

Sie ergatterte einen Fensterplatz. Draußen bot sich das gleiche Bild seit Tagen: Schirme, Kapuzen, Windjacken. Und nirgendwo ein fröhliches Gesicht, eher Novembervisagen. Hinter Glas drehte das Förderband seine Runden, Gäste standen an und luden sich ihre Tellerchen aufs Tablett. Sie hatte sich für das Kyoto-Menü entschieden, dazu einen Oroya. Immer wieder war sie aufs Neue von der einzigartigen Fruchtkomposition fasziniert, die diese japanische Weinmacherin aus diversen spanischen Weißweinsorten komponiert hatte. Zudem verkürzte sie das Warten mit Sake. Als sie bei ihrem dritten angelangt war, versuchte sie es erneut bei Sascha. Wieder nur die Mailbox. Spurlos verschwunden. Dabei klang er so zuverlässig, wollte am Sonntag seine Haiku zu den Bildern komponieren. In ihrer Wohnung. Sie hatte extra im Fachgeschäft Champagner besorgt. Ein letzter Versuch – Mailbox. Dann kam ihr Essen.

Auf dem Rückweg schaute sie auf einen Sprung in einer Apotheke vorbei und löste das Rezept ein, das am Morgen mit der Post gekommen war. Der Arzt hatte eingesehen, wie dringend es war, und es noch am gleichen Tag abgesandt. Sie drückte zwei der fünfeckigen blauen Pillen aus dem Blister und würgte sie ohne Wasser hinunter, dem Beipackzettel schenkte sie keine Beachtung. Der Doc wird schon wissen, was er tut, dachte sie und ging zurück zu ihrer Ausstellung.

Um halb fünf tauchte der Hausmeister auf und half beim Hängen der Bilder. Kaum hatte sich Vera für eine Reihenfolge entschieden, wollte sie es wieder geändert haben. Das hieß für den Mann im grauen Kittel: Leiter hoch, Leiter runter, Leiter hoch, Leiter runter. Bis er sagte, er hätte in zehn Minuten Feierabend, ob's das dann wäre. Dabei blickte er grimmig drein. Vera nickte bloß und bedankte sich beiläufig. Mit ihren Gedanken war sie wieder bei Sascha. Immer noch keine Antwort, weder auf ihre Mailbox-Nachrichten noch auf die SMS.

Zu Hause hielt sie es nicht lange aus. Die Decke fiel ihr auf den Kopf, und sie verspürte Lust auf Bier. Vera schluckte die üblichen Tabletten und machte sich auf den Weg in den »Kahn«. Diese meist gut besuchte Studentenkneipe, die sich seit ihren Sturm-und-Drang-Zeit gehalten hatte, gehörte von jeher zu ihren Stammlokalen. Trotz des kleinen Umwegs wollte sie zuvor noch auf einen Sprung im Stadthaus vorbeischauen. Insgeheim hoffte sie, dort auf Sascha zu treffen. Dort war jedoch niemand. Ein Absperrband verwehrte den Zugang zu Graziellas Bereich. Sie schlüpfte darunter her und sah sich um. Nichts war anders als bei ihrem letzten Besuch. Einige der Bilder hingen, andere standen am Boden.

Vom Stadthaus bog sie links zum Lautenberg ab und ging flott Richtung Blau. Sie wunderte sich, denn das Wasser war trotz des Dauerregens der letzten Tage außergewöhnlich niedrig, doch dann erinnerte sie sich an den Artikel in der Zeitung, dass wegen Baumaßnahmen an irgendeiner Böschung das Wasser umgeleitet werden müsse. Wie immer, wenn sie hier vorbeikam, wollte sie nach Forellen Ausschau halten, die still in der Strömung standen und sich das Futter ins Maul treiben ließen. Doch das Krakeelen vom Spielplatz dahinter ließ sie aufblicken. Drei Halbwüchsige turnten auf einer monströsen Skulptur, die an ein Schiff erinnern sollte, rüttelten am Geländer und glitten rücklings die Tunnelrutsche nach unten. Dabei schwenkten sie Flaschen durch die Luft und grölten zusammenhanglose Ferkeleien. Vera platzte der Kragen.

»Was fällt euch ein, ihr Lackel, das ist ein Kinderspielplatz und keine Wodkabar! Runter da!«

»Ey, Alter, hört euch die Tussi an«, sagte ein großer Dunkelhaariger mit einer schräg sitzenden schwarzen Kappe.

Ein Zweiter mit grünen Streifen an den Hosen trat einen Schritt auf Vera zu. »Maann, samma, hassu se noch alle? Was glaubsu, werdu biss? Hä?«

»Wer ich bin, spielt keine Rolle. Ihr habt hier nichts zu suchen. Ihr verschreckt ja die Kinder. Also, was ist? Oder muss ich erst die Polizei rufen?« Dabei zeige sie hinter sich auf die bedrohlich hohe Backsteinmauer mit den vielen weißen Sprossenfenstern und dem steilen Dach. »Sind keine zehn Meter.«

»Haha, Polizei!« Der Dritte begann, breitbeinig um Vera herumzutanzen, wiegte die Arme seitlich ausgestellt vom Körper und rappte: »Pi-Pa-Polizei, a-ha. Pi-Pa-Polizei, a-ha.«

Die beiden anderen klinkten sich mit ein, bildeten einen Kreis und bedrängten sie. Zu dritt tönten sie nun: »Pi-Pa-Polizei, a-ha«, und fuchtelten mit den Händen in der Luft.

Der mit den gestreiften Hosen kam ihr näher und packte sie am Arm. »Na, jezz hassu Schiss, Alte, hä!«

Sie wehrte sich, versuchte, ihn von sich zu stoßen, und brüllte: »Hau ab, du Arschgesicht!«

»Öhhh, jezz aba«, sagte einer der anderen beiden und zog eine Fratze.

»Du sollst mich loslassen!« Vera versuchte, den Burschen von sich zu stoßen, doch der hielt ihren Arm weiter umklammert. Dann fasste er ihr an den Hals, bekam ihre Kette zu fassen und riss daran.

»He, spinnst du? Gib mir meinen Schmuck wieder!«

Die drei lachten, hüpften über das Geländer und machten sich auf den Weg Richtung Donau. Dabei winkten sie Vera spöttisch zu.

»Gebt mir sofort meine Kette wieder! Ich zeig euch an! Scheiß Saubande.« Bevor Vera ihr Smartphone aus der Tasche gezogen hatte, um ein Foto der drei zu machen, waren sie schon unter der Brücke verschwunden und außer Sichtweite. Sie überlegte, den Vorfall sofort zur Anzeige zu bringen, zog es dann aber vor, sich erst bei einem Bier zu beruhigen. Was war nur mit ihr los? So aufgekratzt und so unbeherrscht war sie doch sonst nicht. Ob das an den neuen Medikamenten lag?

Wütend ging sie los und stand nach wenigen Schritten vor dem »Kahn«. Sie nahm den Platz an der Bar in der hinteren Ecke und orderte ein Pils. Keine drei Minuten später bedrängte sie die Wirtin: »Warum dauert das denn so lang?«

»Ein Pils ist ein Pils ist ein Pils, und das dauert seine Zeit«, bekam sie zu hören, »und falls du es so eilig hast, dann mach ich dir eben ein schnelles Helles. Aber beklag dich nicht, wenn's dir auf halbem Weg stecken bleibt.«

Sie winkte ab.

Nachdem das erste gezapft war, bestellte sie das zweite, das sie ebenso schnell wie das vorige hinunterstürzte, bevor sie sich mit dem Ärmel über die Lippen wischte. Langsam kehrte Ruhe ein, und sie beschloss, den Überfall erst morgen zur Anzeige zu bringen. Für heute hatte sie genug. Immerhin war sie mit der Anordnung der Bilder zufrieden. Der Rest würde sich zeigen, wenn die Texte dazukämen. Drei Tage noch. Wenn sich doch bloß Sascha ... Sie konnte den Gedanken nicht zu Ende denken, denn Malte kam die Stufen vom unteren Bereich hochgeschwankt. Er strahlte, als er Vera sah, steuerte ohne Umweg auf sie zu und wuchtete sich auf den freien Hocker neben ihr. Seine unbeholfenen Bewegungen ließen darauf schließen, dass er schon ordentlich getankt hatte.

Der hat mir gerade noch gefehlt, dachte sie. »Was willst du?«

»Schön, dich zu sehen, meine Liebe.« Mit knappen Gesten orderte er ein Bier und einen Calvados. »Und? Hast du es dir noch mal überlegt?« Dabei war er im Begriff, seine Hand auf Veras Bein zu platzieren. Sie schob sie beiseite, drehte ihm die Schulter zu und stierte in ihr Glas.

»Malte, du nervst! Kapierst du das nicht?«

Aber Malte ließ nicht locker.

Malewsky und die Mädchen

Freitag, 18. Juli, Vormittag

Die Ambrosini war tatsächlich pünktlich. Auf die Minute, exakt um acht Uhr stand sie vor dem Kommissar in dessen Büro. Sie hielt ein kleines cremefarbenes Handtäschchen unter den Arm geklemmt und gab sich so sicher und überheblich wie tags zuvor. Warten wir's ab, dachte Bitterle, bot ihr mit ausladender Geste an, Platz zu nehmen, und betrachtete sie einen Moment lang. Wieder fielen ihm ihre für seinen Geschmack eine Spur zu hohen Absätze auf, der Rock war eine Spur zu kurz und ihr Parfüm eine Spur zu jugendlich. Aber das war ihre Sache. Er war gespannt, wie sie auf Fabians neue Bilder reagieren würde. Mit was für fadenscheinigen Ausreden sie diesmal ankäme.

»Nun, gnädige Frau«, diese Anrede konnte er sich erneut nicht verkneifen, »wie sieht's aus? Haben Sie Name und Adresse Ihres Neffen dabei?«

Mit beleidigter Miene öffnete sie ihr Täschchen und schob dem Kommissar die ausgefranste Seite eines Apotheken-Notizblockes zu. In zügig hingeworfener Schrift stand dort: »Michael Syrlin, Puttkamer Str. 27, Berlin«. Es folgte eine Handynummer. Bitterle rief Lukas zu sich und übergab ihm den Zettel.

»War's das jetzt? Ich denke, jetzt haben Sie, was Sie wollten. Endgültig.«

»Nun, nicht ganz.« Und wieder hängte er ein gedehntes »Gnädige Frau« dran. »Es sind ein paar Ungereimtheiten aufgetaucht, zu denen wir noch Fragen hätten.«

»Was denn noch?«

»Wie stehen Sie zu Ihrem Neffen? Ich meine, welche Beziehung haben Sie zueinander?«

»Wieso Beziehung? Er ist mein Neffe und fertig. Und wenn ich ihm nach Jahren einmal eine Freude machen kann, ist das wohl, wie gesagt, meine Sache. Außerdem hat er mir damals bei den Ausstellungsvorbereitungen geholfen, und deswegen habe ich mich erkenntlich gezeigt.«

»Aha. Und dazu gehören dann wohl auch gewisse körperliche Erkenntlichkeiten. Oder warum küssen Sie Ihren Neffen so innig? So wie es normalerweise nur Partner tun. Oder Verliebte.«

Frau Ambrosini fixierte Bitterle aus engen Lidschlitzen und fragte mit ungewöhnlich brüchiger und heiserer Stimme: »Was wollen Sie damit sagen?«

»Damit will ich erst mal gar nichts sagen, Frau Ambrosini. Vielmehr will ich Ihnen etwas zeigen.« Während Bitterle dies sagte, ließ er sie keine Sekunde aus den Augen, zog die Schreibtischschublade auf und legte, wie tags zuvor, drei Bilder vor ihr ab. Alle drei Bilder zeigten sie und ihren angeblichen Neffen eng umschlungen bei einem sehr intimen Kuss.

»Wo haben Sie das her?« Sie war aufgesprungen, hatte sich über den Tisch gebeugt und fauchte Bitterle an: »Das ist privat!«

»Das, gnädige Frau, sehe ich in diesem Fall anders. Wir haben die Fotos, die Frau Steinle von Ihnen gemacht hat, ein wenig bearbeitet. Ist es nicht erstaunlich, was mit moderner Technik alles möglich ist?«

»Die Steinle, dieses Miststück!«

»Frau Ambrosini, Sie haben allen Grund, diese Bilder vor der Öffentlichkeit geheim halten zu wollen. Diese Tatsache legt den Verdacht nahe, dass Sie etwas mit Vera Steinles Tod zu tun haben. Ich will jetzt Klartext von Ihnen.«

Lukas erschien im Türrahmen.

»Und?«

»Ein Michael Syrlin ist derzeit nicht in der Puttkamer Straße gemeldet. Die Angaben sind laut Personenregister mehr als zehn Jahre alt.«

Frau Ambrosini starrte auf den Boden und knipste den Verschluss ihrer Tasche auf und zu, auf und zu.

»Ist Ihnen überhaupt Ihre Situation bewusst?« Bitterle flüsterte beinahe. »Ich bin mir sicher, die Staatsanwaltschaft wird keine Sekunde zögern und einen Haftbefehl gegen Sie ausstellen.«

Schweigen.

Bitterle wurde wieder lauter. »Hallo! Ich rede mit Ihnen!«
Langsam blickte Graziella Ambrosini hoch, zog ein Tuch
hervor und tupfte sich die Augen.

Na geht doch, dachte Bitterle und fuhr in weit versöhnlicherem Tonfall fort: »Dann schießen Sie mal los.«

»Der Mann heißt Sascha, also Alexander Wenzel, und
stammt aus Thüringen.«

»Und ist Ihr Geliebter, sehe ich das richtig?«

Sie nickte und schnäuzte sich in ihr Tuch.

»Und wer ist dann dieser Michael Syrlin?«

»Mein Neffe. Also mein tatsächlicher Neffe.«

»Zu dem Sie offensichtlich seit Längerem keinen Kontakt
mehr haben.«

Frau Ambrosini nickte abermals.

»Was können Sie mir über diesen Alexander Wenzel sagen?«

»Er hat hier ein Apartment oder ein Zimmer, aber wo, weiß
ich nicht.«

»Telefon? Handy? Sie haben doch bestimmt seine Nummer.«

Sie seufzte. »Nein, er hat grundsätzlich mich angerufen, auf
einem extra Handy. Er meinte, es wäre besser so. Und gestern
hab ich's weggeworfen. Ich hatte Angst, dass Sie mich danach
fragen würden.«

»Das klingt sehr unglaubwürdig. Sie wollen mir ernsthaft
weismachen, Sie hätten keine Ahnung, wo dieser Alexander
Wenzel wohnt, und auch keine Möglichkeit, ihn zu kontaktieren?«

»Ja.« Nach einem Räuspern murmelte sie: »Ich weiß wirklich nicht, wo er wohnt. Er meinte, das würde ihm die Freiheit
nehmen. Die Freiheit als Künstler. So in der Art, wenn Sie
wissen, was ich meine.«

»Tut mir leid, diese Art Freiheit ist mir fremd.«

Sie sagte nichts, blickte stattdessen erneut zu Boden. Er
fragte sich, wie viel daran echt und was davon gespielt war. »Sie
bleiben also dabei, Sie haben keine Ahnung, wo Herr Wenzel
wohnt?«

Sie nickte. Inzwischen schien Graziella Ambrosini völlig in

sich zusammengesunken und schniefte ab und zu vor sich hin. Sie wirkte wie ein Häuflein Elend.

»Fällt Ihnen gar nichts mehr dazu ein? Bitte, Frau Ambrosini.« Bitterle klang mittlerweile beinahe versöhnlich, beinahe pastoral. »Jede noch so kleine Kleinigkeit kann von Bedeutung sein.«

»Irgendwann erwähnte er im Zusammenhang mit der Wohnung einen Kollegen, so genau kann ich mich aber nicht erinnern. Namen weiß ich allerdings wirklich keinen.«

»Adresse?«

Sie schüttelte den Kopf.

Bitterle machte sich ein paar Notizen und fragte ungewohnt sanft: »Weiß denn Ihr Mann von dieser Sache?«

»Um Gottes willen! Der darf das auf keinen Fall erfahren, das müssen Sie mir versprechen, Herr Kommissar.«

»Das wird sich zeigen. Aber gut, so weit fürs Erste. Sie können gehen. Ich bitte Sie aber noch einmal, die Stadt nicht zu verlassen.«

»Wo sollte ich denn hin?«

»Wie gesagt, halten Sie sich zu unserer Verfügung.«

Frau Ambrosini war im Begriff, Bitterles Büro zu verlassen, als er zu seiner letzten und entscheidenden Frage ansetzte.

»Eine Sache wäre da allerdings noch.«

Sie blieb stehen und wandte sich um.

»Bestimmt können Sie mir sagen, wo Sie sich am Freitag, den 11. Juli aufgehalten haben, in der Zeit zwischen zweiundzwanzig Uhr und Samstag früh gegen ein Uhr.«

»Zu Hause. Bei meinem Mann.«

»Und ab wann genau?«

»Mein Gott, wann wird das gewesen sein? Vielleicht Viertel nach zehn, halb elf.«

»Und davor?«

»Da war ich in meinem Atelier.«

»Mit Herrn Wenzel, nehme ich an.«

Sie strich sich die Haare aus der Stirn. »Ja. Er bekam dann eine SMS und sagte, er müsse weg. Es sei dringend.«

»Von wem die Nachricht kam, wissen Sie natürlich nicht.«

Sie verneinte.

»Vielleicht eine Vermutung?«

»Keine Ahnung, wirklich nicht.«

»Gut, das war's für den Moment.«

Bitterle sah ihr nach, wie sie aus dem Zimmer schlich. Kein Vergleich zu ihren früheren Auftritten, als sie sich siegesgewiss gab und allen vormachte, das Selbstbewusstsein in Person zu sein, und er fragte sich: Wer ist dieser Alexander Wenzel? Wie schafft er es, die Menschen so zu manipulieren? Aber vor allem: Wo finden wir diesen Mann?

Julia Michalek klopfte leise an den Türrahmen und trat vor Bitterles Schreibtisch. »Ich wollte eben nicht stören, aber während Ihrer Befragung kam die Zeugenaussage eines Taxifahrers. Er meinte, er habe unseren Verdächtigen auf dem Zeitungsbild erkannt.«

»Und?«

»Er hat mir seine Nummer dagelassen. Sie möchten sich bitte melden.« Sie streckte Bitterle einen Notizzettel mit einer Mobilfunknummer entgegen.

»Sie schickt der Himmel.«

»Und? Was ist mit der Ambrosini? Sind ihre Aussagen denn glaubwürdig?«

»Die? Die lügt wie gedruckt. Will mir weismachen, sie wüsste keine Nummer und hätte ihr Handy weggeworfen. Aber wir kriegen den Kerl trotzdem, und die hat hinterher ein Verfahren wegen Behinderung der Ermittlungen am Hals.«

Der Taxifahrer konnte sich genau an den Fahrgast erinnern, vor allem weil er sich so episch von seiner Begleiterin verabschiedet hatte. Sei eine bühnenreife Vorstellung gewesen. Er habe ihn dann ins Wiley-Viertel fahren müssen, in die Elsa-Brandström-Straße. Und das Haus habe eine Holzfront gehabt. Die Nummer wüsste er allerdings nicht mehr. Und er wünsche der Polizei noch viel Glück und Erfolg.

Na, wenigstens ein Trupp, der noch zu uns hält, dachte Bitterle und setzte sich vor den Bildschirm. Er lud eine Karte von Neu-Ulm und scrollte sich durch das Wiley-Gelände. Inmitten der Wohnblocks zog sich ein Grünstreifen entlang, eine Art moderner Park, an dessen Ende ein Amphitheater auf einen Bühnenblock zeigte. Die Straße daneben war die Elsa-Brandström-Straße. Er fuhr sich über das Kinn, zupfte an den Barthaaren und beschloss, sich die Sache vor Ort anzusehen. Er wollte Kula mitnehmen und ging in ihr Büro, das sie sich mit Lukas teilte. »Da sind Sie ja. Los, Kula, kommen Sie, wir haben eine Spur. Ein Taxifahrer konnte sich an einen Fahrgast erinnern, auf den die Beschreibung Wenzels passt.«

»Prima. Aber ich habe auch etwas. Mit dem Malewsky vom Fotoclub stimmt etwas nicht. Wir sollten dessen Alibi über-prüfen. Er scheint verdächtig. Die Wirtin konnte sich an einen handfesten Streit zwischen ihm und der Steinle erinnern. Seine Adresse habe ich schon recherchiert. Was jetzt zuerst?«

Bitterle atmete hörbar aus, strich sich durch die Haare und überlegte einen Moment. »Zu Malewsky! Das Wiley läuft uns nicht davon. Auf geht's.«

Auf dem Weg zum Ausgang wurden sie jedoch von Lukas aufgehalten. Freudestrahlend hielt er Steinles Tasche in den Händen. Die Minnie Maus war allerdings nicht mehr ganz so strahlend wie auf den Fotos. Durch die Zeit im Wasser sah sie recht ramponiert aus, und am Schulterriemen hingen lange, inzwischen getrocknete Algen und sonstiges Wassergestrüpp.

»Das müsst ihr euch anhören. Ein älteres Ehepaar hat die eben abgegeben. Herr und Frau Sikorsky, sie warten vorne.«

»War etwas von Bedeutung drin?«, fragte Bitterle.

»Wie vermutet, Schlüssel, Portemonnaie, ihr Tablet und ihr Handy, ansonsten Tussikram.«

»Pff!«, machte Kula. »Gott sei Dank gibt es mehr als bloß Seife und Zahnpasta. Funktioniert das Handy wenigstens?«

»Wohl kaum, nach der langen Zeit in der Donau. Hoffent-lich kriegt die KTU es zum Laufen. Ansonsten schau ich mal danach. Aber jetzt kommt erst mal mit.«

»Keine Zeit, Lukas«, sagte Bitterle, »kannst du dich bitte um die beiden kümmern? Wir müssen dringend los.«

Lukas straffte den Rücken und sagte: »Meinst du wirklich?

Das wäre ja meine erste Vernehmung, also ich meine, die erste, die ich allein –«

»Das schaffst du locker. Bist doch schon lange genug dabei.« Während Bitterle das sagte, tätschelte er ihm aufmunternd die Schulter. »Und vergiss das Handy nicht!«

Richtung Söflingen herrschte stockender Verkehr. Bitterle brummelte etwas von »ewigen Baustellen« und sah nach oben. Immer noch fegten dunkle Wolken über ihnen hinweg. Als ihn ein Radfahrer schnitt und zum Bremsen zwang, schlug er auf das Lenkrad und fluchte. Kula las eine SMS und atmete tief durch. Sie steckte das Handy wieder zurück in ihre Jacke, inspizierte eine Zeit lang ihre Fingernägel.

»Was Unangenehmes?«

»Ach woher, bloß mal wieder Werbung.« Sie drehte sich zur Seite, barg die Hände zwischen den Knien und sah schweigend aus dem Fenster.

»Alles in Ordnung mit Ihnen?«

»Ja klar, alles bestens, bin nur etwas müde.« Nach einer Weile fragte sie: »Ob der wohl da ist?«

»Werden wir gleich sehen. Da vorne muss es sein.« Bei der Kreuzung am Seniorenzentrum reihte er sich in die Linksabbiegerspur und fuhr die Soldatenstraße hoch. Da es rund um Malewskys Wohnung weit und breit keine Parkplätze gab, stellte er den Wagen kurzerhand vor einer Garage mit Parkverbotsschild und Abschlepphinweis ab und legte vorsichtshalber den Ausweis aufs Armaturenbrett. Das Haus schien frisch renoviert, das Gärtchen davor machte einen gepflegten Eindruck, und auf dem Klingelschild der Tür stand nur ein Name. Malewsky.

Lukas bat die beiden älteren Herrschaften ins Besprechungszimmer. Dabei schoss deren Dackel sofort auf ihn zu und wieselte ihm schnüffelnd und schwanzwedelnd um die Beine.

»Aus! Winnetou, kommst du her!«, rief der Mann und bedachte seinen Hund mit strafenden Blicken.

»Das ist schon in Ordnung«, sagte Lukas.

Der Dackel scherte sich nicht um den Befehl, und der weiß-
haarige Herr mit beiger Kniebundhose, kariertem Hemd und
grauer Weste hob Schultern und Hände, um sie anschließend
resigniert fallen zu lassen.

Seine Frau musterte ihn schmallippig und wandte sich
kommentarlos ab. Lukas bot ihnen einen Platz an, zog einen
weiteren Stuhl heran und legte los. »Nun erzählen Sie mal. Am
besten ganz von vorne. Vielleicht zuerst den Namen.«

»Also Sikorsky ist mein Name, Rolf Sikorsky, und das ist
meine Frau Herta. Und wie wir das im Radio gehört haben,
das mit der Tasche, da fiel es meiner Frau wieder siedend heiß
ein. War doch so, Herta, oder?«

»So war's, Rolf.«

»Dürfte ich Sie noch um Ihre Adresse bitten«, sagte Lukas.

»Ah so, ja natürlich. In der Mozartstraße wohnen wir, in
Neu-Ulm. An die Postleitzahl ...« Herr Sikorsky sah zu seiner
Gattin.

»Also ich bitte dich. So was darfst du mich wirklich nicht
fragen.«

»Gut so weit, kein Problem.« Lukas lehnte sich zurück und
fühlte sich wie ein richtiger Inspektor. »Bitte, Herr Sikorsky,
was haben Sie uns zu erzählen?«

»Also, Sie müssen wissen, Herr Kommissar, die Tasche
haben wir nämlich schon am Dienstag gefunden. Als wir
unseren Spaziergang an der Donau lang gemacht haben, da
war doch nicht mehr so viel Hochwasser, müssen Sie wissen. Ja, also, wie wir da so langgehen, am Uferweg, da seh
ich doch tatsächlich was im Baum hängen. Gegenüber vom
Stadion, da steht ein Baum, eigentlich liegt der schon halb,
ein Mordsungetüm von einem Baum, und als ich genauer
hinschau, da seh ich, dass das eine Tasche ist. Ich sag noch zu
meiner Herta, guck mal, da hängt doch was. Stimmt's nicht,
Herta?«

»Doch, Rolf, stimmt genau.«

»Na, sag ich doch. Also, ich hab mir gedacht, vielleicht
vermisst die ja jemand, und da ist was Wichtiges drin, und
dann bin ich kurzerhand zu dem Baum.« Herr Sikorsky lachte,

bevor er fortfuhr. »Also, ich kenn da ja nichts. Schuhe und Socken runter, die Hosen übers Knie gezogen und rein in die Donau.«

»Den Tod hättest du dir holen können«, sagte seine Frau, und an Lukas gewandt: »Wissen Sie, Herr Kommissar, mein Mann war schon immer ein Tunichtgut, ganz früher sogar ein echter Hallodri, aber heute, mit fünfundsiebzig? Also wirklich! Den Tod hätte er sich holen können. Nur damit Sie's wissen!«

»Jetzt übertreib mal nicht, Liebes. Ich also rein in die Brühe und Richtung Baum, nehm die Tasche, die hatte sich da regelrecht verhakt, und wie ich mich umdreh und zurückwill, springt mich doch tatsächlich Winnetou an. Hat sich einfach losgerissen.« Er drehte sich zu seiner Frau. »Hättest du ihn besser gehalten, wäre gar nichts passiert.«

Winnetou hatte seine Leine mittlerweile um ein Stuhlbein gewunden, aber ihm blieb immer noch genügend Freilauf, um sich am vollen Papierkorb hochzuziehen und so lange am Rand zu zerren, bis der mit einem Scheppern umfiel. Endlich hatte er eine Beschäftigung und fetzte die Papierknäuel durch den Raum.

»Winnetou!« Lautstark versuchte Frau Sikorsky, den Dackel zur Raison zu bringen, doch der scherte sich keinen Deut um sein Frauchen, sondern tobte weiter durch die Gegend.

Lukas tat es mit einer lässigen Handbewegung ab.

Frau Sikorsky ließ von Winnetou ab und wandte sich wieder an ihren Mann. »Jetzt bin ich es wieder gewesen. Wärest *du* nicht ins Wasser, wäre überhaupt nichts passiert. Aber so? Gleich am nächsten Tag, müssen Sie wissen, Herr Kommissar, lag er nämlich mit einer Mordserkältung im Bett, so richtig mit Fieber und allem Drum und Dran.«

»Jetzt übertreib doch nicht schon wieder so, Liebes. Nichts weiter als ein Schnupfen.«

»Ist doch wahr, Rolf, immer du mit deinem Dickkopf.«

Herr Sikorsky hob wie zu Beginn die Schultern und meinte zu Lukas: »Nun ja, so sind sie halt, die Frauen, immer auf das Wohl ihrer Gatten bedacht.«

Lukas nutzte die Aufmerksamkeit der beiden, um endlich eine Frage zu stellen: »Aber warum in aller Welt haben Sie die Tasche nicht gleich zur Polizei oder wenigstens zum Fundamt gebracht? Wenn Sie schon dachten, dass sie jemand vermisst. Das versteh ich nicht.«

»Was soll ich sagen, Herr Kommissar? Ich hab's vergessen. Beide haben wir es einfach vergessen. Bis dann der Aufruf im Radio gekommen ist.« Das Ehepaar ließ die Schultern nun tief hängen. Sie sahen Lukas mit einem Blick an, den sie sich nur bei Winnetou abgeschaut haben konnten.

Nach dem zweiten Läuten waren Schritte zu hören, und ein Mann öffnete. Er stand in einem schmalen Korridor, hinter ihm führten drei Stufen zu einem kleinen Flur mit mehreren Türen. Dem Aussehen nach hatte er nicht mit Besuch gerechnet. Aus einer Freizeithose mit Karomuster hing ein verwaschenes Sweatshirt mit ausgefransten Nähten an Hals und Ärmeln, sein eisgraues Haar stand struppig vom Kopf ab. Insgesamt machte er einen verkaterten Eindruck. Mit wässrigen Augen musterte er die Besucher und fragte: »Ja, bitte?«

Bitterle zückte seinen Ausweis. »Kriminalpolizei. Sind Sie Herr Malewsky?«

Sein Blick pendelte zwischen den beiden hin und her, dabei rieb er die Hände in einem steten Auf und Ab an den Beinen. Nach einem Räuspern verschränkte er die Arme vor der Brust und sagte mit fester Stimme: »Der bin ich. Und was wollen Sie von mir?«

Kula trat einen Schritt vor. »Herr Malewsky, wir hätten ein paar Fragen. Unseres Wissens waren Sie mit Frau Steinle bekannt.«

»Die Steinle ...« Und nach kurzem Zögern: »Ja, vom Fotoclub, aber eher flüchtig.«

»Da hat uns die Wirtin vom ›Kahn‹ aber etwas anderes berichtet. Vielleicht sollten wir das besser drinnen besprechen, meinen Sie nicht?«

»Also ich weiß nicht«, er sah einen Moment nach hinten, »bei mir ist nicht aufgeräumt.«

Bitterle schloss zu Kula auf. »Kein Problem, es dauert auch gar nicht lange. Es sind wirklich nur ein paar Fragen. Dann sind wir auch schon wieder weg.«

Malewsky gab nach, zog die Tür bis zum Anschlag auf und sagte: »Na gut, meinetwegen. Wenn's unbedingt sein muss.« Er ging voraus in eines der beiden Zimmer und klappte am Couchtisch wie beiläufig seinen Laptop zu. Umherliegende Papiere und Fotos schob er zusammen und packte sie zur Seite. Er wies auf das leer geräumte Sofa und fragte: »Darf ich erfahren, um was es geht?«

Die Kommissare blieben stehen. Kula hielt die Arme hinter dem Rücken verschränkt und sah aus dem Fenster, während Bitterle begann: »Ich will gleich zur Sache kommen, wir ermitteln im Todesfall Vera Steinle, und ich hätte gern von Ihnen gewusst, wo Sie am Abend des 11. Juli waren und was Sie gemacht haben.«

»Gott, das ist ja schon ewig her.«

»Wie man's nimmt, eine Woche, um genau zu sein.«

»Tatsächlich? Stimmt, jetzt, wo Sie es sagen.« Malewsky neigte den Kopf und schien nachzudenken. »Richtig. Also da war ich auf einer Fortbildung. ›Digitale Bildbearbeitung für Fortgeschrittene‹. Ein wirklich tolles Seminar, wie eigentlich alles auf der Burg Fürsteneck.«

»Wo ist das denn?«, fragte Kula dazwischen und fixierte Malewsky so lange, bis der zu Boden sah.

»Kurz vor Fulda, im Hessischen. Der Kurs ging von Freitagabend achtzehn Uhr bis Sonntagnachmittag nach dem Kaffee.«

»Aha. Laut Aussage der ›Kahn‹-Wirtin waren Sie während dieser Zeit in Ulm in ihrem Lokal, zumindest an einem der Abende. Sie kann sich genau an Sie erinnern. Sie hatten eine Auseinandersetzung mit Frau Steinle.«

»Hören Sie auf mit der Wirtin, die hat sie doch nicht mehr alle. Die erzählt viel, wenn der Tag lang ist.«

»Den Eindruck hatte ich nicht. Können Sie das denn beweisen, Ihre Seminar-Teilnahme dort, wie Sie sagten, im Hessischen.«

Ein Lächeln huschte über Malewskys Gesicht, und er hob den Finger. »Aber sicher, ich habe doch das Anmeldeformular und kann es Ihnen gern holen. Möchten Sie es sehen?«

»Anmelden kann sich jeder. Sonst haben Sie nichts? Belege, Quittungen, eventuell einen Strafzettel.«

»Die Teilnahmegebühr. Nun, die habe ich online bezahlt. Da habe ich allerdings keinen Ausdruck zur Hand.«

»Aber der wird doch sicher auf Ihrem Rechner zu finden sein. Dürfen wir einmal einen Blick darauf werfen?«

»Äh, der Laptop, der hat momentan kein Internet, irgendwas mit dem WLAN, ist doch immer das Gleiche mit den Billigroutern aus dem Fachmarkt.«

Bitterle wurde es zu dumm. »Wissen Sie was, Herr Malewsky, kommen Sie doch bitte morgen zu uns ins Präsidium und bringen Sie die entsprechenden Belege mit, sagen wir um zehn.«

»Wann? Am Wochenende? Also, dass Sie da arbeiten …«

»Wir arbeiten immer.« Er deutete auf den Rechner und fügte hinzu: »Und den da, den müssen wir mitnehmen, sicherheitshalber.«

Malewsky blieb der Mund offen stehen. »Aber das dürfen Sie nicht.«

»Doch, das dürfen wir, wir ermitteln in einem Mordfall, und wenn Sie ihn uns nicht freiwillig überlassen, müssen wir ihn beschlagnahmen.«

»Aber —«

»Nichts aber. Sie bekommen ihn ja wieder. Also, bis morgen. Und hier ist meine Karte, falls Ihnen vorher noch etwas einfallen sollte.«

Es hatte wieder angefangen zu tröpfeln, und sie beeilten sich, zum Wagen zu kommen. Bitterle setzte zurück und fuhr die Soldatenstraße hoch Richtung Römerstraße. Als er wegen eines entgegenkommenden Fahrzeugs warten musste, fragte er: »Glauben Sie ihm?«

»Keine Spur. Das Gerede von dem ist in etwa so glaubwürdig, als würde jemand behaupten, er hätte den Bohlen mit Anne Will im Bett erwischt.«

»Wie kommen Sie denn darauf?«

»Vergessen Sie's. War nur so ein Gedanke.« Kula zog energisch die Wagentür zu und stierte durchs Seitenfenster nach draußen.

Beim Wolpertinger

Freitag, 18. Juli, später Nachmittag

Feierabendverkehr. Richtung Süden war alles dicht, Stop-and-go vom Ländle hinüber in den Freistaat. Kaum ein Unterschied zu früher, dachte Bitterle, als er mit Kula auf der Adenauer-brücke stand. Damals wurden Reisende mit Schranken und Zollabgaben schikaniert und ihnen die Zeit gestohlen, heute tat man sich das freiwillig an. Unter ihnen rauschte die Donau nach wie vor braun und immer noch mit viel zu viel Wasser ostwärts. Aber wenigstens regnete es im Moment nicht.

Kula fragte: »Was meinen Sie, was er uns sagen wird?«

»Wenn wir ihn überhaupt finden. Die Angaben des Taxi-fahrers waren schon recht vage.«

»Dran glauben, Chef, einfach positiv denken.«

»Pah, Sie haben gut reden. Aber wenigstens können wir uns die Formalitäten sparen, die anderswo bei diesen länder-übergreifenden Maßnahmen üblich wären. Wobei ich glaube, die Neu-Ulmer wären nicht sonderlich begeistert, wenn die wüssten, dass viele das hier bloß als einen Stadtteil Ulms be-trachten, dazu noch einen furchtbar langweiligen.«

»Damit werden die wohl immer leben müssen.«

Bis zum Kreisel ging es schneller, doch die Memminger Straße Richtung Ludwigsfeld war komplett dicht wegen eines liegen gebliebenen Lkws.

»Auch das noch«, sagte Bitterle und sah auf die Uhr. Kurz vor halb sechs. Er wies mit dem Finger nach vorne. »Das Wiley war früher ein echter Brennpunkt. Rund achttausend Soldaten und ihre Angehörigen waren hier untergebracht. Da ging's manchmal heiß her. Vergewaltigungen, Schlägereien und jede Menge Drogenhandel. Die GIs haben sich ans Donauufer ge-setzt, ihre Zwei-Liter-Lambrusco-Flaschen geleert und den Schülern und Kleinstadthippies ihr Haschisch verkauft. Und da rechts, dieses Brachgelände, da stand früher das Ring-Hotel mit Billardtischen. Während der Pausen wurden die Schüler der Realschule gegenüber mit Stoff versorgt.«

»Woher wissen Sie das? Damals waren Sie doch noch gar nicht bei der Polizei.«

Bitterle drehte sich zu Kula. »Aber ich war an dieser Schule. Am schlimmsten allerdings fanden wir damals, dass die Amis uns die Pershings vor die Nase gesetzt haben. Mitten in Neu-Ulm Atomraketen, das muss man sich mal vorstellen. Und trotz der Demo, eine Menschenkette von Stuttgart bis nach Neu-Ulm mit rund zweihundertfünfzigtausend Teilnehmern, wurde der Vertrag mit den Amis kurz darauf ratifiziert. Wir hatten nicht die geringste Chance.«

Kula blickte nach draußen und fragte: »Ist das heute anders?«

»Wohl eher nicht.«

Am Dietrich-Theater vorbei kam nach der Kreuzung endlich linker Hand die Einfahrt ins Wiley-Süd-Gelände. Nachdem sie den rot-weiß karierten Wasserturm vor sich sahen, hatten sie auch schon die Elsa-Brandström-Straße erreicht und bogen rechts ab. Im Schritttempo fuhren sie den Grünstreifen entlang, immer auf der Suche nach einem Wohnblock mit einer Art Holzvertäfelung davor. Vor dem drittletzten Gebäude hielten sie an. Eine Kunststofffront mit mahagonibrauner Holzmaserung in Paneeloptik unterteilte die Fassade. Sie hob das Haus von den übrigen, in Weiß-Grau gehaltenen Kästen mit bunten Balkonen erfrischend ab. Postmoderne Siedlungsarchitektur, ringsum gepflegte Grünanlagen, genügend Raum zwischen den Gebäuden, überall freie Parkplätze und ein sauberer Gehweg. Noble Gegend, fand Bitterle immer wieder, wenn es ihn hierher verschlug. Er stellte den Wagen direkt vor dem Eingang ab. Dabei fiel ihm die Rampe auf, die zusätzlich zur Treppe zum Hauseingang führte. Hier könnte man sogar alt werden, dachte er.

Er studierte das Klingelbrett und drückte aufs Geratewohl bei Wagner. Niemand öffnete. Ebenso wenig bei Delacroix. Bei Simoneit wurde nach wenigen Sekunden der Summer bedient, und schon standen sie im Hausflur. Er hastete die Stufen nach oben, Kula dicht dahinter. Die Eingangstür in der ersten Etage war angelehnt, Bitterle klopfte. Rasche Schritte tapsten über den Flur, und eine junge Frau im umgebundenen

Badetuch, die sich die Haare mit einem zweiten Handtuch rubbelte, sah sie erstaunt an.

»Oh! Ich hatte jemand anderes erwartet.«

»Keine Umstände«, sagte der Kommissar und zog seinen Ausweis. »Kripo Ulm, wir hätten nur eine Frage. Kennen Sie einen gewissen Alexander Wenzel?«

Kula hielt ihr ein Foto Wenzels entgegen und fügte hinzu: »Lassen Sie sich ruhig Zeit.«

»Da brauch ich keine Zeit. Das ist der Untermieter vom Wolpertinger.«

»Wolpertinger?« Bitterle schaute belustigt. »Und wo finden wir den?«

Frau Simoneit zeigte nach oben. »Eins höher. Und jetzt entschuldigen Sie mich bitte. Ich erwarte Besuch.«

Noch bevor die beiden Ermittler sich bedanken konnten, schloss sich die Tür vor ihnen.

»Wolpertinger«, sagte Bitterle, während sie ein Stockwerk höher stiegen, »was für ein Name.« Gleich nach dem Treppenabsatz hing an der rechten Tür ein kupfernes Schild mit verschnörkelter Schrift: »Der Wolpertinger«, darüber ein Hasengesicht mit Rehgeweih. Darunter, etwas kleiner, dafür leserlich: »Ludwig Wiesnhammer, Kabarettist«. Unbestreitbar ein Bayer.

Bitterle läutete. Von drinnen ertönte eine Art Ziegengemecker, gleich darauf öffnete sich die Tür. Bitterle sah sich einem Unikum gegenüber. Herr Wiesnhammer hatte einen kugelförmigen Kopf ohne Haare, dafür jedoch lange Koteletten, die bis zum Unterkiefer reichten und weit abstanden, über den Lippen thronte ein königlicher Schnurrbart mit nach oben gezwirbelten Enden. Die ganze Bartpracht schimmerte in Weiß mit leicht gelblichem Stich.

Erneut zückten die beiden Ermittler ihre Ausweise. Bitterle sagte: »Herr Wiesnhammer, nehme ich an.«

Der deutete eine Verbeugung an und fragte mit schnarrender Bassstimme: »In der Tat. Und aufgrund welcher Verfehlung habe ich die Ehre? War ich mal wieder z' laut? Oder hab ich etwa zu sehr über die CSU g'schimpft?«

»Da kann ich Sie beruhigen.« Bitterle schob den Ausweis zurück in die Tasche. »Wir suchen diesen Mann wegen einer Zeugenaussage.«

Wiesnhammer griff nach dem Foto, das Kula ihm reichte, hielt es mit gestrecktem Arm von sich und sagte: »Sieht aus wie der Sascha. Was ist mit dem? Hat er was ausg'fressen?«

»Wissen wir noch nicht. Man sagte uns nur, er würde hier wohnen. Trifft das zu?«

»Was meinen S' mit hier wohnen?« Die blauen Augen des Herrn Wiesnhammer verengten sich.

»Untermiete zum Beispiel. Aber das lässt sich ganz einfach klären. Bestimmt ist er hier gemeldet.«

»Schon gut, Herr Kommissar, der Sascha wohnt hier. Aber vielleicht kommen S' besser rein. Muss ja nicht gleich jeder ...« Herr Wiesnhammer beugte sich vor und sah ins Treppenhaus. Er blickte nach oben und nach unten. Dann trat er einen Schritt zurück, wobei er die Tür aufzog und mit einem galanten Bückling den Flur entlangwies.

Bitterle betrachtete die Wände. Sie hingen voller Fotografien, die den Kabarettisten bei Auftritten zeigten oder Arm in Arm neben vermutlich wichtigen Persönlichkeiten. Auf einem Bild wurde ihm von einer bayerischen Wichtigkeit ein Orden angesteckt. Untersetzt und mit einem gewaltigen Schädel, unverkennbar Franz Josef Strauß. Herr Wiesnhammer hatte seinen Blick bemerkt.

»Jaja, seinerzeit, da war ich wirklich wer, aber heut muss man froh sein, wenn unsereins fürs Auftreten ein Bier und eine Brotzeit kriegt. Den Reibach machen die andern. Die sogenannten Stars.«

Bitterle nickte und ging weiter. Der Raum am Ende des Korridors schien riesig, denn er war so gut wie leer. Vor einer modernen Küchenzeile stand ein Tresen mit drei Barhockern, darüber hingen drei kupferne Deckenlampen. Kein Geschirr, keine Gläser oder leere Flaschen. Alles picobello. Die Wand gegenüber wurde von einem Regalsystem beherrscht, in dem unzählige Schallplatten sowie ein paar Bücher Platz gefunden hatten, dazu eine Stereoanlage mit Hunderten von Schaltern,

Hebelchen und Birnchen. Seitlich stand ein Keyboard, abgedeckt mit der blau-weiß gemusterten Bayern-Fahne. Dahinter hing in Kopfhöhe ein weiterer echter Wolpertinger. Der Hasenkopf hatte die Schlappohren eines Spaniels, ein Rehgeweih und Sauzähne. Im anderen Teil des Zimmers lag ein kleiner Teppich, darauf ein Sessel mit abgewetztem Polster und eine Stehlampe mit Schwanenhals, das war's. Wiesnhammer schien allein und zudem bescheiden zu leben. Kula trat näher an das ausgestopfte Monster, doch bevor sie etwas dazu fragen konnte, nahm Bitterle den Faden wieder auf.

»Also gut, dieser Alexander Wenzel, der wohnt bei Ihnen, sagten Sie. Wie lange schon?«

Wiesnhammer hob die Arme zur Seite und ließ sie auf die Schenkel klatschen. »Mei, wie lang wohnt der jetzt da? Vielleicht einen Monat, kann sein auch zwei. Wissen S', so genau weiß ich des nimmer.«

Kula stand jetzt mit dem Rücken zum Fenster. »Wie haben Sie ihn denn kennengelernt?«

»Mei, auf einmal stand er da mit seiner Tasche. An einem Abend, wo ich g'spielt hab, im ›Schwabenhof‹, das ist gegenüber vom Neu-Ulmer Bahnhof. Da hat er nach einem Zimmer g'fragt, war aber schon alles voll. Ausgebucht wegen der Großbaustelle. Vielleicht hat er mich g'hört? Oder er hat den Aushang g'sehn, was weiß ich? Reinkommen ist er und hat mich in der Pause g'fragt, ob ich was zum Schlafen wüsst, für ein paar Nächte, für einen Kollegen sozusagen.«

»Kollege?«, hakte Bitterle nach.

»Ja mei, er wär auch ein Kabarettist, hat er g'sagt und hat sich her'gsetzt zu mir und hat erzählt. Und am Schluss hab ich a gute Lösung g'funden.«

»Wieso?«, fragte Kula.

»Mei, wenn Sie mal in mei'm Alter sind, dann sind S' froh um eine Gesellschaft, wenn S' wissen, was ich mein.«

»Versteh ich gut. Dürfen wir einen Blick in Herrn Wenzels Zimmer werfen?«

»Wozu das denn?« Mit einem Mal wurde der eben noch so offene Blick des Wolpertingers wieder misstrauisch.

»Wir möchten uns ein Bild von Ihrem Untermieter machen. Einfach, um einen Verdacht auszuschließen.«

»Was für einen Verdacht?«

»Wir ermitteln im Fall Vera Steinle. Sie haben bestimmt davon gehört. Die Frau, die tot in der Blau aufgefunden wurde«, übernahm Bitterle wieder. »Der Name Wenzel tauchte dabei mehrfach auf, und wir verfolgen verschiedene Spuren. Reine Routine.«

Kula warf Bitterle einen konspirativen Blick zu und fügte an: »Das geht auch ganz schnell, nur ein paar Minuten.«

»Ich denke nicht, dass ich das muss«, sagte Wiesnhammer mit einer Spur Trotz in der Stimme. »Dafür brauchen S' doch so einen Richterbescheid.« Er richtete sich auf und schob die Unterlippe vor, was man aber aufgrund des buschigen Bartes eher vermuten als wirklich sehen konnte.

»Hören Sie …«, sagte Bitterle, doch bevor er fortfahren konnte, wurde er von Kula unterbrochen.

»Ich denke, das dürfte kein Problem sein.« Sie zog ihr Smartphone aus der Tasche, tippte flink aufs Display und meldete sich wenig später. »Hallo, hier Kula Skoulatopulos, Dezernat eins, grüß dich, Ben. Wir haben da eine verschlossene Tür in einer Wohnung und wüssten gern, ob sich darin eine Person befindet. – Wissen wir nicht, ich denke nicht, dass die tot ist, aber möglich ist alles. – Wie? Nein, aber unbedingt Einsatzfahrzeuge wegen eventueller Fluchtgefahr, mit Blaulicht und Sirene, das volle Programm! Ach ja, und denkt an den Beschluss vom Richter. Wie's aussieht, gibt es hier ein Problem. Und bitte die Gegend absperren wegen der Schaulustigen. – Wann? Na, sofort!«

Auch andernorts war man fieberhaft mit der Aufklärung des Falles beschäftigt. Steinles Tablet, das fast eine Woche in der Donau gelegen hatte, war bei der KTU, erste Ergebnisse waren jedoch nicht vor Dienstag zu erwarten. Einen Tag nach dem Schwörmontag. Um eventuell früher zu Erkenntnissen zu kommen, hatte Lukas ihr ebenfalls tropfnasses Smartphone behalten, es mit Miniaturwerkzeugen geöffnet, Chipkarte und

Akku trocken gewischt und so lange in das feuchte Gehäuse gepustet, bis ihn Atemnot zu einer Kaffeepause zwang. Eine Viertelstunde später legte er Chip und Akku wieder ein und drückte den Startknopf. Nichts. Er überlegte. Dann fiel ihm eine Computerzeitschrift ein. Darin hatte er gelesen, wie sich ein nass gewordenes Handy wieder zum Leben erwecken ließ. Dazu benötigte er allerdings etwas Hygroskopisches – etwas, das Feuchtigkeit entzog.

Er kämpfte sich durch die Menschenmassen die Hirschstraße runter Richtung Hauptbahnhof. Passanten strömten auf und ab, bepackt mit prallen Einkaufstaschen oder auf dem Weg ins nächste Geschäft, um heute, am Freitag, jenes Geld auszugeben, wofür sie die ganze Woche über gearbeitet hatten. Vor dem großen Kaufhaus bog er links ab und betrat wenig später einen winzigen Asia-Importladen. Sofort schlug ihm ein undefinierbarer Geruch entgegen, der ihn an eine Mischung aus Fischgeschäft und der Gartenabteilung eines Baumarktes erinnerte. Säcke und Kisten stapelten sich in den Ecken, Flaschen und Dosen wuchsen in Regalen bis zur Decke. Der Besitzer wuselte hinter dem Verkaufstresen entlang und stopfte irgendwelche Lebensmittel in die wenigen Lücken. Erst nachdem sich Lukas mehrmals geräuspert hatte, bemerkte er ihn.

»Sie wünnsen?«

»Reis. Ich brauche Reis.«

»Wi haben siebsehn Sooten.«

»Egal. Hauptsache, er saugt viel Wasser auf, ganz viel Wasser.«

»Haha, komise Gesmack Deutsland. Aber fül viel Wasser muss nehm Thai-Klebleis. Blauch gans viel Wasser. Wie viel Kilo? Ganse Sack, Sondepleis. Swansig Kilo nur fumfunswansig Euro.«

Lukas lachte. »Oh nein, ich brauche nicht mehr als eine Handvoll. Nicht zum Essen, zum Handyreparieren.«

»Ohhh, Handy kaputt? Kein Ploblem, du waate, habe gans billig Handy, gans neu und gans plima. Swansig Euro, spessel Pleis.«

»Nein, wirklich, ich brauche wirklich kein neues Handy.

Ich muss ein altes reparieren. Es war nass. Verstehen Sie? Bade-wanne. Handy nass.«

Der Asiate schob die Lippen vor, hielt den Kopf schief und nickte langsam. »Gut. Velstehe, kein Handy, nul Leis. Nul ein Handvoll?«

»Exakt. Nur eine Handvoll.«

Der Verkäufer nahm eine Kelle, versenkte sie in einem riesi-gen Sack und füllte eine Tüte, die er anschließend umständlich zuknotete. Er drückte sie Lukas in die Hand mit den Worten: »Viel Gluck. Und wenn du blauchen neu Handy ...«

Lukas zog sein Portemonnaie aus der Tasche, aber der Verkäufer winkte ab. »Du stecken lass. Is Gesenk. Und viel Elfolg.«

Zurück im Präsidium ging Lukas in die Teeküche auf der Suche nach Frischhaltefolie. Die Michalek hatte dort bestimmt eine Rolle deponiert. Er riss einen halben Meter davon ab und machte sich danach wieder an Steinles Handy zu schaffen. Immer noch flogen feinste Wassertröpfchen durch die Luft, wenn er nur stark genug pustete.

Jetzt ging's ans Verpacken. Er kippte eine Schicht Reis auf die Folie, legte das ausgeweidete offene Smartphone darauf und streute eine weitere Lage darüber. Die Enden der Folie schlug er von allen Seiten darüber und betrachtete sein Werk. Wehe, die Computerzeitschrift hat gelogen, dachte er und sah auf die Uhr. Kurz vor sechs. Frühestens morgen Mittag würde sich zeigen, ob der Trick funktionierte.

»Stopp! Hören S' auf!« Der Wolpertinger wurde laut und ging mit erhobenen Händen auf Kula zu. »Ist ja gut. In Gott's Na-men, dann gehn S' halt rein in dem Sascha sein Zimmer.«

Kula sah hoch, ein Zucken umspielte ihre Mundwinkel. »Moment, ich glaube, die Sache hat sich erledigt. – Nein, kein Einsatz. Ich denke, wir schaffen das auch so. Trotzdem, vielen Dank so weit.« Sie steckte ihr Handy ein und fragte: »Also, was ist, Herr Wiesnhammer? Können wir?«

»Hab ich eine Wahl?«

Bitterle hatte es die Sprache verschlagen, er konnte nur

zusehen, wie der Wohnungseigner einen Schlüssel aus einem Kästchen kramte und Wenzels Zimmer aufsperrte.

Kula ging vorneweg. Der Raum war einfach eingerichtet, skandinavische Massivholzmöbel aus dem Katalog. Schrank, Sideboard, Bett und ein kleiner Sekretär, ein dezent gemusterter Teppichboden, alles mit deutlichen Gebrauchsspuren. Es sah aus wie ein nicht mehr genutztes Jugend- oder Gästezimmer. Auffallend war der Geruch. In der Luft hing der Hauch eines exklusiven Herrenduftes, weder männlich noch weiblich, irgendwie androgyn, wie Bitterle fand. Kula zog die Schranktür auf. Links Fächer mit Unterwäsche und Shirts, die meisten aus Seide. Rechts oben eine Ablage mit Hemden, darunter eine Stange mit Kleiderbügeln.

»Was hier hängt, hat den Wert von mindestens einem halben Jahresverdienst«, vermutete sie. »Feinster Zwirn: Leinen, Kaschmir, aber leider kein Leder.«

Bitterle hatte inzwischen die Klappe des Sekretärs geöffnet, zog nacheinander die Schubladen auf und besah sich die Papiere. Nichts von Bedeutung. Keine Hinweise auf anderweitige Unterkünfte, keine Handy-Rechnungen, aus denen eine Nummer ersichtlich gewesen wäre, keine persönlichen Briefe. Doch! Zwischen Stuttgarter Hotelprospekten steckte ein amtliches Schreiben der Stadt Bitterfeld, adressiert an einen Herrn Rico Babka in Bitterfeld, Emil-Obst-Straße 17. Herr Babka wurde gebeten, dem Einwohnermeldeamt seinen neuen Wohnort mitzuteilen. Das Schreiben war vom März dieses Jahres. »Jetzt sehen Sie sich das mal an.«

Doch Kula war derweil auf die Knie gegangen und sah unter das Bett. Als sie sich wieder erhob, hielt sie kurz inne. »Da ist was unter dem Kleiderschrank.« Es war eine blaue Mülltüte.

Schon beim Öffnen strömte ihnen der unverkennbare Geruch dieses einzigartigen und edlen Materials entgegen. Leder. Sie hatten gefunden, wonach sie gesucht hatten. Bitterle zog die Jacke aus dem Sack und befühlte das Material. Als ob er über reine, zarte Haut fahren würde, beinahe erotisch. Und an einem Ärmel fehlte die Lasche.

»Bingo!«, rief Kula und strahlte so sehr, dass sich ihre Wangengrübchen noch mehr als sonst zeigten. »Und die Marke stimmt auch.« Sie schob die Jacke zurück in den Plastiksack und klemmte ihn unter den Arm.

Bitterle sagte nur: »Fahndung«, holte sein Handy hervor und drückte die Kurzwahl seiner Dienststelle im Präsidium. Lukas ging an den Apparat. Bitterle nannte den Namen, und Lukas versprach, sich umgehend der Sache anzunehmen.

Herr Wiesnhammer hatte während der ganzen Suchaktion starr im Türrahmen gestanden, sich ein paarmal geräuspert und den Rotz hochgezogen. Ansonsten hatte er geschwiegen. Doch jetzt schien wieder Leben in ihn zurückzukehren. »Wie, Fahndung?« Beinahe hilflos wanderte sein Blick zwischen Bitterle und Kula hin und her. »Der hat doch hoffentlich nix ausg'fressen?«

Bitterle trat auf ihn zu und berührte für einen Augenblick seine Schulter. »Keine Sorge, mit Ihnen hat das nichts zu tun. Aber das Zimmer müssen wir versiegeln. Und wir bitten Sie, uns sofort Bescheid zu geben, falls sich Herr Wenzel meldet.« Er zog seine Karte aus dem Sakko und reichte sie dem Bayern. Der nahm sie mit einem Nicken entgegen und sah gleichzeitig zu, wie Kula das rosa Polizeisiegel mit den drei Löwen über Tür und Rahmen klebte.

Bitterle wandte sich noch einmal an Herrn Wiesnhammer. »Eine Frage noch, wann haben Sie den Herrn Wenzel das letzte Mal gesehen?«

»Mei, des ist schon länger her. Ich war ja eine ganze Woche nicht da. Bin vorgestern erst zurückgekommen.«

»Und dafür gibt es Zeugen?«, fragte Kula.

»Jede Menge. Mindestens einhundert an jedem Abend.«

»Aha?«

»Ja, meinen S' vielleicht, ich lass mir ein Engagement im Tannheimer Tal entgehen?«

»Sie hätten ja zwischendurch zurückfahren können.«

»Das fehlt grad noch. Als ob ich nichts Besseres zu tun hätt, als stundenlang im Stau zu stehen, wo's doch da an Ajjuweda hat und eine Fußmassasch und ein Dampfbad und was weiß ich sonst noch. Und das alles für gratis, wenn S' wissen, was ich mein.«

»Und ob. Gut, das wär's auch fürs Erste. Haben Sie vielen Dank, Herr Wiesnhammer.«

»Also dass mir das jetzt ein Vergnügen g'wesen wär, des kann ich nicht behaupten, aber wie heißt's immer so schön? Sie tun nur Ihre Pflicht.«

»So ist es. Aber um eines kommen wir trotz allem nicht herum.«

»Ja wie? Ich denk mir ham so weit alles geklärt. Gibt's etwa noch eine Zugabe?«

»Sozusagen. Die Spurensicherung kommt nachher noch vorbei und sieht sich in Herrn Wenzels beziehungsweise Herrn Babkas Zimmer um. Das können wir Ihnen leider nicht ersparen.«

»Wenn's denn der Wahrheitsfindung dient.«

»Tut es, Herr Wiesnhammer. Das tut es ganz sicher«, sagte Kula und schenkte dem Wolpertinger ein versöhnliches Lächeln.

Zurück am Wagen fragte Bitterle: »Sagen Sie mal, wen um alles in der Welt haben Sie vorhin angerufen?«

»Die Kinoansage des Xinedome. Warum?« Und wieder zeigten sich ihre beiden Wangengrübchen.

Lukas hatte ganze Arbeit geleistet – und das in Rekordtempo. Als Bitterle und Kula zurück im Präsidium waren, konnte er ihnen bereits Details zu ihrem Verdächtigen liefern. Rico Babka war kein unbeschriebenes Blatt. Geboren am 16. Februar 1979 in Grimma, Besuch der Oberschule bis zur zehnten Klasse, danach Lehre als Buchhändler in Erfurt, abgebrochen im zweiten Jahr. Später Gelegenheitsjobs an diversen Theatern, verheiratet, geschieden, keine Kinder. Danach immer wieder das Gleiche: Verurteilungen wegen Betrugs und sogenanntem Heiratsschwindel, meist zur Bewährung ausgesetzt. Nur einmal hatte es ihn richtig erwischt, und er musste für achtzehn Monate nach Bautzen. Nach neun Monaten kam er frei wegen guter Führung.

»Typisch«, meinte Kula, »auf so jemanden fallen sogar die Vollzugsbeamten rein.«

»Was du nicht alles weißt«, spottete Lukas, der eigentlich ein Lob erwartet hatte.

»Seht mal hier«, sagte Bitterle. »Diese Liste ist auch nicht ohne. Unter welchen Namen der sich alles durchgemogelt hat.« Und er begann zu lesen: »Eugen von Zinnowitz, Justus-René zu Blaschkow, Isidor von Mühlenfeldt, Sigurd von Podbiëlsky und so weiter und so fort. Kein Wunder, dass die Weiber schwach geworden sind.«

Kulas Räuspern war nicht zu überhören. Fast hätte man meinen können, es wäre bis zum Kriminalrat vorgedrungen, denn der stand plötzlich hinter der Gruppe.

»Und? Haben Sie endlich Ergebnisse, oder sitzen Sie hier wieder nur herum und spielen Fang den Hut?«

»Ich kann Sie beruhigen«, sagte Bitterle, ohne sich umzudrehen, denn der Zorn war dabei, ihm ins Gesicht zu steigen. »Es ist nur noch eine Frage von Stunden, dann haben wir den Kerl. Aber vielleicht können Sie sich so lange um Steinles Handy kümmern. Vielleicht trocknet es dann schneller. Oder haben Sie eine Ahnung«, nun wandte sich Bitterle doch seinem Vorgesetzten zu, »wie wir diesen Heiratsschwindler, der den Damen das Geld aus der Tasche zieht, anderweitig auftreiben können?«

»Heiratsschwindler? Das sind ja ganz neue Töne. Ich denke, Sie suchen einen Mörder.«

»Richtig. Aber das eine schließt das andere nicht aus. Oder sind Sie da anderer Meinung?«

Die Atmosphäre war kurz vor einer statischen Entladung. Kula schritt ein.

»Herr Dr. Sprekel, Sie können sicher sein, dass es sich nur noch um Stunden handeln kann, bis der Kerl hinter Schloss und Riegel sitzt. Alle Ermittlungen laufen auf Hochtouren, und neue Erkenntnisse werden von uns augenblicklich umgesetzt.«

Sprekel starrte die junge Kommissarin an, als hätte ihn ein Affe um Feuer gebeten, und sagte nur: »Ihr Wort in Gottes

Ohr, aber wehe …« Nach einem Blick auf die Uhr fügte er hinzu: »Besprechung morgen früh um zehn. Und ich erbitte mir Pünktlichkeit. Das gilt besonders für Sie, Herr Bitterle.«

Dessen gemurmeltes »Wenn sich's einrichten lässt« hörte Sprekel nicht mehr. Er hatte wohl ohnehin nicht mit einer Antwort gerechnet.

Handy im Reisbett

Samstag, 19. Juli

Zehn Uhr, alle waren versammelt. Selbst Julia Michalek hatte sich eingefunden. Doch weniger um Protokoll zu führen, als vielmehr die Mannschaft mit Kaffee bei Laune zu halten und bei Bedarf mit Butterbrezeln zu stärken. Sprekel sah auf die Uhr und forderte Bitterle mit gewohnter Geste auf, zu beginnen. Dabei nahm er wie üblich ganz vorne Platz, hielt die Beine übereinandergeschlagen und wippte mit dem einen Fuß.

»Wir sind kurz vor dem Ziel«, begann Bitterle und vergewisserte sich, dass sein Hemd ordentlich im Hosenbund steckte. »Aufgrund unserer Ermittlungen gehen wir davon aus, dass dieser Rico Babka alias Alexander Wenzel der Mörder von Vera Steinle ist. Die bislang vorliegenden Indizien lassen kaum eine andere Schlussfolgerung zu. Da wären erstens das Treffen der beiden im ›Leporello‹, zweitens die kompromittierenden Fotos von Babka und der Ambrosini und drittens der Fund der Brioni-Lederjacke in Babkas Zimmer bei diesem Herrn Wiesnhammer, auch bekannt unter dem Pseudonym Wolpertinger. Auffällig ist außerdem, dass Babka nicht in Neu-Ulm gemeldet ist und dass er wegen Betrugs- und Heiratsschwindeldelikten schon mehrfach verurteilt wurde. Sobald wir die Daten von Steinles Handy ausgewertet haben, wissen wir mit Sicherheit mehr. Dazu wird uns unser Kollege Herr Langenwalter nun mehr sagen können.«

Alle Blicke waren auf Lukas gerichtet, als der sich erhob und mit sich rötenden Wangen fragte: »Äh, wie jetzt, soll ich etwa nach vorne?«

»Nur zu«, kam es aus der Ecke des Kriminalrates, »lassen Sie hören.«

Lukas blieb an seinem Platz und stammelte: »Da muss ich Sie enttäuschen. Das Handy lag tagelang im Wasser und hat keinen Mucks von sich gegeben. Noch liegt es verpackt in Folie dick eingebettet in Reis, und ich hoffe, dass, wenn alle Feuchtigkei–«

»Sie haben gar keine konkreten Ergebnisse?«, fiel ihm Sprekel ins Wort. »Wie lange gedenken Sie, uns noch hinhalten zu können, Herr äh – Herr Langenwärter?«

»Herr Doktor«, Bitterle erhob die Stimme, »alles, was recht ist, der junge Mann macht seine Arbeit hervorragend. Normalerweise wäre das Aufgabe der KTU, aber beim momentanen Personalstand kann so etwas ewig dauern, zudem haben wir Wochenende, und gewisse Dinge brauchen nun mal ihre Zeit. Vor allem bei Nässe ist mit äußerster Sorgfalt vorzugehen. Ich bin mir sicher, dass sich unser Kollege nichts vorzuwerfen hat, der im Übrigen Langenwalter heißt und nicht Langenwärter.«

Wieder hätte man Stecknadeln fallen hören, doch Bitterle fuhr unbeirrt fort. »Wie weit bist du denn mit dem Handy, Lukas?«

Lukas blickte unsicher zwischen Bitterle und Sprekel hin und her. »Es liegt jetzt seit etwa achtzehn Stunden in Reis. Laut Anweisung der Computerzeitschrift müsste das sogar genügen. Die hatten etwas von zwölf bis vierundzwanzig Stunden gesagt, aber ich habe es vorher ordentlich ausgeblasen. Soll ich es holen?«

Bitterle winkte ab. »Gleich. Lass uns hier fertig machen, dann sehen wir weiter.«

Lukas nickte, verschränkte die Arme vor der Brust und entspannte sich etwas.

»Weiter«, sagte Bitterle mit ruhiger und konzentrierter Stimme. »Wir wissen aufgrund der Aussage der Ambrosini, dass Babka an besagtem Freitag bis kurz vor zweiundzwanzig Uhr in ihrem Atelier in Offenhausen mit ihr zusammen war und dass er aufgrund irgendwelcher SMS fast panikartig ihr Liebesnest verlassen hat. Wohin, konnte oder wollte sie nicht sagen. Aber die Uhrzeit passt zum Tatzeitpunkt, wenn wir davon ausgehen, dass man für den Weg von Ambrosinis Atelier zum Tatort etwa eine halbe Stunde braucht. Dabei ist es unwesentlich, ob die Wegstrecke zu Fuß oder mit einem Fahrzeug zurückgelegt wird.« Bitterle blickte in die Runde. »Fragen?«

Kopfschütteln.

»Gut. Unser Verdächtiger ist zur Fahndung ausgeschrieben,

vielleicht haben wir da Glück. Wenn er noch einmal in das Apartment zurückkehrt, warten unsere Kollegen schon auf ihn. Und Lukas, du versuchst es weiter mit dem Handy. Wenn es nicht funktioniert, müssen wir wohl oder übel noch einmal die Ambrosini in die Mangel nehmen.«

Sein Blick kreuzte den seines Vorgesetzten. Der murmelte nur: »Ich verlass mich auf Sie! Bis Mittag will ich Ergebnisse.«

»Ganz Ihrer Meinung, Herr Kriminalrat.« Dabei lächelte Bitterle gelassen, bedachte ihn mit einem verbindlichen Nicken und behielt sein »Du mich auch!« mit besonderer Genugtuung für sich.

Zurück im Büro packte Lukas das Handy aus. »Wie befürchtet«, sagte er und schenkte Bitterle seinen Dackelblick. »Akku leer. Das Ding macht keinen Mucks. Ein kurzes rötliches Flackern des Batteriesymbols, das war's.«

»Das heißt, es funktioniert also.«

»Sieht so aus. Ich hab bloß kein Ladekabel, das zu dem Modell passt.«

Nun meldete sich Kula zu Wort. »Sag mal, Lukas, du bist doch sonst nicht so trankopfig. Ladekabel für ein Handy! Als ob es keine größeren Probleme gäbe.« Sie schnappte sich das Gerät, verschwand auf den Flur und rief über die Schulter zurück: »Bis gleich.«

Gleich drei Mobilfunk-Shops und Netzanbieter hatten ihre Niederlassungen in der Hirschstraße. Alle warben sie mit den neuesten Modellen und Schnäppchenverträgen. Kula steuerte das erste Geschäft an und hielt dem Verkäufer Steinles Handy hin. »Ich brauche hierfür ein Ladekabel, und zwar möglichst schnell.«

»Wenn Sie bitte hinter sich am Verkaufsdisplay schauen würden. Bestimmt werden Sie dort fündig.«

Kula wandte sich um. Die gesamte Wand war mit technischem Zubehör für Mobiltelefone behängt. »Hören Sie, so viel Zeit habe ich nicht. Geben Sie mir einfach ein passendes Kabel und fertig.«

Der junge Verkäufer zog an seiner Krawatte, betrachtete

Veras Handy und strich sich behutsam übers Haar. »Nun, ganz so einfach ist das nicht, das ist offensichtlich ein älteres Gerät. Ich fürchte, das Netzteil müssten wir bestellen. Haben Sie denn dieses Gerät von uns? Oder läuft wenigstens der Vertrag über unsere Firma?«

»Keine Ahnung, das ist mir momentan auch völlig schnuppe. Das Ding ist leer, und ich muss wissen, was da drauf ist.«

»Also beim besten Willen, junge Frau ...«

Kula riss der Geduldsfaden. Sie vergewisserte sich, dass außer ihnen niemand im Laden war, zog ihren Ausweis aus der Tasche, hielt ihn dem geschniegelten Verkäufer, der gut zehn Jahre jünger war als sie, unter die Nase und legte eine Extraportion Schärfe in ihre Stimme. »Kriminalpolizei, Mordermittlung. Wenn Sie mir Ihre Hilfe verweigern, machen Sie sich mitschuldig und somit strafbar. Hier draußen«, sie wies mit dem linken Arm zum Schaufenster, »läuft ein Mörder frei herum. Und den müssen wir schnappen. Und da drauf«, sie fuchtelte mit dem Handy vor der Nase des jungen Mannes herum, »sind womöglich wichtige Daten, die zur Ergreifung des Täters führen. Also, was ist? Krieg ich jetzt ein Ladegerät, oder müssen meine Kollegen die Bude erst auf den Kopf stellen?«

Dem Verkäufer hatte es die Sprache verschlagen, er schluckte mehrmals und sagte dann hektisch: »Ich – ich seh mal in der Reparaturabteilung bei den Ersatzteilen nach. Vielleicht –«

»Wo Sie suchen, ist mir egal, Hauptsache, Sie suchen. Und zwar ein bisschen dalli!«

Keine Minute nachdem der junge Mann hinter einer schmalen Tür verschwunden war, kam er auch schon wieder und drückte Kula ein noch originalverpacktes Steckernetzteil in die Hand. Noch immer mit roten Flecken im Gesicht sagte er: »Da haben Sie wirklich Glück. Das war das letzte der alten Serie. War schon bei den Retouren.«

Kula war zufrieden. »Gut. Was bin ich schuldig?«

»Betrachten Sie es als Geschenk oder als Wiedergutmachung für Ihre Unannehmlichkeiten. Und viel Erfolg bei Ihrer Verbrecherjagd.«

Jetzt war es Kula, die leicht errötete. Dennoch bestand sie darauf, zu bezahlen, und selbst wenn es noch so pressierte, wartete sie, bis ihr der Verkäufer einen Beleg ausgestellt hatte.

Lukas hatte inzwischen Fabian kontaktiert, in der Hoffnung, dass er erstens schon wach war und zweitens den PIN-Code für das Handy seiner Mutter kannte. Bei beidem hatte er Glück. Fabian saß bereits mit einem Becher Kaffee am Rechner, und die Zahlenkombination schnurrte er herunter, als wäre es sein Geburtsdatum. Dem war auch so. Eins – eins – null – fünf. Der 11. Mai. »Meine Mutter sagte einmal, selbst wenn sie alles vergäße, an diese Schmerzen würde sie sich ihr Lebtag erinnern.«

Lukas stöpselte das Ladegerät ein und sah Kula mit zusammengepressten Lippen an. Jetzt hieß es warten.

Bitterle hatte sich währenddessen weiter mit Rico Babkas Vergangenheit beschäftigt und die protokollierten Aussagen der geschädigten Damen überflogen. Er ging fast immer nach demselben Muster vor. Die betroffenen Frauen waren im weitesten Sinne im Kulturbetrieb tätig und meist alleinstehend oder schon sehr lange verheiratet. Zudem waren sie entweder selbst wohlhabend oder hatten Zugriff auf entsprechende Barschaften. Mit seinem Aussehen, den eleganten Manieren und dem Auftreten eines weltgewandten Künstlers, sei es als Maler, Dichter oder Schauspieler, hatte Babka bei ihnen offenbar leichtes Spiel gehabt, denn seine Opfer waren reihenweise auf ihn hereingefallen. Bitterle war sich sicher, dass das nur die Spitze des Eisberges war. Wie viele Frauen hatten sich wohl in Grund und Boden geschämt und lieber geschwiegen und ihren Verlust weggesteckt, als zu riskieren, dass ihre Lustverfehlung bekannt wurde? Aber irgendwann erwischte es jeden. Zum Glück.

Kurz vor zwölf, Zeit für eine Bratwurst. Die beiden Kollegen zu fragen erübrigte sich, denn sowohl Kula als auch Lukas waren vollkommen in ihre Arbeit vertieft.

Die Schlange war erstaunlich kurz für einen Samstag. Deshalb stellte Bitterle sich ausnahmsweise brav am Ende an. Zuletzt standen nur noch drei Schülerinnen vor ihm, die sich nicht entscheiden konnten, ob sie ihre Pommes lieber mit Mayo oder mit Ketchup haben wollten. Und mit dem Vorschlag »Schranke?« konnten sie schon gar nichts anfangen. Erst als der Imbissbudenbesitzer beide Flaschen in die Höhe hielt und mit ihnen wedelte, stimmten die drei begeistert zu. Bitterle musste an den Cartoon denken, den er neulich gesehen hatte, in dem drei langbeinige Teenies an einem Grill anstanden, Untertitel »Barbie queue«. Er verfolgte das Markttreiben und überlegte, warum er sich nicht schon längst ein oder zwei Schälchen Erdbeeren gekauft hatte. Milch drüber und zwei Tage stehen lassen. Seit seiner Kindheit die einzige Art, sie zu genießen. Aber das funktionierte mit der heutigen Milch nicht mehr. Er musste an sein Gespräch mit der Michalek denken und den Spruch mit den Kühen. Ich werde es mit Joghurt probieren. Oder einfach so, nur mit Zucker? Eine vertraute Stimme holte ihn aus seinen Überlegungen.

»Ah, unser Münsterplatz-Columbo. Und, immer noch am Ermitteln? Jetzt auch schon am Samstag. Aber was sein muss, muss sein, was?«

»Da haben Sie wohl recht.«

»Und – wie immer? Eine Rote, groß und kross und mit viel Senf?«

»Absolut korrekt. Groß und kross und mit viel Senf. Wie immer.«

Die Wurst schmeckte vorzüglich. Auch wie immer. Er leckte sich den restlichen Senf von den Fingern und ging die paar Schritte nach rechts zum Stand mit den mediterranen Lebensmitteln. Bislang war ihm entgangen, dass es so viele verschiedene Olivensorten gab. Es war ihm im Prinzip auch egal, da er sie ohnehin nicht mochte. Aber nachdem ihm Kula von ihrem Großvater und der Heimat ihrer Eltern erzählt hatte, von dem einfachen Leben auf dieser griechischen Insel, war seine Neugier gewachsen, und er deutete auf Verdacht auf einen öligen Holzkübel mit schwarzen, schrumpeligen Oliven, an denen irgendwelche Kräuter hingen. Der Verkäufer hatte seinen skeptischen Blick offensichtlich richtig gedeutet, denn er streckte ihm einen Löffel mit zwei Früchten über den Tresen entgegen. Bitterle griff zu und kaute, genauer gesagt, lutschte an den Oliven. Dabei stellte er sich vor, er tränke ein naturtrübes Weizen dazu und höre Helen Twelvetrees.

»Wie viel sind einhundert Gramm?«

»Eineinhalb Kellen – so in etwa.«

Bitterle nickte und zeigte auf das Fladenbrot. »Und davon bitte auch noch eines.«

»Aber gern doch.«

Zurück im Präsidium wurde Bitterle von Lukas fast umgerannt, als er den Gang zu seinem Büro entlanglief.

»Es hat geklappt! Mensch, Konrad, das Handy geht, und ich habe die Anruferliste der Steinle vom letzten Freitag vollständig ausgelesen. Die hat zwölfmal hintereinander die gleiche Nummer gewählt. Das letzte Mal um zweiundzwanzig Uhr fünf. Danach war Schluss.«

»Deckt sich in etwa mit den Angaben der Gerichtsmedizin«, sagte Kula und sah Bitterle genauso gespannt an wie Lukas. »Ich denke, jetzt kriegen wir ihn.«

»Und die Nummer ist überprüft?«

»Treffer«, sagte Lukas, schloss Daumen und Zeigefinger zu einem Kreis, spreizte die restlichen Finger ab und hob die Hand mit kurzem Ruck nach oben. »Rico Babka. Sag bloß, du hast was anderes erwartet?«

»Darum geht's doch nicht. Was wir brauchen, sind Beweise. Hast du schon angerufen?«

»Logisch, scheint aber abgeschaltet.«

»Gut. Nein, nicht gut.« Bitterle fuhr sich übers Kinn, drückte sich bis zum Anschlag in seinen Stuhl und starrte an die Decke.

»Schicken wir ihm eine verdeckte SMS«, schlug Lukas vor. »Sobald er das Ding einschaltet, haben wir ihn.«

»Aber dann ist er doch gewarnt«, wandte Kula ein.

»Eben nicht«, sagte Lukas. »Das ist ja der Gag, totale Piratentechnik. Der kriegt das gar nicht mit, aber wir haben ihn auf dem Schirm.«

Kula stemmte die Arme in die Seiten. »Fragt sich bloß, wer die ganze Zeit vor dem Schirm sitzt.«

»Macht erst mal Pause, ihr zwei. Sobald Lukas den Trojaner installiert hat, geht ihr was essen. Ich bleibe hier und rufe euch an, wenn sich was tut.« Und das wird hoffentlich bald passieren, schoss es ihm durch den Kopf, denn er sehnte sich nach Feierabend, einem Bier und dem Gezwitscher von Charlie Marianos Saxofon. Und den Oliven? Na ja.

Vom Münsterplatz drangen die Geräusche des Soundchecks für das morgige Schwör-Konzert bis in Bitterles Büro. Ob er sich nichts aus Neil Young machen würde, hatten ihn alle gefragt und ihn verständnislos angesehen, als er sagte, keiner hätte wohl je mit so wenigen Gitarrengriffen so viel Geld gemacht. Das mit der Wäscheklammerstimme hatte er allerdings für sich behalten. Jazzliebhaber hatten es eh schon schwer genug.

Jetzt war die Bassdrum dran. Tungg, tungg, tungg. Danach die Snare. Takk, takk, takk. Er lehnte sich zurück und schloss die Augen. Die Toms mit ihren tekk, tekk, tekk, tokk, tokk, tokk und tukk, tukk, tukks wurden nach und nach leiser, und Bitterle erlag dem Sog seiner Träumereien.

Früher Morgen, die Sonne war eben erst aufgegangen, und er ging die Gronne entlang. Rechts die Donau, links ein Altarm, der über und über mit Seerosen zugewuchert war. Zwischen den beiden Weidenbüschen war sein Platz, an dem er die Karpfen seit Wochen angefüttert hatte. Auf den einen dicken hatte er es abgesehen. Ein schlauer Bursche, der ihn schon manchen Schwimmer gekostet hatte. Aber bisher hatte Bitterle noch jedes Mal den Sieg davongetragen, auch wenn es manchmal dauerte. Er hatte die Angel ausgeworfen und beobachtete den Schwimmer, der ruhig im Wasser lag. Nichts geschah. Warten, einfach warten. Irgendwann …

Ein sanfter Ruck, der Kork neigte sich leicht zur Seite und begann, einen Kreisbogen zu beschreiben. Unendlich langsam. Warten. Er hüpfte hoch, blieb stehen. Kurz darauf neigte er sich wieder. Doch dann, ein Ruck, und der Schwimmer war unter der Wasseroberfläche verschwunden. Die Leine zog in

Richtung der Seerosenblätter. Bitterle spulte etwas Schnur auf und schlug die Rute mit einem Ruck nach hinten. Sofort spürte er Widerstand und einen heftigen Gegenzug. Es war, als ob jemand an seinem Arm rüttelte und ihm die Angel aus der Hand reißen wollte. Aber er durfte den Fisch auf keinen Fall vom Haken lassen. Dieses Mal würde er ihn schnappen. Doch der Zug am Arm wurde stärker. Wieso hatte dieser Fisch eine so ungeheure Kraft?

»Konrad! Wach auf, wir haben ein Signal.«

Im Stadthaus liefen die letzten Vorbereitungen zur Vernissage. Graziella Ambrosini hatte sich in Schale geworfen. Zum auberginefarbenen Kleid trug sie einen samtroten Blazer und einen hellgrün marmorierten Seidenschal, den sie so drapiert hatte, dass vom Dekolleté das meiste, vor allem aber die zweireihige Perlenkette unbedeckt geblieben war. Andauernd sah sie auf die Uhr. Ihr blieben noch mehr als zwei Stunden Zeit, sich auf den Ansturm der Medien vorzubereiten. Ihre Rede kümmerte sie nicht, sie war Improvisationen gewohnt. Und die Pressefritzen tanzten dank Alfonsos Kontakten eh nach seiner Pfeife. Ihre Sorge galt Sascha, von dem sie nun seit Tagen nichts mehr gehört hatte. Seine letzte SMS kam aus Bozen, aber er wollte auf jeden Fall heute erscheinen. Das hatte er ihr versprochen. Sie musste ihn warnen. Unter keinen Umständen durfte er heute hier auftauchen. Bestimmt wurde die Vernissage von der Polizei überwacht. Und obwohl sie ihm mehrmals Nachrichten deswegen geschickt hatte, wartete sie vergebens auf eine Antwort. Doch dann klickte ihr Handy. Eine Woge der Freude überflutete sie. Nachricht von Sascha.

»Liebste Graziella. Ich wünsche dir für heute Abend vollen Erfolg. Leider bin ich noch in Italien und kann nicht dabei sein, melde mich aber nächste Woche. Versprochen! Innigst, dein Sascha«.

Überglücklich über dieses Lebenszeichen, und ebenso bekümmert wie froh über sein Fernbleiben, antwortete sie prompt: »Liebster, Danke für deine Wünsche. Bleib vorerst, wo du bist. Du wirst hier gesucht. Bin jedoch von deiner Unschuld überzeugt. Tausend Küsse. Die einzig Deine«.

Bitterle rappelte sich hoch, blickte um sich und fand allmählich in sein Büro zurück. Den Karpfen musste er ziehen lassen.

»Was für ein Signal? Wovon redest du?«

Über ihn gebeugt stand Lukas und strahlte ihn an. »Der Trojaner! Babkas Handy hat einen Impuls gesendet. Zwar nur kurz, aber es reichte zur Lokalisierung. Er ist ganz in unserer Nähe.«

Bitterle saß augenblicklich aufrecht in seinem Stuhl, die Hände auf die Lehnen gestützt, bereit zum Sprung. »Wo?«

»In der Au. Das kam direkt aus dem Restaurant, diesem Luxusding an dem See.«

»Kenn ich. Nichts wie los. Wo ist Kula?«

»Ist verständigt. Müsste jeden Moment da sein.«

»Gut. Wir brauchen Verstärkung. Zwei Einsatzfahrzeuge, vier Beamte. Mach du das klar. Aber ohne großes Tamtam. Ich will den Kerl schnappen, bevor er gewarnt ist und womöglich abtaucht. Auf dem Volksfest finden wir den nie wieder.«

»Ach du Scheiße, das hatte ich völlig vergessen. Gut, dass du es sagst. Geht klar.«

Kula kam den beiden im Flur entgegen. »Wegen mir können wir.«

»Waffe?«

Sie schob ihr Jäckchen zur Seite. »Logo!«

»Also, worauf warten wir?«

Küchenchaos nach Champagner

Samstag, 19. Juli, Abend

Achtzehn Uhr. Der Verkehr Richtung Stadion hielt sich in Grenzen. Den Großteil der Ulmer hielt es in der Innenstadt. Sie hatten sich beiderseits der Donau mit Decken, Vesper und Getränken eingerichtet. Manche waren mit Champagner, Kristallkelchen und Lachsschnittchen angerückt. Andere gaben sich mit ein paar Dosen Bier und Knabberzeug oder einfach nur mit Gummibärchen zufrieden. Aber allen gemein war das Warten auf die Dämmerung, auf den Beginn der Lichterserenade. Alle wollten erleben, wie die über zehntausend Kerzen in Rot und Gelb von Booten aus ins Wasser gelassen wurden und flussabwärts trieben. Ein Innehalten vor dem großen Montagsspektakel und dem Nabada.

Bitterle parkte den Dienstwagen knapp vor dem Eingang zum »Lago«. Die beiden Einsatzfahrzeuge mit den vier uniformierten Beamten hielten sich in diskretem Abstand, die Funkverbindung stand. Lukas hatte bislang kein neues Signal von Babkas Handy gemeldet. Ihnen blieb nicht viel mehr, als auf ihr Glück und auf Kommissar Wohlwollen zu hoffen. Ganz Kavalier hielt Bitterle Kula die Tür auf, sie wollten vorerst als ganz normale Gäste in Erscheinung treten. Doch als er die anderen Restaurantbesucher sah und sich seiner eigenen Garderobe bewusst wurde, erkannte er, dass das wenig Sinn hatte. Man sah ihnen die Kriminalisten sofort an. Sie rochen förmlich danach. Deswegen freute es Bitterle umso mehr, als der Kellner sofort auf sie zukam, sich nach ihren Wünschen erkundigte und fragte, ob sie reserviert hätten. Bitterle verneinte, zückte diskret seinen Ausweis und brachte sein Anliegen hervor. Der Kellner fragte, ob und wie er dabei helfen könnte.

»Das wissen wir noch nicht. Wir hoffen nur, hier einen Zeugen zu finden.«

»Geht es dabei um die Tote in der Blau?«

Bitterle wiegte sein Haupt und sagte: »Sie wissen doch, laufende Ermittlungen.«

»Verstehe«, entgegnete der Kellner und fügte in vertraulichem Tonfall hinzu: »Falls Sie mich brauchen, stets zu Diensten.«

Die Kommissare bedankten sich und fixierten nun jeden einzelnen Gast. Die anwesenden Herren waren entweder zu alt oder zu korpulent oder kamen wegen der Frisur nicht in Frage. Sie suchten einen, der neben eleganter Kleidung vor allem relativ jung sein müsste und dem die dunklen Haare bis in den Nacken reichten. Die einzig in Frage kommende Person im Raum, die einer älteren, offensichtlich wohlhabenden Dame gegenübersaß und ungeniert mit ihr flirtete, war strohblond.

Kula wand sich Bitterle zu und flüsterte: »Ich wette mit Ihnen um einen Goldfisch, dass der Kerl da, der die Dame anbaggert, unser Mann ist.«

»Dann war er wohl beim Friseur«, sagte Bitterle.

»Na, eher war der Friseur bei ihm. Sein Bild ist doch seit gestern in allen Zeitungen. Und, wie wollen wir jetzt vorgehen?«

»Wie wär's, wenn wir den Kellner bitten, ihn auszurufen? Möglichst diskret, versteht sich.«

»Gute Idee. Lassen Sie mich mal machen.«

»Einverstanden«, sagte Bitterle.

Kula schob das Holster ein Stück nach hinten, knöpfte den untersten Knopf ihres Jäckchens zu und ging Richtung Kellner, der gerade dabei war, diverse Obstbrände auf einem Rolltableau zu sortieren. Niemand schenkte den Polizisten weiter Beachtung. Alle waren über ihre Menüs gebeugt oder in Gespräche mit ihren Partnern vertieft. Bitterle beobachtete seine Kollegin und den Kellner, die konspirativ die Köpfe zusammensteckten. Man hätte meinen können, sie würden einen Streich aushecken.

Kula kam zurück. »Moment noch, geht gleich los. Bin gespannt, wie der reagiert.«

Sie traten näher an den Tisch des Blonden, standen nur ein paar Schritte hinter ihm, als der Kellner sich aufrichtete, mit einem Telefon in der Höhe wedelte und laut in den Raum fragte: »Ist hier ein Herr Babka anwesend? Ein Herr Rico Babka?«

Noch bevor er den Satz zu Ende gesprochen hatte, ging

ein kurzer Ruck durch den Mann vor den Beamten, als habe er ein defektes Stromkabel berührt. Sein Kopf schnellte in Richtung des Kellners, und er fragte mit deutlich sächsischer Färbung in der Stimme: »Wer will das wissen?« Nur wenige Schrecksekunden später fügte er in makellosem Hochdeutsch an: »Babka? Ich kenne keinen Babka.« Und an seine Begleitung gewandt: »Du etwa?«

»Babka? Nie gehört. Wer sollte das sein? Aber sieh mal da!« Babka sah zum Kellner, der inzwischen an ihren Tisch getreten war. Der wies dezent in Bitterles Richtung und raunte: »Die beiden Herrschaften hinter Ihnen würden Sie gern in einer Privatangelegenheit sprechen.«

Der Kommissar trat dicht an die Seite des Gesuchten heran, zeigte seinen Ausweis und sagte in ruhigem Ton: »Herr Babka, Kripo Ulm. Ich denke, es ist das Beste, wenn Sie uns ohne große Umstände begleiten. Wir hätten ein paar Fragen an Sie. Es dauert auch nicht lange.«

»Fragen? Was für Fragen? Überhaupt, wie kommen Sie dazu, mich Babka zu nennen? Mein Name ist Wasenwasser, Hans-Heinz Wasenwasser. Sie verwechseln mich. Und jetzt würde ich mich zu gern wieder meinem Gast widmen.« Er wandte sich an seine Begleiterin, die inzwischen die Serviette vor ihren Mund hielt. »Unverschämtheit, oder?«

Kula stemmte eine Hand auf die Tischkante, kam dicht an Babkas Kopf und sagte in leisem, zynischem Tonfall: »Wir können Sie auch Wenzel nennen … oder von Zinnowitz oder Podbiëlsky, oder wie wäre es mit Isidor von Mühlenfeldt? Ganz nach Belieben.« Kula wandte sich an die Dame: »Wie nennt er sich Ihnen gegenüber? Wasenwasser? Auch nicht übel. Aber so ganz ohne Adelstitel. Ts, ts. Also, da gäb's doch reichlich Luft nach oben. Finden Sie nicht?«

Die Angesprochene blickte mit schreckgeweiteten Augen zwischen ihrem Gegenüber und den Kriminalbeamten hin und her und flüsterte: »Hans-Heinz, nun tu doch was, das ist unerträglich!«

Vollkommen unvermittelt schob Babka seinen Stuhl nach hinten. Bitterle sah nur noch den Schatten eines Ellbogens auf sich zukommen und spürte einen Lidschlag später einen dumpfen Schmerz oberhalb des Magens. Ihm blieb die Luft weg, und während er langsam nach hinten kippte, sah er gerade noch, wie Babka mit einem Ruck das Leinentuch vom Tisch riss. Die beiden Gedecke samt Champagnerkühler flogen durch die Gegend und landeten scheppernd auf dem Boden. Die Gläser beendeten das Spektakel mit kristallenem Klirren. Zeitgleich hatte Babka den Stuhl gepackt und in Richtung des Spirituosenwägelchens geschleudert. Der Sommelier beugte sich schützend über seine Schätze, doch er hatte die Wucht des Stuhls falsch eingeschätzt und hing, kaum dass er getroffen wurde, mit allen vieren baumelnd auf dem umgekippten Wagen. Dabei schwebte sein Kopf nur ein paar Fingerbreit über den ausfließenden Bränden, und so musste er zusehen, wie seine Kostbarkeiten im Teppich versickerten. Babka hatte die allgemeine Verwirrung genutzt und war Richtung Service auf und davon.

Kula hatte sich über Bitterle gebeugt und half ihm hoch. Über Funk meldete sie an die Kollegen draußen Alarm.

Unterdessen war die Situation im Raum unübersichtlich geworden. Die Herren schimpften über die »bodenlose Unverschämtheit« und »dieses Gesindel«. Die Damen indes tupften sich die Lippen und verfolgten amüsiert das Spektakel. Nur ein offenbar amerikanisches Touristenpaar blieb gelassen. Sie rückte ihre Brille gerade und meinte: »*Oh darling, it's just like being at home, isn't it?*«

Woraufhin er antwortete: »*That's true, dear. It's even better than a movie.*«

Bitterle stützte sich am Tisch ab und drückte die andere Hand gegen den Bauch. Er war kreidebleich, und ihm war schlecht.

»Ich muss ihm nach. Geht's denn?«, fragte Kula.

»Hinterher! Schnappen Sie sich den Kerl!« Bitterle klang angestrengt und rang zwischen den Worten nach Luft.

Babka hatte die Pendeltür aufgestoßen und stand einer Küchenbrigade gegenüber, die ihn feindselig musterte, weil er es wagte, in ihr Reich vorzudringen.

»Was wollen Sie? Raus! Hier hat niemand was verloren«, sagte ein stämmiger Mann mittlerer Größe, trat zwei Schritte auf Babka zu und zeigte mit dem Messer auf ihn. »Wird's bald?«

Babka bebte vor Panik. Er brüllte »Schnauze!« und langte nach der riesigen Gusseisenpfanne, in der etwa zwanzig Hummerschwänze in Öl siedeten. Diese hielt er am ausgestreckten Arm und ging auf den Maître zu. Am Posten des Entremetiers ließ eine Küchenhilfe, die mit dem Zurechtschneiden der Spargel beschäftigt war, ihr Tourniermesser fallen und wich nach hinten Richtung Spüle. Dabei schob sie den Stapel Pfannen ins Becken. Das Geschepper erzeugte noch mehr Panik.

Der Poissonier wollte seinem Chef zu Hilfe kommen und dazwischengehen, doch Babka hatte ihn aus den Augenwinkeln bemerkt, drehte sich zu ihm und rief: »Wag es! Und jetzt aus dem Weg! Und zwar plötzlich!« Dabei hielt er die Pfanne, in der immer noch die Hummerschwänze simmerten, dem Maître vor die Brust und drängte ihn beiseite. Widerwillig wich der zurück, sichtlich nach einer Möglichkeit suchend, den Eindringling zu überwältigen. Er bedeutete dem Lehrling, sich eine der anderen Pfannen zu schnappen und sie als Waffe zu benutzen, doch inzwischen war Kula mit gezogener Waffe durch die Pendeltür getreten.

»Polizei! Keine Bewegung. Jeder bleibt, wo er ist.«

Aber Babka dachte nicht daran, aufzugeben. Der Türgriff des Notausgangs war in Reichweite. Mit einer raschen Bewegung zog er den Siebzehn-Liter-Suppentopf mit der köchelnden Brühe vom Herd. Das gesamte Küchenpersonal wich zurück. Der Fischkoch rempelte dabei gegen Kula. Sie strauchelte, wobei sich ein Schuss löste. Mit einem Knall traf die Kugel die Dunstabzugsanlage, die während der ganzen Zeit mit Getöse gerauscht hatte, und verursachte einen Kurzschluss. Schlagartig war es dunkel und still. Nur die tellergroßen, weiter vor sich hin brennenden Gasflammen des Herdes tauchten die Küche in gespenstisches Blau. Diesen Schreckmoment nutzte Babka für sich. Er warf die Fettpfanne samt Inhalt vor die Füße des Küchentrupps, und noch bevor die Notbeleuchtung aktiviert worden war, hatte er den Hebel des Hinterausgangs betätigt und war nach draußen verschwunden. Vom gegenüberliegenden Volksfest gellten die Schreie der Achterbahnfahrer, die Geisterbahn jaulte, und ununterbrochen drangen die Ansagen der übrigen Fahrgeschäfte herüber zur Hotelterrasse. All diese Geräusche mischten sich mit den Martinshörnern der beiden Einsatzfahrzeuge, die sich, von Bitterle alarmiert, inzwischen Richtung Ausee bewegten.

In seiner Verzweiflung schob Babka den Rollcontainer für die Schirmhüllen und Sitzpolster von außen vor den Notausgang und warf ihn um. Kula geriet ins Stolpern. Bis sie sich durch den Verhau gekämpft hatte, war Babka den Holzsteg entlanggerannt und mit einem Kopfsprung im Ausee abgetaucht. Drei in Decken eingemummelte, auf Liegestühlen ruhende Damen sahen ihm mit Belustigung hinterher und schoben ihre Sonnenbrillen hoch. Als jedoch Kula wenige Sekunden später, immer noch mit gezogener Waffe, den Steg betrat, verschwand das Lächeln von den Gesichtern, es wich Entsetzen, und die Brillen klappten von selbst zurück auf die Nasen.

Im Inneren hatten sich die Gäste, durch das Geschepper und den Schuss geängstigt, erhoben und flohen Richtung Ausgang.

Bitterle hatte sich inzwischen aufgerappelt und war Kula Richtung Küche gefolgt. Dort herrschte ein heilloses Durcheinander. Es roch nach Kurzschluss und verbranntem Fett. Der Maître stand da und hielt die Arme in die Hüften gestemmt. Lautstark scheuchte er seine Truppe umher, die vollauf damit beschäftigt war, die Kochutensilien zu verräumen und den ölverschmierten Boden wieder halbwegs begehbar zu machen. Von Kula jedoch keine Spur. Obwohl Bitterle nach Babkas Schlag immer noch Schmerzen hatte und mit Übelkeit kämpfte, trieb ihn die Pflicht nach draußen. So rasch wie möglich ging er über den Parkplatz und nahm den Weg entlang des Sees. An dessen Spitze entdeckte er seine Kollegin, die am Ufer stand und in die Mitte des Wassers stierte. Dort bewegten sich ein paar Seerosen, und hin und wieder brachen leichte Wellen die ansonsten ruhige Oberfläche, gerade so, als ob jemand tauchen würde. Das musste Babka sein! Bitterle erhöhte sein Tempo. Er wollte den Kerl auf keinen Fall entkommen lassen. Doch er schaffte es nur bis zu der weit ausladenden Trauerweide, deren Zweige bis zum Boden reichten. An denen musste er sich festhalten. Sein Herz raste, ihm war hundeelend, und er versuchte, den zunehmenden Brechreiz zu unterdrücken. Doch die Zweige gaben nach, und er sank langsam zu Boden. Kula musste das bemerkt haben, denn sie riss sich vom Ufer los und rannte über die Wiese. Schon von Weitem rief Bitterle ihr entgegen: »Lassen Sie mich, ich komme schon klar. Kümmern Sie sich lieber um Babka. Wenn der das Ufer erreicht, verschwindet er im Trubel des Volksfestes und ist auf Nimmerwiedersehen verschwunden. Hören Sie. Mir geht's gut, das wird schon wieder.«

»Jaja, das sieht man.« Kula war ziemlich außer Atem, als sie bei ihm ankam. »Kommt nicht in Frage, dass ich Sie hier so einfach liegen lasse. Und um Babka kann sich auch die Streife kümmern.«

Mittlerweile hatten die Einsatzkräfte die Schranke zum Seerundweg geöffnet und fuhren mit blinkendem Blaulicht durch den Park.

Mirko Stankovic stand mit seinem Hund auf der Stufenwiese unterhalb des Volksfestplatzes und hatte die ganze Szene beobachtet. Er fragte sich, ob das wirklich Kula war, die da anscheinend planlos durch die Gegend rannte. Obwohl sie ihn seinerzeit verhaftet hatte, war sie auch diejenige gewesen, die ein gutes Wort für ihn eingelegt und ihm damit den Knast erspart hatte. Sie hatte es geschafft, ihm Perspektiven zu zeigen, die ihn dazu brachten, einen neuen Lebensweg einzuschlagen.

Er war gespannt, wie dieses Spektakel zu Ende gehen würde. Das eine war ihm jedenfalls klar: Dieser Typ im Wasser hatte Dreck am Stecken und war auf der Flucht. Und ebenso klar war, dass nur er ihn würde stoppen können. Oder zumindest so lange in Schach halten, bis die Polizei, die im Anrollen war, eintreffen würde.

Der Flüchtende hatte das Ufer erreicht, zog sich an den kurzen Schilfhalmen hoch und streifte das Wasser aus seiner

Kleidung. Doch kaum auf dem Trockenen, blickte er in die funkelnden Augen von Mirkos schwarzem Bullterrier, der ihn mit hochgezogenen Lefzen anknurrte und mit aller Kraft an der Leine seines Herrchens zog.

»Ganz ruhig. Wenn du einfach nur stehen bleibst, passiert gar nichts. Wenn nicht, muss ich ihn loslassen. Dann sieht's weniger gut für dich aus.« Mirko musterte den Kerl, der im Gegensatz zu ihm nur eine halbe Portion war. Er war sich seiner Worte durchaus bewusst. Auch ohne den Hund kannte er die Wirkung, die er auf andere Menschen ausübte. Der Bullterrier zerrte weiter an der Leine und bellte laut. Der Fremde sah sich hilfesuchend um, doch der einzige Weg wäre zurück ins Wasser gewesen. Noch bevor er sich für diese Variante entscheiden konnte, standen zwei uniformierte Beamte neben ihm. Einer hielt ihn fest, während der andere ihm mit den Worten »Herr Babka, Sie sind vorläufig festgenommen« seine Arme auf den Rücken drehte und ihm Handschellen anlegte.

Mirko staunte, als er Kula kurz darauf mit einem älteren Herrn auf sich zukommen sah, den sie untergehakt hatte und stützte. Die beiden wirkten ziemlich abgekämpft, als sie vor ihm standen. Noch immer keuchend boxte Kula ihm freundschaftlich gegen die Schulter. »Na, Mirko, immer noch bei den Guten? Was treibt dich in die Au?«

»Die Arbeit, Schätzchen. Von irgendetwas muss unsereins ja leben.« Der Hund hatte sich derweil neben seinem Herrn niedergelassen, hockte lammfromm auf den Hinterbeinen und schaute artig zu ihm hoch. »Brav, Putin. Das hast du gut gemacht. Braver Hund.«

»Putin?«, fragte Kula, während sie wie selbstverständlich ihre Hand ausstreckte und dem Tier den Kopf tätschelte. Es bedankte sich auf seine Weise und wischte mit der Zunge über Kulas Finger.

»Klar. Ganz wie Putin. Tut lammfromm und ist hundsgefährlich.«

Kula lächelte über den seltsamen Vergleich und fragte Mirko weiter, was und wo er denn zurzeit arbeiten würde.

»Da hinten, bei den Fertighäusern. Wenn Volksfest ist, wird

da immer wieder eingebrochen, und irgendwelche Idioten halten da Sauf- und Bumsgelage ab. Und ich halt Wache und pass auf, dass nix passiert.«

»Sauber! Hast also die Ausbildung fertig gemacht. Gratuliere!«

»Jawoll, Frau Polizist!« Mirko schlug die Hacken zusammen und salutierte. »Und was ist mit dem?« Er wies mit dem Kinn Richtung Babka, der immer noch vor Nässe schlotternd gerade von den Einsatzbeamten in ihren Wagen verfrachtet wurde.

Kula legte den Finger auf den Mund und sah sich um. Sie trat einen Schritt auf Mirko zu und flüsterte: »Das ist einer von den ganz schweren Jungs … ein Heiratsschwindler.«

Mirko stutzte, dann lachte er laut auf.

Im Stadthaus herrschte eine Mischung aus Hektik und professioneller Gelassenheit. Die einen rannten von hier nach da, mussten sich überall zeigen und bemerkbar machen; andere hingegen standen am Rand und beobachteten das Spektakel, nippten an ihren Gläsern und plauderten. Aber Graziella Ambrosini war eindeutig der Mittelpunkt. Beinahe die gesamte Ulmer Prominenz schwärmte durch die Ausstellung und beglückwünschte sie zu ihrer vortrefflichen Bildauswahl. Alles lobte die gelungene Zusammenstellung, insbesondere den Kontrast zwischen den schwarz-weißen und den bunten Fotos, der die Bedeutung des Ulmer Sommerfestes ins rechte Licht rücke und ihm den nötigen Glanz verleihe. Vor allem jedoch erregte ihr persönliches Erscheinungsbild an diesem Abend Aufsehen. Selbst der Bürgermeister, der sonst kaum Zeit fand, schenkte ihr seine Aufmerksamkeit. Kurz gesagt: Graziella Ambrosini war heute wieder einmal wer.

Dennoch konnte sie diese Vernissage nicht wie üblich genießen, denn in Gedanken war sie bei Sascha, dem ihre ganze Sorge galt. Dabei zeigte sich das Leben um sie herum in seiner schönsten Form. Komplimente, Small Talk, Blitzlichter und jede Menge Prosecco. Kulturredakteur Pechstein hatte eine ganze Fotoreihe von ihr geschossen, immer darauf bedacht, möglichst wichtige Leute mit aufs Bild zu bekommen. Alfonso würde es ihm danken und sich anderweitig revanchieren. Graziella sah immer wieder verstohlen auf ihr Handy, um nachzusehen, ob sich Sascha noch mal gemeldet hatte. Nichts. Kein Lebenszeichen. Weder auf der Mailbox noch per SMS oder WhatsApp. Aber sicher war er wohlauf, sagte sie sich schließlich und beschloss, ihren großen Abend zu genießen. Bestimmt würde sich nach seiner Rückkehr alles mit der Polizei klären lassen.

Rico Babka saß mit trockenen Kleidern im Polizeirevier und hatte einen Becher warmen Pfefferminztee vor sich stehen. Bitterle und Kula beobachteten ihn durch die Spiegelscheibe. In dem grünen Trainingszeug mit Polizeisport-Aufdruck wirkte er längst nicht mehr so lässig und weltmännisch. Insgesamt schien er nervös und fahrig. Ständig wischte er sich übers Kinn, stierte zu den beiden Deckenkameras und wippte dabei unablässig mit den Beinen.

Die beiden Kommissare waren erschöpft, aber sie wussten, ein erstes Verhör, zumindest die Aufnahme der Personalien, war unabdingbar. Nun gesellte sich auch Lukas zu ihnen, der bislang Telefondienst geschoben hatte. Die Anstrengung war ihm anzusehen.

»Gratuliere. Wie geht's weiter?«, fragte er.

»Ich mach's kurz«, sagte Bitterle. Er ging in den Verhörraum, nahm sich einen Stuhl und setzte sich Herrn Babka gegenüber.

»Sie wissen, warum Sie hier sind?«

»Ohne einen Anwalt sag ich gar nichts.«

»Das ist Ihr gutes Recht. Dennoch müssten wir Ihre Personalien feststellen, und ich muss Ihnen den Grund Ihrer Festnahme erklären.«

Babka zog die vor der Brust verschränkten Arme ein Stück weiter zusammen, drückte sich nach hinten gegen die Stuhllehne und blickte zur Decke.

»Sie sind Herr Rico Babka, geboren am 16. Februar 1979 in Grimma in der ehemaligen DDR, abgebrochene Berufsausbildung, später verschiedene Gelegenheitsarbeiten im kulturellen Bereich. Ist das so weit zutreffend, Herr Babka?«

»Kein Kommentar.«

»Wie Sie wollen. Herr Babka, Ihnen wird zur Last gelegt, am Tod von Vera Steinle aktiv Schuld zu tragen. Ob es Mord oder Totschlag war, wird das Gericht entscheiden.«

»Hallo? Geht's noch? Damit habe ich nichts zu tun! Und jetzt will ich hier raus!«

»Herr Babka, Sie sind sich offenbar der Lage der Dinge nicht bewusst. Sie werden so schnell nirgendwo hingehen.«

»Ich sag jetzt gar nichts mehr! Ich will meinen Anwalt!«

»Wie Sie wünschen.« Bitterle drehte den Kopf in Richtung Mikrofon. »Fürs Protokoll: Der Beschuldigte Rico Babka verweigert die Aussage. Befragung durch KHK Konrad Bitterle beendet um zweiundzwanzig Uhr fünfzehn.«

»Was soll das heißen? Befragung beendet? Wann kommt mein Anwalt? Ich will hier raus.«

»Montag früh ist jemand für Sie da. Mit etwas Glück vielleicht auch schon morgen. Doch jetzt wünsche ich Ihnen eine gute Nacht. Vielleicht fällt Ihnen ja währenddessen etwas dazu ein.«

Bitterle klopfte gegen die Tür. Zwei uniformierte Beamte betraten den Verhörraum und führten Babka hinaus. Kula und Lukas standen noch immer an der Spiegelglasscheibe, von der aus sie das kurze Verhör mit angesehen hatten.

»Und? Was denken Sie?«, fragte Kula.

»Keine Ahnung. Auf jeden Fall hat er mit der Sache zu tun, so viel ist klar. Aber jetzt will ich nur noch meine Ruhe.«

Auf dem Flur kam ihnen ein völlig überdrehter Kriminalrat entgegengewirbelt. »Na, das ist ja phantastisch! Sie haben den Täter?« Er blickte in drei müde, nickende Gesichter. »Wunderbar, Gratuliere!« Sprekel war wie ausgewechselt. Seine sonst mürrische und betont skeptische Art war verschwunden. Er wirkte gelöst, ja, geradezu euphorisch. Sein Kopf zuckte wie bei einem Spatz auf Futtersuche zwischen den dreien hin und her, und er rieb sich in einem fort die Hände. »Das muss gefeiert werden! Darf ich Sie zu einem Umtrunk einladen? Jetzt gleich. Wie wär's?«

Bitterle antwortete als Erster und hob abwehrend die Hände.

»Tut mir außerordentlich leid, Herr Kriminalrat, aber meine Fische verhungern mir. Sie brauchen ganz dringend ihr Futter. Aber ein andermal wirklich gern. Unbedingt.« Er sah seinem Chef treuherzig in die Augen.

Kula winkte ab. »Bin eh schon viel zu spät dran. Meine Cousine ist mit ihrer Tochter bei mir. Bin längst überfällig. Sonst jederzeit und immer gern, Herr Doktor.«

»Na, dann bleiben Sie mir wenigstens als Gesellschaft, junger Mann. Kennen Sie schon die Otl-Aicher-Bar? Waren Sie schon einmal dort?« Sprekel berührte für einen Moment Lukas' Schulter und sah ihn freundlich an.

»Sorry, nie gehört.«

»Dann wird's aber Zeit! Und Ihnen beiden wünsche ich ein angenehmes Wochenende. Wir sehen uns Montag.«

Lukas sah sich hilfesuchend nach seinen beiden Kollegen um, aber es half nichts: Diesen Einsatz musste er allein bewältigen.

SMS beim Liebesspiel

Freitag, 11. Juli

Nachdem Malte Vera erneut auf die Ausstellung angesprochen hatte und wieder und wieder beteuerte, dass er noch genügend andere Bilder hätte, platzte Vera der Kragen. Sie bezahlte und verließ den »Kahn«. Draußen nieselte es immer noch, zudem fegte ein böiger Wind durch die Altstadt. Vera hatte Hunger. Gegenüber, auf der anderen Seite der Blau, lockte ein Italiener mit seinem warmen Licht im Inneren. Das Lokal war gut zur Hälfte gefüllt, die Außenbestuhlung größtenteils abgedeckt, der Rest wurde von ein paar Rauchern genutzt.

Sie setzte sich in eine abgeschiedene Ecke und studierte die Karte. Ein Blick auf ihr Smartphone – nichts. Enttäuscht orderte sie »Tagliatelle con Gamberetti e Rucola« und einen Tomatensalat, dazu einen halben Liter Bardolino Rosé. Sie betrachtete ihre Knöchel. Die Gelenke schmerzten nach wie vor, wenn auch nicht mehr ganz so stark. Vielleicht half die Kombination mit den neuen Tabletten tatsächlich, und sie würde bald wieder ein lebenswertes Dasein führen können.

Sie trank zügig vom Wein und sah dem Kellner hinterher, der radgroße Pizzen zu einer Gruppe junger Leute balancierte. Sie rief über mehrere Tische hinweg, fragte, wo denn ihr Essen bliebe, wann es denn endlich käme. Der Kellner hob bedauernd die Schultern und machte sich auf den Weg zurück zur Küche. Nun begannen ihre Knöchel zu jucken, der Reiz wanderte die Hände hoch über die Gelenke und weiter Richtung Ellbogen. Vera begann zu kratzen. Doch dadurch wurde das Jucken nur schlimmer. Es kostete sie große Beherrschung, diesem Reiz zu widerstehen, und sie belohnte sich für diese Leistung mit einem weiteren Glas Wein. Die Karaffe war inzwischen leer. Als der Kellner mit ihrem Nudelteller im Anmarsch war, hob sie das Kännchen und streckte es ihm entgegen. Wenig später stand ein neuer Wein vor ihr. Das Jucken verstärkte sich. Vera fragte sich, ob es einen Zusammenhang zwischen Alkohol und den neuen Tabletten geben könnte. Aber ohne die zusätzliche

Betäubung durch Alkohol wären die ständigen Schmerzen eine unerträgliche Quälerei. In einer Woche wüsste sie mehr. Bis dahin hieß es durchhalten.

Lustlos stocherte sie in den Garnelen und dem Grünzeug. Sie vermisste Geschmack. Ob das auch an den Pillen lag? Zum Glück stand ein Fläschchen Olio Piccante in Reichweite, wovon sie reichlich Gebrauch machte und obendrein noch nachsalzte. Und was danach an Würze zu viel war, spülte sie mit Wein hinweg.

Wieder rief sie Sascha an. Und wieder hörte sie nach dem vierten Signalton nur dieses nervtötende »... ist momentan leider nicht erreichbar. Wenn Sie aber eine Nachricht ...«.

Ihre Verzweiflung wuchs. Sie entschied sich zu einer letzten verzweifelten Maßnahme und tippte eine SMS.

Graziella lag auf dem Rücken und hielt die Augen geschlossen. Sie fröstelte leicht, denn bis auf den spitzenbesetzten dunkelroten Halbschalen-BH war sie nackt. Sie zupfte an den Trägern und fühlte, ob ihre Brüste gleichmäßig darin lagen und zur Geltung kamen. Sie wusste, dass sie Sascha damit betören konnte, besonders wenn sie den Spalt dazwischen mit seinem Lieblingsparfüm betupfte. Sie konnte es kaum erwarten, bis er sich dort entlangschnuppern und sie mit seinen Bartstoppeln reizen würde. Allein der Gedanke daran erregte sie so sehr, dass sich ihre Knospen steil aufrichteten und sie an sich halten musste, nicht daran zu spielen. Endlich kam Sascha aus dem Bad. Sie spürte, wie die Lust durch ihren Körper strömte, sich in ihrem Schoß sammelte und ihren Atem beschleunigte. Sascha.

Er kam zur Couch und ließ mit einer eleganten Bewegung das Badetuch zu Boden gleiten. Sie sah zu ihm hoch. Für einen Moment blieb ihr Blick an seinem Glied hängen, das schon beinahe waagrecht stand, und sie sehnte sich danach, es in sich zu spüren. Bald, dachte sie und griff nach Saschas Hand. Der setzte sich an die Kante und neigte sich zu Graziella herunter. Er begann, an ihrem Ohrläppchen zu knabbern, strich mit der Zunge die Knorpel entlang und saugte sich schließlich an der Muschel fest. Ein Schauer jagte über Graziellas Haut, und sämtliche Härchen stellten sich auf. Sie grub ihre Nase in seine Halsbeuge und atmete tief ein. Wie er wieder roch. Und dann sein Körper, der sich dicht an sie drängte und sie alles vergessen und sich so jung fühlen ließ. Während die eine Hand ihre Brüste liebkoste und wie zufällig für kurze Momente die Brustwarzen berührte, glitt die andere sanft an Bauch und Hüfte entlang und suchte sich einen Weg zwischen ihre Schenkel. Graziella hielt die Knie jedoch eng aneinandergepresst. Sie wollte das Gefühl haben, erobert zu werden. Doch nicht lange, und sie gab Saschas Drängen nach und öffnete sich, um ihn zu empfangen. Er indes schien ihre Ungeduld zu genießen und spannte sie auf die Folter. Mit kurzen, saugenden Küssen tasteten sich seine Lippen von den Fersen gemächlich hoch, wobei seine Hände ihre Pobacken umfassten und sie sanft kneteten und ein Finger hin und wieder durch deren Mitte zog. Die Daumen hielt er gegen ihren Damm gepresst und strich sanft über die Schamlippen. Graziella japste vor Verlangen, drückte sich ins Hohlkreuz und stellte ihre Brüste steil nach oben.

Dann endlich hatte Saschas Zunge ihren Schoß erreicht und umkreiste ihre Perle. Sie krallte ihre Finger in seine Haare, zog an den Ohren und presste seinen Kopf gegen ihr Schambein. Ihr Verlangen wurde von Sekunde zu Sekunde größer, und sie sehnte sich danach, dass er endlich in sie eindrang, ihren Schoß mit seinem Glied füllte und ihr heute Abend wieder das Gefühl gab, ganz Frau zu sein. Erst als Sascha von ihr ließ und leise fluchend aufstand, hörte sie das penetrante Summen seines Handys.

»Was ist denn?«, fragte Graziella, die sich halb aufgerichtet hatte. Sie erhielt keine Antwort.

Sascha stand da und starrte aufs Display. »Die Steinle! Weiß Alfonso von uns?«

»Nie im Leben! Wie kommst du denn darauf?«

»Vera schreibt, wenn ich nicht zu ihr käme, würde sie deinem Mann von uns erzählen.«

Selbst im Dämmerlicht war zu sehen, wie sämtliche Farbe aus Graziellas Wangen gewichen war. »Dieses Miststück! Wenn mir die in die Finger kommt, kann die was erleben.« Sie stützte sich auf die Ellbogen und fragte: »Und was machst du jetzt?«

»Hier steht: ›Wenn du dich nicht sofort meldest, sage ich a, dass du was mit g hast. Sorry, aber sehe keine andere mögl mit dir zu reden. Muss dich heute noch sprechen. Unbedingt. Vera‹.«

»Mein Gott, du musst da hin, aber … kannst du nicht noch etwas bleiben?!«

»Ich schreib zurück: ›Okay. Halb elf bei dir.‹ Glaub mir, es ist besser, ich lass mich da sofort sehen, wir wollen doch keinen Ärger.«

Graziella zog sich die Decke zum Kinn hoch, sah ihrem Geliebten beim Ankleiden zu und verfluchte Vera insgeheim dafür, dass sie sie um dieses Liebesspiel gebracht hatte. Sie lauschte Saschas Schritten im Treppenhaus, und als sie hörte, wie die Haustür ins Schloss fiel, fasste sie einen Entschluss.

Vera sah auf die Uhr. Kurz vor zehn. Sie konnte in Ruhe zu Ende essen, ihr blieb noch Zeit für ein Dessert. Doch was hieß in Ruhe? Mittlerweile hatte sich ein unangenehmes Zittern entlang ihrer Beine ausgebreitet. Ähnlich dem Kribbeln, wenn man zu lange falsch gesessen hatte. Hört das wieder auf? Vor allem wann?, fragte sie sich.

Das Tiramisu schlang sie lustlos hinunter, der Sambuca hingegen weckte ein paar ihrer Lebensgeister. Sie bezahlte und machte sich auf den Weg zu ihrer Wohnung. Es regnete immer noch leicht, vielleicht war es deswegen so eigenartig ruhig. Wo sonst Massen junger Menschen flanierten, entlang der beleuchteten Fachwerkhäuser strichen und von Kneipe zu Kneipe zogen, herrschte heute gespenstische Ruhe. Beinahe wie seinerzeit nach der Sperrstunde. Dieses Scheißwetter macht wirklich alles kaputt, dachte Vera.

Als sie vor der Haustür stand und nach ihrem Schlüsselbund kramte, wurde sie von hinten angesprochen.

»Lass uns ein paar Schritte gehen. Runter zur Donau.«

Vera wandte sich um. Hinter ihr stand Sascha.

Dreimal Whisky und ein Du

Samstag, 19. Juli, später Abend

Bitterle stand im Flur vor seinem Büro und sah seinem Chef und Lukas hinterher, wie sie um die Ecke verschwanden. Lukas tat ihm leid. So ein junger Kerl und dann in die Designer-Bar ... und mit dem Sprekel!

Er sah aus dem Flurfenster. Unter ihm strömten die Massen durcheinander. Die einen zog es hinunter zur Donau, wohl in der Hoffnung, noch einen Platz am Ufer zu ergattern. Andere wiederum schlenderten entlang des Zaunes um den Münsterplatz oder durch die Hirschstraße. Beinahe jeder hatte einen Becher oder eine Flasche in der Hand. Ganz Ulm war in Feierlaune. Selbst das Wetter hatte ein Einsehen und bescherte den Ulmern einen trockenen Abend für die Lichterserenade.

Bitterle war jedoch nicht danach. Er scheute das Gedränge am Donauufer. Er hatte keine Lust, sein Rad durch die Massen zu schieben, und überlegte, wie er unbehelligt nach Hause käme. Am einfachsten durch die Altstadt, dachte er, über den Saumarkt entlang der Promenade und unter der Eisenbahnbrücke hindurch. Er sah das Schauspiel im Geiste vor sich, drei Ulmer Schachteln tuckerten flussaufwärts, und von jedem dieser historischen Holzschiffe wurden rote und gelbe Teelichter ins Wasser gesetzt. Insgesamt zehntausend davon würden es wieder sein, die der Donau an diesem Abend eine stille, romantische Note verliehen. Eigentlich eine schöne Stimmung, allerdings scheute er heute den Trubel, der nur wenige Meter dahinter herrschte. Die zahllosen Imbissstände und mobilen Zapfanlagen, die Menschenschlangen davor. Dieses Geschiebe vor den umliegenden Lokalen, die sämtliche Gartenmöbel aus den hintersten Winkeln gezogen hatten, um auch noch den letzten Gast mitzunehmen. Und dann die Bands auf den Podesten. Mit dieser wirren Mischung aus Coversongs, Hardrock und Volksmusik konnte er sowieso noch nie etwas anfangen. Diese Ermittlungen hatten ihn aufgewühlt und ihm den Schlaf geraubt. Er wollte seine Ruhe und freute sich auf einen Abend beim »Jockel«, allein mit sich und ein paar Weizenbieren in der hinteren Ecke.

Doch daraus sollte nichts werden. Auf dem Weg zum Ausgang lief er Kula in die Arme.

»Hallo, Chef, da sind Sie ja. Ich habe Sie überall gesucht.«

»Wieso? Steht was an? Ich bin auf dem Weg nach Hause.«

»Was? Heute? Wo alles auf den Beinen ist? Wollen Sie sich echt die Lichterserenade entgehen lassen?«

Bitterle winkte ab. »Ach Kula, ich bin nicht in Feierlaune. Der Fall hat mir zu schaffen gemacht. Da verzieh ich mich lieber.«

»Von wegen, jetzt wird gefeiert! Sie erinnern sich doch bestimmt an den Ami mit den Whiskynamen. Ich lade Sie ein und erkläre Ihnen, was es damit auf sich hat.«

»Also eigentlich …«

»Keine Widerrede, Chef. Glauben Sie mir, es gibt keinen besseren Absacker als ein paar schöne Whiskys.«

Das »Bierlabor« entsprach nicht ganz Bitterles Geschmack. Zu viel Männergehabe, zu viel Fußballwimpel und -sticker. Aber eine Unmenge an Biersorten, und schließlich hatte Kula ihn eingeladen; außerdem lag die Kneipe nur einen Steinwurf von ihrer Wohnung entfernt, direkt neben dem Gänsturm, und sie hatte es danach nicht weit. Sie hatten vereinbart, nicht über den Fall zu reden, und nahmen auf der Empore in einer ruhigen Ecke Platz. Gleich darauf ging Kula zum Tresen, deutete auf diverse Flaschen und kam freudestrahlend zurück. »Jetzt dürfen Sie sich überraschen lassen.«

Bitterle sah sie fragend an.

»Wissen Sie nicht mehr? Neulich an der Blau. Wir hatten über den Ami geredet, und ich hatte angedeutet, dass er wohl irische Wurzeln haben müsse.«

»Schon, aber was hat das mit dem hier zu tun? Und was ist das für eine Überraschung?«

Die Bedienung kam und stellte sechs schwere Gläser mit unterschiedlichen teebraunen Flüssigkeiten ab. Es duftete intensiv nach Malz, Teer und Rauch. Kula hielt ihre Nase über jedes davon und schnupperte mit halb geschlossenen Augen.

Bitterle sah ihr dabei zu. »Und jetzt?«, fragte er irritiert.

»Jetzt erkläre ich Ihnen, warum ich gesagt habe, dass mir seine Mutter leidtäte. Sein Vater war wohl ein ordentlicher Schluckspecht und hat bei der Taufe das letzte Wort gehabt. Passen Sie auf: Der erste Whisky, der helle, ist ein PADDY, ein irischer Allerwelts-Whisky, Paddy kommt von Patrick. Das Zeug wird in den Bars dort gesoffen wie Wasser. Der zweite ist ein Johnnie Walker, stammt aus Schottland. Sie erinnern sich an seinen Zweitnamen, dieses Dabbelju, also Walker. Und zum Schluss etwas Besseres, ein Jameson, manche halten ihn für den authentischsten Whisky Irlands. Der Name des Amis ist eine einzige Getränkekarte, alles hochprozentiges Gesöff.«

»Woher wissen Sie denn das alles?«

»Erzähl ich Ihnen nachher, jetzt probieren Sie erst mal.«

Er nahm das erste Glas und schwenkte es, eine rauchige Würze stieg auf, er stieß mit Kula an und nippte. Als Weizen- und Weinbrandtrinker fand er den Geschmack ungewohnt ölig und schwer. »Muss ich das alles …?«

Kula lachte. »Das schaffen Sie schon. Wir sind bestimmt noch länger da.«

Endlich kam sein Weizenbier. Bei dieser Riesenauswahl hatte er sich für ein Bräuwurstel Hefe entschieden und leckte sich nach dem ersten Zug den Schaum vom Schnauzbart. »Damit wird's erträglicher«, sagte er mit einem Zwinkern. »Aber jetzt sagen Sie schon. Woher kennen Sie sich so gut mit Whisky aus, Sie als Griechin?«

»Ich bin Deutsche, Herr Kommissar, schon immer gewesen. Und damit basta! Ein für alle Mal«, sagte sie mit gespielter Entrüstung. »Aber jetzt im Ernst. Gab's in Ihrer Jugend keinen Schüleraustausch?«

Bitterle sah erschreckt hoch. »Sagen Sie bloß, Sie haben damals schon so zugelangt?«

»Quatsch, aber die Familie, bei der ich war, in Cork, die hatte einen Pub, und der Besitzer hat mich in die irische Trinkkultur eingeführt. Natürlich nur theoretisch. Großes Ehrenwort.« Kula kreuzte Zeige- und Mittelfinger und streckte die Hand nach oben.

»Aha.« Bitterles üblicher Kommentar, wenn er nicht mehr weiterwusste. Er trank den Paddy leer.

»Na sehen Sie, geht doch. Andere Frage, kennen Sie Irland?«

»Ich bin noch nie groß weggekommen aus der Gegend. Die Alpen, ja, vor allem Kärnten zum Wandern. Ansonsten einmal Spanien mit meiner Frau. War mir aber viel zu heiß und ist auch schon ewig her.« Nach einem Moment des Innehaltens griff Bitterle nach seinem Weizen und trank es bis zur Hälfte leer. Dann schnappte er sich den zweiten Whisky und kippte ihn ohne zu zögern hinterher.

»Da schau an«, sagte Kula, »das ging aber flott.«

»Mhm, man kann sich an das Zeug gewöhnen. Was war das jetzt?«

»Johnnie Walker, schottischer Traditionswhisky. Der hat vor über zweihundert Jahren angefangen, verschiedene Sorten, oder Jahrgänge – was weiß ich –, zu mischen. Aber auf die Idee, irischen und schottischen Whisky zu mischen, kann nur ein Ami kommen, wenn's auch nur die Namen sind. Zum Wohl!« Sie stieß an sein leeres Glas und nippte. »Und? Was meinen Sie?«

»Gut.«

»Sag ich doch.« Kula drehte ihr Glas zwischen den Fingern. Dann sah sie auf und blickte Bitterle direkt an. »Sie sagten eben ›mit meiner Frau‹, möchten Sie mir etwas darüber erzählen?«

»Da gibt's nicht viel zu erzählen. Nachdem unser Sohn quasi aus dem Haus war, haben wir uns getrennt, oder besser gesagt, sie ist ausgezogen. Getrennt waren wir wohl davor schon.«

»Klingt nicht gut.«

Bitterle sah an Kula vorbei und erwiderte: »Mein Gott, wie das Leben halt so spielt. Wir hatten aber auch gute Jahre.«

»Und jetzt? Sagen Sie bloß, Sie leben ganz allein.«

Diesmal hielt er ihrem Blick stand, atmete dabei deutlich hörbar aus. »Hat wohl nicht noch mal sollen sein. Wie auch immer. Dabei …« Sein letzter Satz ging im Tresenlärm unter, eine Gruppe Fußballfans war eingetreten und wurde vom Wirt lautstark begrüßt.

Kula fragte nicht weiter nach. »Auf geht's, den dritten. Bin gespannt, was Sie zu dem meinen.«

Bitterle griff nach dem Glas, hielt es schräg, wie Kula es getan hatte, sah den Schlieren nach, die der Alkohol an der Innenseite zog, und schnupperte. Er leerte das Glas in einem Zug und rollte den Inhalt lange im Mund, bevor er schluckte. »Das ist ja tatsächlich eine Steigerung zum letzten. Bislang dachte ich, Whisky ist Whisky und basta. Ach, übrigens, was ich schon länger sagen wollte …« Bitterle stellte das Glas ab und tippte die Fingerspitzen gegeneinander.

»Ja?«

»Also ich finde«, er atmete bedächtig aus, »ich finde, wir könnten uns auch duzen. Jetzt, nachdem wir den Fall hinter uns gebracht haben und Sie sich so mutig gezeigt haben, glaube ich, dass das schon was werden könnte mit uns beiden. Also ich meine natürlich rein dienstlich. Ich bin der Konrad.«

Kula hatte sich zurückgelehnt und betrachtete ihr Gegenüber. Ihr Mund wurde immer breiter, die Grübchen immer tiefer, dann beugte sie sich ruckartig vor und umfasste Bitterles Hände. »Das ist ein Wort. Auf die Zukunft.« Gleich darauf streckte sie ihm ihre Hand entgegen und sagte: »Danke, Konrad.«

Er erhob sich leicht, schüttelte ihre Hand kurz und sagte: »Schön, Kula. Aber ich denke, demnächst muss ich dann auch.«

»Wie? Jetzt schon?«

Er hob seine Schultern. »Ich muss wirklich nach Hause. Meine Fische verhungern sonst noch. Aber ein andermal gern wieder.«

»Na, dann vielleicht noch einen für den Weg, ›One for the road‹, wie der Ire sagt. Die hätten hier noch einen Schotten, die pure Teerpappe, kann ich dir sagen. Laphroaig nennt der sich.«

»Lass gut sein, Kula. Den trinken wir beim nächsten Mal. Versprochen!« Bitterle rieb sich kurz die Nase, beugte sich zur Seite und griff an die Gesäßtasche.

»Kommt nicht in Frage. Das ist meine Runde. Da dulde ich keinerlei Widerspruch.« Kula machte nicht den Eindruck, als würde sie sich umstimmen lassen.

Im selben Moment, als sich die beiden erheben wollten, klingelte Bitterles Handy. Genervt zog er es aus der Tasche. »Ja. Was gibt's denn? Ich habe Feierabend! – Was? Wann? Seid ihr sicher? – Ja, entschuldige, blöde Frage. Also gut, aber ihr müsst mich, oder besser gesagt uns, abholen. Wie? Moment.« Bitterle streckte sein Handy in Kulas Richtung und fragte: »Wie heißt der Laden gleich noch mal?«

»›Bierlabor‹, die Kneipe beim Gänsturm.«

Italienische Tragödie

Samstag auf Sonntag, 19.–20. Juli

Alfonso Ambrosini öffnete den Mailanhang und zog Pechsteins Bilder auf seinen Desktop. Er hatte ihn gebeten, auf der Premiere ein paar Aufnahmen von Graziella mit den ausgestellten Bildern zu machen. Sie waren noch keine Stunde alt. Seine Frau verstand es wie immer, sich vorteilhaft zu präsentieren. Meist stand sie leicht zur Seite gedreht vor oder neben den schwarz-weißen Venedig-Impressionen und hatte somit den passenden Hintergrund zu ihrem dunkelroten Kleid. Im Dekolleté ruhte die Kette mit den kanarischen, in tiefstem Violett schimmernden Lavaperlen. Und der hellgrün marmorierte Seidenschal lag stets so, dass man nie alles sehen konnte und immer noch genügend Raum für Phantasie blieb.

Er war zufrieden und freute sich für seine Frau. Sie hatte es wieder einmal geschafft, sich in den Mittelpunkt der Ulmer Kulturszene zu setzen. Ein gelungenes Fest trotz Steinles tragischen Todes vor nur wenigen Tagen. Überall waren geladene Gäste zu sehen, fröhliche Kunstinteressierte, die lachten, in Gespräche vertieft waren oder am Prosecco nippten. Auch Malte fehlte nicht. Er hatte sich gleich eine ganze Flasche geschnappt und stand als Einziger etwas desorientiert mit halb leerem Glas neben dem Ausgang.

Dann Graziella im Gespräch mit dem Bürgermeister. Wie er sie anstrahlte, einfach wunderbar!

Das vierte Foto zeigte sie beim Interview mit dem SWR. Welch souveräne Gestik. Die eine Hand kraftvoll, mit halb geöffneter Faust, die andere elegant und weich in Richtung der Bilder weisend. Ein absoluter Hingucker.

In einem zweiten, älteren Ordner mit dem Titel »Vernissage in Langenau, April 2014« waren ähnliche Fotografien. Sie zeigten seine Frau bei der letzten Ausstellung mit Frühlingsbildern. Sie hatte die Laudatio des Langenauer Fotoclubs gehalten. Ähnliche Motive, ebenso lachende Gesichter. Beim fünften Bild hielt Ambrosini inne. Neben Graziella stand der junge

Mann, der für die jüngsten Motive die lyrischen Texte verfasst hatte. Langweiliges und unverständliches Zeug, wie er fand. Sie waren sich unlängst bei einem Empfang vorgestellt worden, zu dem sie ihn beinahe hatten hintragen müssen. Dieser Typ war ein Niemand, ein unbedeutender Wichtigtuer, der sich ständig die Haare nach hinten strich und an seinem Halstuch nestelte. Alfonso vergrößerte das Bild und betrachtete Wenzels Hand, die lässig auf Graziellas Schulter ruhte. Sie war wie selbstverständlich auf ihr abgelegt, als ob er Besitzansprüche stellen wollte. Alfonso zoomte noch weiter und erstarrte. Er verspürte ein Kratzen im Hals, sein Mund wurde trocken, und er musste sich andauernd räuspern.

Sein Puls wurde mit jedem Schlag härter, das Blut stieg ihm zu Kopf und rauschte in den Ohren. Alfonso wollte es partout nicht glauben, aber es war eine Tatsache, der er sich stellen musste. An Wenzels linkem Mittelfinger steckte ein Ring. Und Alfonso kannte diesen Ring! Es war der Siegelring seines Vaters, den er ihm an seinen Finger gesteckt und ihn anschließend umarmt hatte. Nach ihrer Aussöhnung, als er ihm, seinem erstgeborenen Sohn, vergeben und ihn wieder in den Kreis der Familie aufgenommen hatte. Dieser Ring war ein Erbstück, das seit Generationen weitergegeben wurde.

Alte Erinnerungen stiegen wie Sumpfgasblasen empor. Träge und übel riechend. Graziella, wie sie vor wenigen Tagen die Frage nach ihrem Zuspätkommen beantwortet hatte. Mit einem flüchtigen Kuss hatte sie sich über ihn gebeugt und gesagt: »Ich habe mit Malte die Rahmen besorgt. Die Zeit rast uns davon.« – »Du riechst so gut.« – »Für dich, mein Schatz. Nur für dich!«

Alfonso starrte lange auf den Bildschirm. Dann richtete er sich abrupt auf und machte sich auf in Richtung Keller. Er brauchte Gewissheit. Vielleicht war ja alles ein Irrtum. Bestimmt hatte sich dieser Lackaffe nur einen ähnlichen Ring an den Finger gesteckt, eine billige Kopie aus Fernost. Aber diese Beschwichtigungsversuche beruhigten ihn nicht. Im Gegenteil. Schritt für Schritt tastete er sich nach unten, hielt krampfhaft das Geländer umklammert und stützte sich an der

Wand ab. Machte bei jeder dritten Stufe eine Pause, um Luft zu holen und wieder zu Atem zu kommen. Mit hämmerndem Herzschlag stand er schließlich vor der Tür. Er wartete, bis er sich einigermaßen beruhigt hatte, um auf das, was er womöglich gleich zu sehen bekommen würde, vorbereitet zu sein. Der Schlüssel fiel ihm aus der Hand, als er ihn aus der Tasche des Hausmantels zog. Mühsam bückte er sich. Sein Atem rasselte in kurzen Stößen, er hatte Angst. Angst vor der Wahrheit. Es kann nicht sein, versuchte er sich einzureden. Zitternd drehte er den Schlüssel, öffnete die Tür und knipste die Deckenlampe an. Das gewohnte Bild. Wie immer. Alles war in Ordnung.

Kommoden und Schränke standen an Ort und Stelle, ebenso die Vitrine mit dem Meissener Porzellan, den antiken Kelchen und weiteren Kostbarkeiten, über deren Herkunft er sich nie Gedanken gemacht oder Fragen gestellt hatte. Es war seine eiserne Reserve. Nichts davon fehlte. Doch seine Unruhe wuchs, als er sich dem Biedermeier-Vertiko näherte, und steigerte sich weiter, nachdem er die oberste Schublade aufgezogen und die Schmuckschatulle hervorgeholt hatte. Mit geschlossenen Augen hob er den Deckel. In den dunkelblau glänzenden Samtkissen schimmerten Amulette und Ringe, funkelten Manschettenknöpfe und Broschen. Aber Alfonsos Aufmerksamkeit galt den beiden Vertiefungen im Samt. Sie waren leer. Sein Herz stockte. Also doch! Der Siegelring und die Krawattennadel mit den sieben Brillanten fehlten. Er hob das obere Fach und legte es zur Seite. Der nächste Schock! Das untere Fach war komplett leer. Er blickte auf ein ausgeräumtes Etui.

Bestohlen von seiner eigenen Frau! Graziella hatte ihn hinterhältig beklaut, seine einzige und große Liebe. Seine treue Gefährtin seit vielen Jahrzehnten. Alfonsos Tränen tropften auf poliertes Eben- und Eibenholz. Er versuchte, seine Fassung wiederzugewinnen, atmete mehrmals tief durch und fasste einen Entschluss: Er würde sie zur Rede stellen. Heute noch.

Wieder oben angekommen setzte er sich vor seinen Rechner und wartete mehrere Minuten, bis sich Herzschlag und Atmung so weit beruhigt hatten, dass er in der Lage war, die brisanten Bilder Pechsteins auf einen Stick zu ziehen, um sie nebenan ausdrucken zu können. Es war Graziellas Wunsch gewesen, den Fotodrucker dort in seinem Labor bei den Belichtungsgerätschaften zu platzieren, denn sie wollte den Wohnbereich von technischen Dingen befreit haben.

Auf dem hochwertigen Glanzkarton kamen die Details noch deutlicher zur Geltung, und erneut kochten Wut und Enttäuschung in Alfonso hoch. Zur Rede stellen war nicht genug, er würde sie für ihre Untreue büßen lassen.

Alfonso ging ins Schlafzimmer, setzte sich auf die Bettkante und wartete wieder, bis sich sein Puls normalisiert hatte, soweit das überhaupt noch möglich war. Er zog die Schublade seines Nachtschränkchens zur Hälfte auf. Seine Finger tasteten seitlich am Innenrand entlang, bis er den Verriegelungshebel gefunden hatte. Er hob ihn an und zog das Fach vollends heraus. Im hinteren Teil, durch eine Zwischenwand abgetrennt, lag ein Kästchen aus poliertem Nussbaumholz. Er nahm es, legte es aufs Bett und schob die Schublade zurück. Sein Blick ruhte auf der Schatulle. Er zögerte. Was habe ich vor?, fragte er sich. Langsam näherte sich seine gesunde Hand dem Kästchen, er nahm es auf den Schoß und hob behutsam den Deckel an. Auf moosgrünem Samt ruhte ein weiteres Erbstück. Alfonso hatte es ebenfalls von seinem Vater erhalten. Nach der Hochzeit. Zur Verteidigung und um seine Gemahlin vor Gefahren zu schützen. Man wisse ja nie, hatte sein Vater seinerzeit gemeint und hinzugefügt: »Die Welt ist ja heutzutage so schlecht, mein Junge.«

Alfonso strich über das Metall. Es war Jahre her, dass er es das letzte Mal berührt hatte. Es fühlte sich kalt an. Ganz anders hingegen der Griff. Das rötlich-dunkle Kastanienholz mit den Elfenbeineinlagen stand in krassem Gegensatz zu der kühl schimmernden Technik. Er nahm das Erbstück heraus und roch daran. Es roch noch immer eine Spur nach dem Toilettenwasser seines Vaters, ganz leicht, nach dieser unverkennbaren Mischung aus Pinienharz und Bergamotte, Limette, Zimt und Iris.

Zurück im Wohnzimmer legte Alfonso eine Schallplatte aus

seiner Sammlung auf und öffnete eine der beiden Flaschen des Rotweins, die Graziella mitgebracht hatte.

Er lauschte der Ouvertüre zu Gioacchino Rossinis »La Gazza Ladra«. Diese aufwühlend militärischen Passagen fachten erneut seine Wut an. Wie konnte sie es nur wagen, ihn zu betrügen? Als das Orchester jedoch ins Piano wechselte und die Streicher bedächtigere Passagen spielten, überwog die Trauer. Hin- und hergerissen zwischen diesen Gefühlen fragte er sich immer wieder, was geschehen war. Hatte sie ihm nicht stets versichert, ihn trotz seines Handicaps nach dem Schlaganfall genauso zu lieben wie einst? Wollte sie ihn nicht bis in den Tod begleiten und ihm zur Seite stehen? Und jetzt? Jetzt hat sie mich betrogen und bestohlen.

Das Wupp des Tonarms, der die Nadel aus der Rille hob, schreckte ihn auf. Er rappelte sich hoch, ging zu dem Sideboard und wendete die Platte. Einen Moment lang hielt er inne, dann bückte er sich und zog ein dickes, in Kalbsleder gebundenes Fotoalbum heraus und trug es zur Couch. Ein fröhlicher Chor eröffnete den ersten Akt. Alfonso lehnte sich zurück und schlug das Buch auf. Die ersten Aufnahmen, noch in Schwarz-Weiß mit gezackten Rändern, zeigten Graziella und ihn vor seinem Antiquitätengeschäft in der Bockgasse. Er strahlte in die Kamera, sie hatte sich bei ihm eingehängt und sah zu ihm hoch; Fotos, die ein paar Tage vor ihrer ersten Italienreise gemacht wurden. Und vor seinem inneren Auge sah er sie, wie sie damals in seinen Laden spaziert war, so unbedarft und fröhlich, die Steuerakten unterm Arm. Manchmal, so gestand sie ihm einmal, hatte sie absichtlich die falschen Unterlagen dabei, nur um noch mal wiederkommen zu können. Wenig später waren sie ein Paar.

Die folgenden Bilder zeigten sie beide mit seiner Familie, wie sie im Garten ihres Anwesens nahe Siena saßen. Alfonsos Vater, Alessandro, hatte die blonde *ragazza* aus dem Norden gleich ins Herz geschlossen, und es schien ihr zu gefallen, wie er sie mit Amaretto und Mandelgebäck verwöhnte. Im Jahr darauf wurde Hochzeit gefeiert. Als Alfonso die Fotos betrachtete, sah, wie sie festlich gekleidet vor dem Altar der kleinen Kapelle standen, wurde sein Blick verschwommen, und er wischte sich die Tränen aus den Augen.

Die erste Platte war zu Ende. Er legte die nächste Scheibe auf und blätterte weiter. Das Knistern des hauchdünnen Pergaments zwischen den Seiten steigerte jedes Mal aufs Neue seine Neugier. Und wieder waren die Schnappschüsse einer großen Feier zu sehen. Ein Freund des Besitzers hatte sich angekündigt und wollte seinen runden Geburtstag im »Aquarium« feiern. Alfonso war, als sei es erst gestern gewesen ...

Das Lokal war bis auf den letzten Tisch besetzt gewesen. Alles, was zur Schickeria gehörte, alles zwischen Stuttgart und München war anwesend. Die Stimmung war ausgelassen, der Champagner floss in Strömen. Es wurde getrunken und gejubelt. Graziella indes konnte den Blick nicht von der Tür wenden. Sie schien auf jemanden zu warten und wurde immer ungeduldiger. In einem fort tupfte sie sich den Schweiß von Stirn und Dekolleté. Einem anderen Gast schien es ähnlich zu gehen. Er scherte sich jedoch nicht um Etikette, sondern zog sich einfach aus. Das Smokingjackett und das Hemd warf er mit Schwung auf die Bühne. Als er mit nacktem Oberkörper dasaß und seine behaarte Brust nur von zwei breit gestreiften Hosenträgern bedeckt war, bekam er dafür sogar Applaus und begeisterte Zurufe. Graziella beschwerte sich bei Alfonso. Als er keine Reaktion zeigte, wurde sie lauter und sprach den Herrn direkt an. Sie fragte ihn, ob er denn keinen Anstand habe. Wieso er sich an solch einem Tag, wo doch ein ganz besonderer Gast erwartet würde, so gehen lassen müsse. Er solle sich gefälligst wieder etwas überziehen. Der Mann reagierte eher belustigt. Er hängte die Daumen hinter die Hosenträger und sagte: »*Oh come on, sweetheart, either you strip too and dance on the table, or you shut up.*«

Das Gelächter ringsum schwoll an. Alles drehte sich in ihre Richtung, Gläser wurden ihr entgegengestreckt. Sie hatte die volle Aufmerksamkeit. Es war offensichtlich, dass Graziella am liebsten aufgesprungen wäre, um dem Flegel die Meinung zu sagen. Alfonso hatte es gemerkt, ihren Arm gepackt und sie zurückgehalten. Er füllte ihr Glas und versuchte, sie zu beruhigen. Doch sie fauchte ihn an: »So ein Rüpel. Was glaubt der eigentlich, wer er ist, mit seinem Hasengebiss und dem hässlichen Schnauzbart? Überhaupt, wann kommt denn nun endlich der große Star?«

»Wieso? Das ist er doch.«

»Der da? Willst du mich veräppeln? Mir hast du erzählt, Freddy Quinn käme nach Ulm.«

Alfonso hatte sie angesehen, für ein paar Sekunden die Luft angehalten und danach lautstark in seine Serviette geprustet. Nachdem er wieder fähig war zu atmen, erklärte er ihr unter weiteren Lachanfällen: »Also da musst du dich verhört haben, *amore mio.* Ich habe nicht von Freddy Quinn gesprochen, sondern habe gesagt, Freddie von Queen kommt nach Ulm.«

Doch heute war Alfonso nicht im »Aquarium«, um den vierzigsten Geburtstag eines Rockstars zu feiern. Heute saß er auf seinem alten Sofa im Wohnzimmer, halbseitig gelähmt und gedemütigt – von seiner eigenen Frau, dem einfachen Landmädchen, das er zur Dame gemacht hatte. Eine italienische Opernarie erklang. Die Musiker des Turiner Sinfonieorchesters steigerten sich zu höchstem Forte. Der Chor singt wild durcheinander, denn Ninetta wird des Diebstahls bezichtigt, und die Gendarmen führen sie ab. Giannettos Bemühen, sie zu schützen, bleiben ohne Erfolg, obwohl Ninetta unschuldig ist.

Ganz anders als Graziella, diese diebische Elster, dachte er und beugte sich vor, um nachzuschenken. Doch die Flasche war leer, der Wein war ausgetrunken. Alfonso öffnete die zweite Flasche.

So saß er im Sessel und wartete. Die Zeit verging. Obwohl er wirklich müde war, erschöpft von allem, wollte er es nicht aufschieben. Er würde Graziella noch heute Nacht zur Rede stellen. Ihre Demütigungen parieren. Ihr die Maske vom Gesicht reißen. »Nur für dich, mein Schatz«, dieser eine, erst vor wenigen Tagen ausgesprochene Satz hallte wie ein endloses Echo durch sein Innerstes.

Sicher gab es weitere Situationen, in denen sie ihn belogen hatte. Aber wozu danach suchen? Warum weiterbohren? Er wusste auch so genug, und die Qual würde dadurch nicht gelindert werden. Im Gegenteil. Andererseits … Nein, er war bereit, ihr zu verzeihen. Zu viel hatten sie gemeinsam erlebt, Gutes wie Schlechtes. Hieß es nicht »In guten wie in schlechten Zeiten«? Hatten sie sich das nicht einst in der Kapelle geschworen?

Er suchte innere Ruhe, und langsam folgten seine Sinne dem Wunsch nach Vergebung und Versöhnung. Aber ansprechen würde er das Thema auf jeden Fall. Und zwar noch heute Nacht, sobald Graziella zu Hause war.

Graziella kam ungewöhnlich früh. Es war erst halb elf. Der Schlüsselbund klimperte auf der Garderobenkommode. Sie trällerte eine Operettenmelodie. Die Toilettenspülung rauschte. Dann stand sie im Türrahmen, die Klinke in der Hand, und blickte verwundert ins Zimmer. »Du bist noch wach?«

»Wie du siehst.«

Dann strahlte sie. »Ach, Alfonso. *Mio solo coccolo*, es war einfach zauberhaft. Die vielen Leute, ein Riesenandrang. Stell dir vor, die wollen meine Bilder auch in Venedig zeigen, im Foyer des Palazzo Rubino. Nie hätte ich gedacht, dass das so ein Erfolg werden würde. Ich bin noch ganz …« Sie ließ den Satz in der Luft hängen, wirbelte mit seitlich gestreckten Armen einmal um die eigene Achse und kickte dabei ihre Keilpumps von den Füßen. »Gibt's noch was zu trinken?«

»Du weißt, wo du den Prosecco findest, hast ja wohl was zu feiern.«

»Du doch auch. Ohne dich hätte ich das nie geschafft. Allein diese ganzen Venedig-Bilder.« Sie kam ganz dicht an Alfonsos Ohr und flüsterte: »Und keiner hat etwas gemerkt.« Mit einem Lächeln zwinkerte sie ihrem Gatten zu.

Er sah zu ihr hoch, zupfte sich an der Nase und sagte: »Hol ihn, und dann lass uns reden.«

»Worüber?«, fragte Graziella erstaunt. Ihre Miene wurde für einen winzigen Moment ernst, dann hatte sie sich wieder gefangen und tänzelte auf Zehenspitzen aus dem Raum.

Alfonso lehnte sich nach hinten und sah zur Decke.

Graziella kam zurück, ließ den Korken Richtung Vorhang

knallen und trank direkt aus der Flasche. Vom Schaum, der über den Flaschenhals und über ihre Hände rann, nahm sie kaum Notiz. Sie setzte sich neben ihren Gatten und bestaunte die Fotos, die Pechstein vor wenigen Stunden gemacht hatte und die ausgedruckt vor ihr auf dem Couchtisch lagen.

»Sie sind wunderbar!«, sagte sie und drückte sich dabei gegen Alfonsos Schulter. »Und sieh mal hier, der Bürgermeister und ich, wie er die Hand auf meine Schulter legt und wie er lächelt, der alte Haudegen.«

Alfonso saß stumm neben ihr. Sie hatte die Verstimmung bemerkt, wusste sich aber keinen Reim darauf zu machen, deshalb fragte sie: »Was ist mit dir? Freust du dich denn nicht? Was hast du? Willst du ein Glas? Der Prosecco ist hervorragend.«

»Pechstein hat noch andere Bilder geschickt.«

»Tatsächlich? Willst du mir die nicht auch zeigen?«

Er schob das Deckchen beiseite, darunter kamen die Bilder zum Vorschein, die in Langenau gemacht worden waren.

»Du kennst ihn wohl schon länger, oder?«

»Wen?«

»Diesen Herrn, der so vertraut seinen Arm um dich legt. Wie lange geht das schon?«

»Was meinst du?« Graziella war ein Stückchen von Alfonso abgerückt und blickte für einen Moment auf das Foto, bevor sie sich ihm wieder zuwandte. »Das ist ein Besucher. Er schreibt Gedichte, und wir haben uns unterhalten. Er sagte mir seinerzeit zu, meine nächste Ausstellung mit Texten zu bereichern.«

»Aha. Seinerzeit. Und seitdem trefft ihr euch wohl öfters.«

»Was heißt öfters? Er hat sich die Bilder angesehen – vor allem deine, mein Schatz – und hat entsprechende Texte dazu verfasst. Das ist alles!«

»Und wieso trägt er dann meinen Ring?«

»Welchen Ring? Wovon redest du?«

»Hiervon!« Alfonso war laut geworden. Er zog eine weitere Fotografie aus der Tasche seines Hausmantels und warf sie vor Graziella auf den Tisch. Die saß mittlerweile kerzengerade und hielt die Knie zusammengepresst.

»Was soll das sein? Wie kommst du darauf, dass das dein Ring ist? Solche Ringe gibt es zuhauf. Außerdem sieht man ihn nicht besonders deutlich.«

»Und wo, bitte schön, ist dann mein Ring? Das Erbstück meiner Ahnen? Seit der Zeit vor 1600 in Familienbesitz.«

»Na, im Keller. In der Schatulle, wo sonst?«

»Die Schatulle ist leer.« Alfonso hatte zu flüstern begonnen, und seine Lippen berührten beinahe Graziellas Frisur. »Der Ring ist weg! Ebenso wie die Brillantnadel und meine anderen Sachen. Du weißt, wovon ich rede. Was hast du getan?«

»Wie? Sag bloß, du warst im Keller? Das schaffst du doch gar nicht mehr. Du musst dich irren. Jetzt entspann dich und trink einen Schluck mit mir.« Graziella war im Begriff, aufzustehen, um Gläser zu holen.

Alfonso packte sie am Arm. Mit schneidender Stimme fuhr er sie an: »Für wie blöd hältst du mich? Denkst du, ich erkenne meinen eigenen Schmuck nicht wieder? Das sind Familienstücke. Wir haben eine Tradition. Aber so etwas wie Familie kennst du überhaupt nicht.«

»Familie? Dass ich nicht lache. Du und deine Familie, vor allem dein Vater, auf den du wohl immer noch so große Stücke hältst.«

»Was fällt dir ein? Wie redest du von meinem Vater? Wir hatten vereinbart, diese alten Geschichten ruhen zu lassen. Ein für alle Mal.«

»Wie du meinst, aber das ändert nichts an der Tatsache, dass du dem Pferdeknecht wie aus dem Gesicht geschnitten bist. Ähnlich wie zwei Eier. Alessandro, dein sogenannter Vater, wollte dich loswerden. Er wollte vermeiden, dass alle Welt sieht, dass du nicht sein, sondern Riccardos Sohn bist, der Sohn seines Stallburschen. Nur deswegen hat er dir das Antiquitätengeschäft gekauft.«

»Schweig endlich! Und hör auf, meine Familie zu beleidigen. Dazu hast du kein Recht. Denk lieber nach, wo du herkommst. Ich war es, der dich aus diesem Kuhstall geholt hat, ich habe dich zu einer Dame gemacht. Oder hat meine liebe Kunigunde Josefa Ranzlhuber das etwa vergessen? Ohne mich wärst du nichts. Und jetzt betrügst du mich mit so einem dahergelaufenen Gigolo, einem *puttano*.«

»Was weißt du denn schon?« Graziella sah Alfonso mit einem mitleidigen Lächeln an. »Dieser Gigolo, wie du ihn nennst, gibt mir in fünf Minuten mehr als du in fünf Jahren. Was habe ich denn hier? Schau dich doch an. Ein sabberndes und übel riechendes Mannsbild, das mir vorschreiben will, wie ich zu leben und was ich zu denken habe. Weißt du was? Mir reicht's! Ich gehe! Es gibt schließlich noch Menschen, die Freude in mein Leben bringen.«

Graziella griff nach ihren Schuhen und war im Begriff, das Zimmer zu verlassen. Sie sah sich noch einmal um und sagte: »Leb wohl. Und sieh zu, wie du ohne mich klarkommst.«

»Du bleibst hier!« Alfonsos Stimme hatte eine gefährliche Schärfe bekommen, und seine Hand tastete nach dem Kissen.

»Willst du mich etwa aufhalten? Versuch's doch.«

»Zum letzten Mal. Ich sage dir, dass du hierbleiben sollst.« Er hielt den Revolver in der Hand und hatte ihn auf Graziellas Rücken gerichtet.

»Mach dich nicht lächerlich!« Graziella ging, ohne sich ein weiteres Mal umzusehen, Richtung Tür. Als sie die Klinke in der Hand hielt, zielte Alfonso auf ihren Rücken.

»Dreh dich wenigstens um.«

Graziella dachte nicht daran. Sie öffnete die Tür und sagte nur: »Ciao!«

Der Tote und die Lebende

Sonntag, 20. Juli

Bitterle und Kula kamen um null Uhr fünfundvierzig im Tokajerweg an. Mehrere Einsatzfahrzeuge standen mit funkelnden Blaulichtern in dem Wendehammer. In einem Sanitätsfahrzeug herrschte hektische Betriebsamkeit. Bitterle warf einen Blick ins Innere und konnte beobachten, wie sich mehrere Notärzte um Frau Ambrosini kümmerten. Sie hielten Infusionsflaschen hoch, hantierten mit medizinischen Geräten und raunten sich Befehle zu, um eine wohl noch immer blutende Wunde zu versorgen. Er folgte Kula in die Wohnung der Ambrosinis. Mehrere uniformierte Polizeibeamte waren dort dabei, Schränke zu öffnen und Schubladen zu inspizieren. Sie grüßten die Kommissare und tippten der Form halber an die Schläfe. Ina Weichselbraun hielt sich über Herrn Ambrosinis Leiche gebeugt und maß die Temperatur.

»Servus, Ina.«

Die Pathologin sah auf. »Der Konni! Servus, spät kommst.«

Bitterle winkte ab. »Weißt du schon was Näheres, irgendwelche Besonderheiten?«

»Bei ihr war's ein Lungensteckschuss, hat nur knapp das Herz verfehlt. Sie hat allerdings immens viel Blut verloren. Die draußen kümmern sich. Hoff mer, dass sie's schafft.«

»Und er?«

»Alter Offiziersklassiker, hat sich den Lauf in den Mund g'schoben und ab'druckt. Leiden hat der net groß müssen.«

»Und der Zeitpunkt? Schon eine Ahnung, wann es passiert ist?«

»Vor einer guten Stund, würd ich sagen. Also jedenfalls no' deutlich vor die zwölf.« Sie richtete sich auf, gab Bitterle einen Klaps auf die Schulter und strich ihm über die Wange. »Müd schaugst aus, Konni.«

»Wundert's dich? Die ganze Woche auf den Beinen. Und jetzt noch das da. Aber wenigstens haben wir den Täter im Fall Steinle. Oder zumindest einen dringend Tatverdächtigen.« Er tat einen großen Schritt über die Blutlache hinweg und ging zum Sofa. Der Anblick dort bewegte ihn. Zwischen zahlreichen seidenbestickten Kissen saß ein alter Mann, dessen Kinn schlaff herunterhing, sein Kopf war auf die Brust gesunken. Am Zeigefinger der rechten Hand baumelte ein silbern glänzender Trommelrevolver. Auch hier war alles voller Blut, besonders seine Nackenhaare hatten sich vollgesogen. Bitterle blickte nach oben und sah Blutspritzer und kleine graue Klümpchen an der Decke kleben. Er überlegte, ob es eine Verbindung zwischen diesem Fall und dem Mord an Vera Steinle geben mochte. Möglicherweise hatte Herr Ambrosini herausgefunden, dass …

»Bei ihm war's ungefähr eine halbe Stund später. Wie's ausschaut, hat er zuerst auf sei' Frau g'schossen und anschließend sich um'bracht«, riss Ina ihn aus seinen Gedanken.

»Das würde sich auch mit dem Eingehen des Notrufes decken«, sagte einer der uniformierten Beamten. »Um dreiundzwanzig Uhr fünfzig hatten wir den Eingang, und zehn nach zwölf waren wir hier.«

»Hm«, sagte Bitterle, »das bedeutet, nur ein paar Minuten früher, und er hätte noch gelebt.«

»Wir haben getan, was wir konnten. Schneller ging's nicht! Beim besten Willen, schließlich waren wir zuvor in Böfingen. Sie wissen ja, wie das ist seit den Personaleinsparungen.«

Bitterle hob beschwichtigend die Hände. »Soll kein Vorwurf sein. Habt ihr schon die Nachbarn befragt? Irgendwelche Zeugen, Nachtschwärmer oder Spaziergänger?«

»Nichts. Keiner hat was gehört oder gesehen. Ist ja auch am Ende der Welt, hier oben.«

»Und sonst, irgendwelche Indizien?«

»Ein paar Fotos lagen neben dem Sofa.«

»Schon wieder Fotos?«, mischte sich jetzt Kula ein. »Zeigen Sie mal her.« Sie stieg nun ebenfalls über die bereits eingetrocknete Blutlache hinweg und griff nach dem etwa halben Dutzend Farbdrucke im Format DIN-A5, die der Beamte ihr reichte.

»Sonst noch etwas?«, fragte Bitterle.

»Nichts bis jetzt, außer dass der Tote ganz schön was intus

gehabt haben muss.« Der Polizeibeamte wies auf den Tisch mit den zwei leeren Weinflaschen und den beiden Gläsern, von denen jedoch nur eines benutzt war.

»Oha«, sagte Bitterle, als er eine der Flaschen näher betrachtete, »nicht schlecht, die Flasche für knapp fünfzig Euro.«

»Geh, seit wann kennst du dich denn mit Wein aus?«, fragte Ina. »Trinkst doch sonst bloß Bier.«

»Hab die Ambrosini beobachtet, als sie ihn gekauft hat. Es war jedenfalls diese Sorte.«

»Zeig her! Ah, da legst di nieder, an Barolo vom Borgogno.« Sie schnupperte an der Flasche. »So g'seh'n – ein guter Abgang, würd ich sagen. Hätt aber auch gut no a paar Jahr liegen können.«

»Was du nicht alles weißt.«

Sie linste über den Brillenrand. »Gusto, mein Lieber. Magst net amol a Glas bei mir verkosten?«

»Jetzt seht euch das an«, kam es von Kula. Beinahe triumphierend hielt sie ein Foto hoch. »Das ist doch schon wieder unser Freund Babka. Der Ambrosini hat herausgefunden, dass seine Frau nicht nur in Sachen Wein keine Kostverächterin war.«

»Kula!«

»Was denn? Ist doch wahr. Muss den schon mächtig gewurmt haben, zu sehen, was seine Frau so treibt, während er hier sein kümmerliches Dasein fristet. Aber dazu kann uns bestimmt Babka die Details liefern. Bin ja mal auf seine Ausflüchte gespannt. Aber das hat Zeit bis morgen. Mir reicht's für heute.«

»Wie kommst du denn nach Hause?«, fragte Bitterle.

»Wir nehmen sie mit«, sagte einer der Polizisten, der danebenstand. »Und Sie?«

»Ich bin noch nicht so weit«, antwortete er und ging auf die Gerichtsmedizinerin zu. Die hatte inzwischen ihre ersten Untersuchungen abgeschlossen, die Leiche lag im Transportsarg, und sie schloss ihren Laborkoffer.

»Also Konni, baba. I pack's dann auch mal. Alles Weitere …«

»… nach der Obduktion«, vollendete Bitterle den Satz.

»Ich weiß, Ina. Meinst du, du könntest mich ein Stück weit mitnehmen?«

»Zu mir oder zu dir«, frotzelte sie und griff nach seinem Arm.

Wut und Rausch und Panik

Sonntag, 20. Juli

Kula war schon da. Sie hatte zwar Ringe unter den Augen und sah auch sonst recht blass aus, aber sie sprühte vor Energie. Bitterle erinnerte sich an die Zeit, als es bei ihm genauso gewesen war. Damals, als sie den Fahrradmörder gejagt hatten. Tag und Nacht hatte ihn der Fall umgetrieben, über Wochen, bis sie ihn endlich geschnappt hatten. Und heute? Routine – aber in der Regel noch genauso erfolgreich.

Er betrat den Verhörraum. Dieser Raum war nicht zum Verweilen gedacht, sondern so gestaltet, dass jeder, der darin war, ihn so schnell wie möglich wieder verlassen wollte. Die Wände glänzten matt in einem tristen Grau, das Neonlicht an der Decke verstärkte diesen Eindruck, Fenster gab es keine. Nur eine Tür und einen großen Spiegel an der Breitseite. Der berühmte Ich-sehe-dich-doch-du-mich-nicht-Spiegel. Die Luft war abgestanden, vor dem kleinen Tisch standen zwei Stühle. Auf einem saß Rico Babka. Seine Hände waren mit Handschellen gesichert, er hielt sie locker vor sich im Schoß. Er blickte auf und legte die Stirn in Falten.

»Guten Morgen, Herr Babka. Ich hoffe, Sie hatten eine angenehme Nacht hier bei uns. Wie Sie sich denken können, habe ich da noch ein paar Fragen an Sie.« Er legte sein schwarzes Notizbuch und einen Stift auf den Tisch und schaltete das kleine Tonbandgerät ein. Langsam und deutlich sprach er die Ansage: »Sonntag, 20. Juli, acht Uhr fünfundvierzig, Verhör Bitterle mit Rico Babka.«

»Ich habe Ihnen nichts zu sagen.«

»Ich bitte Sie, Herr Babka, machen Sie es nicht noch komplizierter, als es eh schon ist. Oder haben Sie Ihren Auftritt gestern Abend schon vergessen?«

»Sie meinen die kleine Rangelei? Pah, war doch nicht der Rede wert.«

»Das sehen wir anders, Herr Babka, Angriff auf zwei Polizeibeamte, Widerstand gegen die Staatsgewalt, versuchte schwere

Körperverletzung, da fällt die Sachbeschädigung kaum noch ins Gewicht.«

»Lächerlich!«

»Herr Babka, ich habe kaum geschlafen, also bringen wir es hinter uns. Beginnen wir mit dem Tod von Vera Steinle. Sie stehen unter Mordverdacht.«

»Dazu sage ich gar nichts, das habe ich doch deutlich gemacht. Ich will meinen Anwalt. Sofort!«

»Das ist Ihr gutes Recht.« Bitterle lehnte sich bedächtig zurück. »Aber das kann dauern. Wissen Sie nicht, dass heute Sonntag ist? Und morgen ist Schwörmontag. *Der* Ulmer Feiertag. Alles ist auf den Beinen. Keiner arbeitet, der nicht unbedingt muss. Aber bitte, wie Sie wollen. Wir sehen uns dann übermorgen wieder. So lange bleiben Sie jedenfalls in U-Haft.« Bitterle schob den Stuhl zurück und war im Begriff, sich zu erheben, als Kula ins Zimmer kam. Sie neigte sich zu Bitterle, flüsterte ihm etwas ins Ohr und schaute auf das Aufnahmegerät.

»Ich denke, da besteht ein Zusammenhang«, sagte Kula. »Hat man ihn denn schon nach Schmauchspuren untersucht?«

Babka riss den Kopf hoch. »Schmauchspuren? Was wollen Sie mir denn jetzt anhängen?«

Bitterle ahnte, worauf seine Kollegin hinauswollte. Er war wieder einmal über ihre Dreistigkeit erstaunt, aber er spielte mit. »Herr Babka, tun Sie doch nicht so, als ob Sie nicht wüssten, dass man Ihre Geliebte schwer verletzt und deren Mann tot aufgefunden hat. In der eigenen Wohnung.«

»Was fällt Ihnen dazu ein?«, fragte Kula. Sie beugte sich Richtung Babka und fuhr leise fort: »Sie können sich sicher denken, dass es einen großen Unterschied macht, ob Sie wegen zweifachen Mordes, schwerer Körperverletzung und Raub angeklagt werden oder nur wegen Körperverletzung mit Todesfolge. Bei Letzterem kommen Sie vielleicht sogar mit einer Bewährung davon. Andernfalls, und das ist, so wie's gerade aussieht, das Wahrscheinlichere, gibt's lebenslänglich.«

»Geliebte? Das ist doch Unsinn. Völlig an den Haaren herbeigezogen. Ich kenne Frau Ambrosini ja kaum.«

Kula lächelte. »Ich habe ihren Namen nicht erwähnt.«

Babka stockte, fing sich aber rasch wieder. Er beobachtete, wie Kula zwei Bilder vor ihn auf den Tisch legte.

»Das sind Sie. Daran besteht kein Zweifel. Und neben Ihnen, das ist Graziella Ambrosini. Das ist genauso sicher.«

»Ja und? Was weiß ich, wo das war und wann. Ich bin oft eingeladen, und die Leute lassen sich gern mit mir fotografieren.«

»Soso. Und was ist das?«

Babka warf einen Blick auf das dritte Foto, das Kula ihm vor die Nase hielt, und sah kurz hoch zu ihr. »Und wenn schon, das besagt gar nichts.«

»Ich denke doch. Wir haben diese Aufnahmen bei Alfonso Ambrosini in der Wohnung gefunden. Das sind eindeutig Sie mit seiner Frau. Von wegen ›lassen sich gern mit mir fotografieren‹. Sie hatten was mit ihr.« Sie beugte sich näher zu Babka und sagte: »Aber vielleicht fällt Ihnen ja noch was dazu ein, während Sie in U-Haft sind.« Und dann noch eine Spur leiser, fast geflüstert: »Und glauben Sie mir, die harten Jungs dort, die Muskelprotze mit den tätowierten Glatzen und den Narben im Gesicht, die können es gar nicht erwarten. Sie wissen, was ich meine? Die werden richtig viel Spaß an Ihnen haben. Und das ist nicht nur einer. Da hat's einige. Die freuen sich auf so einen hübschen Schnuckiputzi, wie Sie einer sind. Herr Babka, wollen Sie das wirklich?«

Bitterle hielt den Atem an und hoffte, dass das nicht mit aufs Band kam. Dass Kula so weit gehen würde, hätte er nicht für möglich gehalten, und wieder einmal fragte er sich, was da in Zukunft noch auf ihn zukommen würde.

Doch Kulas Drohungen zeigten Wirkung, Babka schluckte mehrmals und begann zu zittern. Immer mehr, bis seine Hände so heftig bebten, dass die Kette der Handschellen auf der Tischplatte klirrte.

Kula war zufrieden. »Nehmen wir ihm die Handschellen ab, ich glaube, die brauchen wir jetzt nicht mehr.«

Langsam streckte Babka Bitterle die Arme entgegen und sah ihn an. In seinem Blick lagen Resignation und Verzweiflung, aber auch eine Spur Hoffnung. Er rieb sich die von den Fesseln geröteten Handgelenke und sagte mit brüchiger Stimme: »Also gut. Was wollen Sie wissen?«

Kula richtete sich auf, legte ihre Hand auf Bitterles Schulter und sagte: »Ich geh dann mal wieder und kümmer mich um den Rest.«

Bitterle hob andeutungsweise die Hand. Er atmete tief durch und wandte sich wieder Babka zu. »Gut, Herr Babka, schön, dass Sie vernünftig geworden sind. Was mich zunächst interessiert, was hatten Sie für ein Verhältnis zu Vera Steinle?«

»Mein Gott, die Steinle, die hat sich an mich rangehängt wie 'ne Klette. Wollte unbedingt, dass ich ihr auch so Texte zu ihren Fotos schreibe wie der Graziella.«

»Sie geben also zu, dass Sie etwas mit Frau Ambrosini hatten.«

Babka hob seine Stimme an. »Ja. Sagen Sie, was ist mit ihr? Sie sagten was von schwer verletzt. Damit hab ich nichts zu tun. Ich schwör's.«

»Dazu kommen wir später. Also weiter, was war zwischen Ihnen und der Steinle?«

»Sie hat mich gebeten, für ihre Fotoausstellung ein paar Bilduntertitel zu verfassen, Haiku, Dreizeiler in japanischer Manier. Und ich Idiot habe mich darauf eingelassen, dabei hatte ich eh schon reichlich mit der anderen Ausstellung im Stadthaus zu tun. Die Steinle fing richtig an zu nerven. Und als ich nicht reagiert hab, wollte sie mich unter Druck setzen. Wegen Graziella. Ich bin dann am Abend noch zu ihr an die Wohnung und wollte mit ihr reden. Unten an der Donau lang, aber sie hat gezögert.« Und dann schilderte Rico Babka, was sich an jenem Abend zugetragen hatte.

Vera Steinle war skeptisch. »An die Donau? Mir wär's lieber, wir gingen zu mir nach oben. Ich habe so ein eigenartiges Frösteln, den ganzen Abend schon.«

»Zu dir? Das halte ich für keine so gute Idee.«

»Oder meinetwegen ein paar Schritte entlang der Stadtmauer. Dort ist es windstill und bestimmt auch etwas wärmer.«

»Du wirst mir doch nicht etwa krank werden wollen?« In

Babkas Stimme lag eine Spur Zynismus, auf die Vera sofort reagierte.

»Was soll das? Das ist das geringste Problem. Ich warte auf deine Haiku! Alles ist bereit. Die Bilder hängen, die Streicher haben zugesagt. Werbung läuft – Presse, Rundfunk, Regionalfernsehen. Alles steht! Bloß du kommst nicht in die Gänge. Was ist los mit dir?«

»Nun übertreib mal nicht. Wir haben an dem einen Abend über die Möglichkeit gesprochen, deinen Fotos mit meinen Texten den richtigen Pep zu geben, Schwung in die Sache zu bringen. Aber das war doch nur so eine Idee … Es ist ja nicht so, als hätten wir einen Vertrag abgeschlossen.«

Sie waren inzwischen an der Brücke angekommen, die sich über die Blau spannte. Eine Art Rundbogenfenster durch die Stadtmauer gab den Blick auf ein paar Zillen frei, die von einem Scheinwerfer angestrahlt wurden. Sie dümpelten friedlich im Wasser, der Regen hatte sie jedoch bis zur Hälfte gefüllt, und sie lagen entsprechend tief und träge da.

»Wie bitte? Was heißt hier Vertrag? Wir hatten eine Abmachung! Gilt ein Handschlag etwa nichts mehr unter Künstlern?« Vera merkte, dass sie sich in Rage redete, und fuhr etwas versöhnlicher fort. »Mensch, Sascha«, sie tippte ihn konspirativ gegen die Brust, »alles liegt bereit! Ich habe weiße Kartonstreifen und Farbfilzer besorgt. Du haust deine Haiku hin, und alles ist in Butter. Gehängt sind die ruckzuck. Am Montag ist Eröffnung. Und du kriegst eine Bombenpresse!«

»Hinhauen, sagst du? *Hinhauen?*« Babka wurde laut. »Sag mal, hast du überhaupt 'ne Ahnung, was es bedeutet, Haiku zu komponieren? Hinhauen, sagt die! Ich fass es nicht.«

Vera war über seine heftige Reaktion erschrocken. Sie ließ ihren Blick entlang der Blau, über die beiden folgenden Brückchen hinweg, Richtung Donau schweifen und suchte nach passenden Worten. Obwohl sie es nicht gewohnt war, auf diese Art gemaßregelt zu werden, wollte sie dieses Gespräch unbedingt zu einem versöhnlichen und erfolgreichen Ende bringen. Zumindest für sich selbst. Und zwar noch heute Abend. Jetzt!

»Sorry, Sascha, ich wusste nicht, dass dir die Haiku so … so heilig sind. Für mich waren das einfach lockere Dreizeiler, die spontan aus dir – wie soll ich sagen? – quasi herauspurzeln. Wie letzte Woche im ›Leporello‹. Das war ungemein eindrucksvoll. War überhaupt ein toller Abend.«

Babka stand seitlich, blickte donauaufwärts und tippte mit den Fingern auf sein Bein. »Was soll das? Willst du mich jetzt vollsülzen? Keine Ahnung, was ich dir da gesagt haben soll. Ich kann mich jedenfalls an keine Abmachung erinnern. Ganz bestimmt nicht!«

Vera ging einen Schritt auf Sascha zu und strich ihm über den Ärmel. »Kann ich nicht so recht glauben, weißt du. Wir hatten doch lange über die Ausstellung gesprochen, deine Gedanken, deine Ideen mit dem Buch.«

»Man redet viel, wenn der Abend lang ist. Dazu, meine Liebe, dazu kommt, dass du ordentlich ein' im Tee hattest.«

»Ach, und an das Geld erinnerst du dich auch nicht? Wir hatten über dein Honorar gesprochen, über das Buch und die Rechte daran. Kannst du dich wirklich nicht mehr erinnern?«

Babka neigte den Kopf zur Seite und sah Vera nun direkt ins Gesicht. »Welches Honorar?«

»Die tausend Euro. Ich habe sie zwar noch nicht ganz beisammen, aber das ist kein Problem. Eine Woche noch, dann kann ich dich bezahlen.«

»Tausend? Sag mal, wie kommst du denn auf diese Summe?« Babka verzog seine Lippen zu einem spöttischen Grinsen, das selbst in dieser Dunkelheit deutlich zu sehen war. »Also unter zweitausend läuft bei mir eh nichts. Keine Chance. Mit den tausend musst du dich irren. Außerdem brauche ich dazu Zeit.«

»Aber für die Ambrosini hast du Zeit. Meinst du, ich hätte die Tafeln nicht gesehen, die unter ihren Bildern hängen? Deine Texte!«

»Da geht's auch um eine andere Vereinbarung und um ganz andere Beträge.«

»Vereinbarung nennt sich so was jetzt also. Ich habe euch beobachtet, mein lieber Alexander. Und nicht nur das, ich habe euch fotografiert. Auf den Bildern seid ihr eindeutig zu erkennen. Wer weiß denn alles von eurem Verhältnis? Weiß ihr Mann davon?«

»Du hast uns fotografiert?« Er war mittlerweile zwei Schritte auf Vera zugegangen.

»Spiegelungen, mein Lieber. Glasrahmen haben es so an sich, dass sie die Umgebung reflektieren.« Veras Stimme kippte in eine höhere Tonlage. »Ich kann dir die Bilder gern zeigen. Was glaubst du, was los ist, wenn die an die Presse kommen?« Vera Steinle begann in den Fächern ihrer Tasche zu wühlen.

»Es reicht!« Im Gegensatz zu Vera bekam seine Stimme, obwohl beinahe geflüstert, etwas Bedrohliches. »Was glaubst du eigentlich, wer du bist?« Er war einen weiteren Schritt auf sie zugegangen und drängte sie gegen die Balustrade der Brücke. Gleichzeitig entriss er ihr die Tasche und schleuderte sie hinter sich ins Gebüsch. »Denkst du, ich lass mir von dir alles bieten? Bloß weil ich einen mit dir gesoffen habe? Deine Kunst geht mir so was von am Arsch vorbei! Wenn du mich wenigstens anständig bezahlen könntest, aber so … Und jetzt lass mich endlich in Ruhe. Hast du mich verstanden?«

»Sag mal, geht's noch?« Nun überschlug sich Veras Stimme. Sie war außer sich, fasste Babka an den Schultern und rüttelte ihn. »Und du erzählst mir was von Kunst? Worum geht es dir eigentlich? Ums Geld? Nur ums Geld? Da bist du bei mir an der falschen Adresse.« Sie schrie fast, dabei zerrte sie weiter an seiner Jacke. »Ich mache Kunst um der Kunst willen und nicht nur wegen des Mammons.«

Oben auf der Stadtmauer waren Schritte zu hören, die kurz innehielten, sich dann aber rasch entfernten.

Babka sah für einen Moment hoch und fuhr etwas leiser fort: »Hör auf! Du bist ja völlig von Sinnen. Und schrei vor allem nicht so!«

Veras einstige Sympathie für ihn war gänzlich verschwunden, und sie antwortete mit schneidender Stimme: »Ach, wird's dir peinlich? Warum sollten nicht alle hören, was du für ein Schwätzer bist? Ein Weiberheld, der die Frauen ausnimmt. Pfui Teufel, schlecht tät's mir dabei werden. Mir tut bloß Graziellas Mann leid. Hockt halb lahm daheim und weiß von nichts. Was glaubst du, was der dazu sagt, wenn er erfährt, was seine Frau so treibt?«

Babka drückte Vera hart nach hinten gegen den Rundbogen und legte ihr eine Hand über den Mund. »Das wagst du nicht, zum Teufel.« Mit der anderen hielt er ihren Hals umschlossen und sagte, kaum noch hörbar: »Und jetzt gib endlich Ruhe! Ich kann dein Gezeter nicht mehr mit anhören. Du bist ja schlimmer als ein sizilianisches Klageweib.«

Vera gab erstickte Geräusche von sich, die entfernt an Hilferufe erinnerten. Sie boxte auf seinen Oberkörper und hieb gegen seine Arme. Er versuchte, ihren Schlägen auszuweichen, hielt ihren Kopf weit von sich und presste weiter zu. Sie wand sich hin und her, bis sie den Mund für einen Moment freibekam und ihm in den Knöchel biss. Babka schrie kurz auf, holte mit der anderen Hand aus und schlug ihr die Faust gegen die Schläfe. In ihrer Todesangst schlug sie völlig benommen um sich und fuchtelte durch die Luft. Als sie etwas zu fassen bekam, griff sie panisch zu und versuchte, sich daran zu halten. Ihre Finger klammerten sich krampfhaft an seinen Ärmel. Etwas daran riss ab, Vera verlor das Gleichgewicht. Sie fiel seitwärts und glitt zu Boden.

Voller Entsetzen sah Babka, wie Vera reglos auf dem Weg lag und leise stöhnte. »Das hast du nun davon«, sagte er und sah auf sein Opfer. Eine Hitzewelle durchströmte ihn, gleichzeitig wurden Hände und Füße eiskalt, Übelkeit stieg in ihm auf. Was habe ich getan?, fragte er sich. Er hatte keine Ahnung, wie lange er so stehen geblieben war, die Hände an die Balustrade gestützt, den Blick auf die reglos daliegende Steinle geheftet. Dann stieß er sich ab und eilte zurück in Richtung Rathausplatz.

»Ja, so war das«, sagte Babka. »Glauben Sie mir, Herr Kommissar, ich hab das nicht gewollt. Ich wollte der Steinle doch nichts tun. Klar, ich war wütend auf die. Hat mich erpressen wollen, da hab ich zugeschlagen. Aber Mord? Nee! Nie und nimmer! Glauben Sie mir, als ich von ihr weg bin, hat sie noch gelebt. Voll in Panik bin ich dann in die nächstbeste Kneipe – irgendwas mit ›Kreuz‹ – und habe mich dort an der Bar volllaufen lassen. Einen Bourbon nach dem anderen. Zum Schluss hab ich den sogar ganz ohne Eis gekippt. Und dann, nach vier oder fünf davon, fragen Sie mich nicht, wie viele das genau waren, hab ich ein schlechtes Gewissen bekommen und dachte, ich müsse nach ihr sehen. Also bin ich noch mal runter zum Fluss.«

Babka schluckte mehrmals hintereinander, wischte sich über Kinn und Stirn und sah von Bitterle zu Kula und zurück. In seinem Blick lagen Ratlosigkeit und Verzweiflung. »Und dann war die weg! Die Steinle war einfach verschwunden. Da dachte ich, na gut, alles halb so wild, sie hat sich wieder erholt und ist nach Hause. Doch dann sehe ich, dass ihre blöde Tasche noch unter dem Strauch liegt. Da, wo ich sie wohl hingeschleudert hab, bei dem Gerangel. Und jetzt? Was mach ich jetzt, dachte ich.« Wieder flackerte Babkas Blick zwischen den Ermittlern, er rieb die Hände an den Hosenbeinen und wiegte leicht vor und zurück. »Ich hab sie einfach geschnappt, bin vor zur Donau und hab sie in hohem Bogen in den Fluss geschleudert. Auf ihrem Handy waren ja alle meine Daten und Bilder und so drauf. Ein Platsch, und sie war weg. Aber als die Steinle dann tot aufgefunden wurde und es hieß, dass die ertrunken sein soll – damit hab ich nichts zu tun. Ich schwör's! Das muss ein Unfall gewesen sein. Oder sie ist von sich aus —«

»Wollen Sie mir jetzt ernsthaft weismachen, sie sei aus freien Stücken in die Blau gesprungen?«

»Ich weiß es nicht! Verdammt, ich weiß es wirklich nicht.«

Babka starrte Bitterle an, er wirkte regelrecht panisch. War das die Angst vor einer Verurteilung, oder war es möglich, dass er tatsächlich nicht wusste, wie Vera Steinle gestorben war? Bitterle konnte es nicht mit Sicherheit sagen.

Die Tür öffnete sich, und Lukas trat ein. Er hielt ein in Samt gebundenes Notizbuch in den Händen, eine Armbanduhr und einen Siegelring.

»Hier, die Kollegen haben da was Interessantes im Keller der Ambrosinis gefunden«, sagte er zu seinem Vorgesetzten.

»Hat das nicht Zeit?«, fragte Bitterle.

»Weiß nicht, Chef. Schau mal hier.« Lukas legte Uhr und

Ring auf den Tisch und blätterte durch das Buch, während Babka mit starrer Miene auf die Fundstücke stierte. Nach ein paar Seiten wies Lukas mit dem Finger auf einen Eintrag in dem Notizbuch. Mit fein geschwungener Schrift, offensichtlich mit einem Füllfederhalter geschrieben, reihten sich zahlreiche Nummern mit Ortsangaben und Preisen untereinander. Lukas' Finger tippte auf eine Stelle mit einer fünfstelligen Zahlenkombination und deutete anschließend auf die Uhr auf dem Tisch. »Das da ist die Uhr, die wir Babka gestern abgenommen haben, und die Nummer ist identisch mit diesem Eintrag hier.«

Bitterle las: »Glashütte Kaliber 60.1, 1963, Kauf in Bitterfeld 1990 bez. DM 250, Wert circa 8900 Euro.« Er schob die Unterlippe vor und stieß die Luft mit einem Pfeifen aus. »Nicht schlecht, Herr Specht!« Er ließ sich wieder auf seinem Stuhl nieder. »Fällt Ihnen dazu etwas ein, Herr Babka?«

»Also ich … ich«, stammelte dieser.

Bitterle wurde laut. »Herr Babka, halten Sie mich bitte nicht zum Narren.«

Lukas klopfte zweimal auf die Tischplatte. »Ich geh dann mal wieder.«

Bitterle nickte. »Also, was jetzt?«, fragte er, als sein Kollege die Tür hinter sich zugezogen hatte. »Was haben Sie mit den Uhren zu schaffen? Dass die bei Ihnen gefundene Uhr zu dieser Sammlung gehört, werden Sie ja wohl nicht abstreiten. Deshalb frage ich Sie in aller Deutlichkeit: Wie kommen Sie zu dieser Uhr?«

Babka saß da, den Rücken krumm, den Blick nach unten, und knipste die Fingernägel gegeneinander.

Bitterle beugte sich vor. »Herr Babka! Haben Sie mich verstanden?« Betont langsam fuhr er fort: »Noch mal: Wie kommen Sie zu dieser Uhr?«

»Ich habe sie von Graziella, ich meine, von Frau Ambrosini bekommen.«

»Und wofür? Lassen Sie mich raten! Sie hat Sie damit bezahlt, richtig? Kleine Gefälligkeiten, Aufmerksamkeiten, eventuell Liebesdienste.«

Babka atmete durch. Ihm war eine gewisse Erleichterung anzumerken, denn er richtete sich auf und sagte: »Ja, Herr Kommissar, Sie haben recht. Die Ambrosini hat mich dafür bezahlt, dass ich mit ihr ins Bett gehe.«

Bitterle hatte inzwischen den Eindruck gewonnen, dass ihm Babka die Rolle des reuigen Sünders nur vorspielte. Aber vorerst ließ er sich auf das Spiel ein. »Wie lange ging das?«

»Lange. Über Jahre, sie hat mich quasi freigehalten.«

»Aha. Dann wissen Sie bestimmt auch etwas über die restlichen Uhren. Wie's aussieht, sind ja alle verschwunden.«

»Wie viele das waren und welchen Wert die hatten – keine Ahnung. Jedenfalls haben sie mir ein angenehmes Dasein ermöglicht.«

»Nämlich?«

»Hotels, den BMW, Kleidung. Sie meinte, wenn sie sich mit mir sehen ließe, dann ordentlich.«

»Öffentlich? Hier in Ulm?«

»Nein. Hin und wieder sind wir nach München, aber in der Regel sind wir zu ihr.«

»Und warum haben Sie sich keine eigene Wohnung genommen, bei Frau Ambrosinis Großzügigkeit?«

»Wegen der Kündigungsfristen, den Formalitäten, im Hotel bin ich unabhängig. Ansonsten waren wir in ihrem Atelier.«

»In ihrer Dunkelkammer, sozusagen. Und was ist mit dem Zimmer in Neu-Ulm, bei Herrn Wiesnhammer?«

Babka sah hoch. »In letzter Zeit wurde mir mein Gepäck lästig, und ich habe das Zimmer quasi als Depot genutzt. Und zu Beginn wusste ich doch nicht, wie sich das alles entwickeln würde. Die Frau hat mir leidgetan. Außerdem war die richtig süchtig nach mir. Konnte einfach nicht von mir lassen.«

»Aha, aber von dem Geld ihres Mannes konnten Sie beide doch sicher auch nicht lassen, oder? Und als Vera Steinle Ihnen drohte, Sie auffliegen zu lassen, mussten Sie befürchten, dass Herr Ambrosini seine Frau rausschmeißt. Damit wäre Schluss gewesen mit teuren Uhren, Autos, exklusiven Lederjacken und dem ganzen schicken Lebensstil. Das mussten Sie verhindern, und deswegen haben Sie die Steinle getötet.«

Babka fuhr hoch und fauchte den Kommissar an: »Was soll das? Ich habe Ihnen doch gesagt, wie es abgelaufen ist. Sonst können Sie mir nichts, aber auch gar nichts beweisen!«

»Das wird sich zeigen.« Bitterle war für den Moment zufrieden und erhob sich. »Herr Babka, Sie bleiben vorerst bei uns. Morgen werden Sie dem Haftrichter vorgeführt. Alles Weitere danach.«

Babka schrie: »Wie bitte? Ich will sofort einen Anwalt und hier raus. Was glauben Sie eigentlich, wer Sie sind? Das können Sie mit mir nicht machen!«

Bitterle lächelte. »Doch, Herr Babka. Doch, das kann ich.« Dann verließ er den Raum.

Portugiesische Beobachtung

Schwörmontag, 21. Juli

Bitterle lümmelte zurückgelehnt an seinem Schreibtisch, hatte die Hände hinter dem Kopf verschränkt und ließ den Fall Revue passieren. Um sich besser konzentrieren zu können, hielt er sein Fenster geschlossen, denn vor dem Münsterplatz und entlang der Hirschstraße war seit den frühen Morgenstunden gehörig Remmidemmi. Inzwischen war selbst ihm der Begriff Vorglühen geläufig. Doch nun nervten zwei dicke Fliegen, die sich brummend gegen die Scheiben warfen und in die Freiheit wollten. Er überlegte, sie nach draußen zu lassen, doch dann entschied er sich fürs faule Sitzenbleiben und Nachdenken.

Am meisten beschäftigte ihn Babkas beharrliche Beteuerung, die Steinle habe noch gelebt, als er sich von ihr abwandte, und dass sie verschwunden gewesen sei, als er später nach ihr sehen wollte. Auch dass er ihre Tasche in der Donau versenkt hatte, war eigenartig. Babka hatte keine plausible Erklärung und nannte es eine panische Kurzschlussreaktion. Bitterle konnte sich keinen Reim darauf machen. Hätte die Steinle überlebt, wäre sie zur Polizei gegangen und hätte Babka der Körperverletzung beschuldigt, ob mit oder ohne Tasche. Aber sagte er wirklich die Wahrheit? Hatte sie tatsächlich noch gelebt, als er sich von ihr abwandte? Wieso fand man ihre Leiche dann Tage später zwischen den Zillen hängend? Wie gelangte sie ins Wasser? War es Unachtsamkeit oder ein Unfall? War jemand daran beteiligt, oder war es tatsächlich eine Kurzschlussreaktion ihrerseits, wie Babka vermutet hatte? Bitterle fand keine Erklärung. Er nahm sich vor, Babka den heutigen Schwörmontag über schmoren zu lassen, um ihn morgen nach allen Regeln der Kunst durch die Mangel zu drehen. Er würde so lange bohren, bis er sich entweder in Widersprüchen verheddterte oder bis man sicher sein konnte, dass er die Wahrheit sagte. Bitterle wünschte sich, den Fall abschließen und beim Angeln abschalten zu können. Aber noch war er weit davon entfernt. Nichts war klar.

Mit einem Mal richtete er sich kerzengerade auf. Malewsky!

Sie hatten Malte Malewsky vollkommen aus den Augen verloren. Er hatte sich am Samstag auf dem Revier melden sollen, war aber nicht aufgetaucht. Bitterle hatte nach dem Besuch bei Herrn Wiesnhammer und dem Fund der Lederjacke überhaupt nicht mehr an Malewsky gedacht. Was, wenn er der Steinle nach ihrem Streit gefolgt war? Er konnte das Handgemenge zwischen ihr und Babka verfolgt und dann die Gelegenheit genutzt haben, die Steinle loszuwerden. Bitterle sah auf die Uhr und entschied sich, sofort mit Kula in die Soldatenstraße zu fahren und Malewsky zu befragen.

Doch noch bevor er die Klinke in der Hand hielt, wurde diese niedergedrückt, und Lukas stand in der Tür.

»Morgen, Chef. Eben hat sich eine Zeugin im Fall der Steinle gemeldet. Soll ich sie ins Verhörzimmer bringen, oder kümmerst du dich direkt hier um sie?«

»Was denn, jetzt?« Bitterle konnte es nicht glauben. Tagelang hatten sie vergeblich auf Tatzeugen gehofft und nun … Er hielt kurz inne, doch dann entschied er, die Zeugin selbst zu befragen. Vielleicht liefert sie entscheidende Hinweise zum Tathergang, mit denen man Malewsky aus der Reserve locken kann, überlegte er. »Soll herkommen.«

Bitterle war überrascht, als die Zeugin an die offen stehende Tür klopfte und zögernd eintrat. Vor ihm stand eine elegante Frau etwa Ende vierzig im rostroten Hosenanzug mit lässigem Pagenschnitt und dezent geschminkt. Während er auf den Stuhl gegenüber seinem Schreibtisch wies, schob er mit der anderen Hand die Papiere zusammen, um etwas Platz zu schaffen. »Bitte, was kann ich für Sie tun?«

»Nun, Herr Kommissar, ich weiß nicht, ob es von Bedeutung ist, aber ich möchte eine Beobachtung im Falle der in der Blau gefundenen Leiche melden.«

Bitterle nahm eine leichte Färbung ihrer Sprache wahr, etwas Südeuropäisches mit ein paar dezent verschliffenen Konsonanten, offenen Vokalen und einem ausgeprägten vorderen R. Im ersten Moment tippte er auf Spanien. Er griff automatisch zu seinem Notizblock und blickte die Zeugin direkt an. »Und warum kommen Sie erst jetzt? Das ist bereits zehn Tage her.«

»Ich habe erst gestern davon erfahren. Davor hatte ich meine Schwester in Portugal besucht und deren Sohn betreut.«

»Verstehe. Nun, dürfte ich dann zuerst um Ihren Namen und die Anschrift bitten.«

»Catalina Pinto, ich stamme aus Lissabon und wohne in Neu-Ulm am Jahnufer, in einem der neu fertiggestellten Objekte.«

Bitterle machte sich ein paar Notizen. Er lehnte sich zurück, verschränkte wieder die Arme hinter dem Kopf und musterte sein Gegenüber mit wachsendem Interesse. Die Immobilien auf dem ehemaligen Gelände der Lebkuchenfabrik waren absolute Oberklasse. Sowohl was die Lage als auch die Preise betraf, er hatte etwas von bis zu über einer Million gehört. Die Frau machte ihn neugierig. »Nun, was haben Sie gesehen, und wann und wo war das?«

»Gesehen habe ich eigentlich nichts, eher gehört. Anfangs dachte ich, irgendeine Streitigkeit ...«

»Moment bitte, Frau Pinto, bitte der Reihe nach, zuerst bräuchte ich den Ort, das Datum und die Uhrzeit.«

»Verzeihen Sie, natürlich. Wissen Sie, das ist für mich alles recht ungewohnt hier.« Frau Pinto hielt ihre Tasche auf dem Schoß und machte mit der Linken eine unbestimmte Geste über den Schreibtisch hinweg Richtung Fenster. Ihr Blick verharrte für einen Moment bei den immer noch brummenden Fliegen. »Ich hatte noch nie mit der Polizei zu tun.«

»Kein Problem, nehmen Sie sich Zeit. Zuerst, wie gesagt, den entsprechenden Tag und wann.«

»Das war Freitag, der 11. Juli gegen dreiundzwanzig Uhr, oder knapp davor. Ich war auf dem Heimweg vom ›Roxy‹, hatte mir dort das Frauenkabarett ›Cavewoman‹ angesehen und ging oben entlang der Stadtmauer Richtung Herdbrücke, als ich bei dem Blaubrückchen, also bei der ersten der drei hintereinander folgenden, unter mir Stimmen vernommen habe. Es hörte sich nach einem Streit an. Ich habe mich aber nicht weiter darum gekümmert und wollte auch nirgendwo hineingezogen werden, außerdem war ich hundemüde und hatte nur noch Sehnsucht nach Hause.«

»Sie sagen, eine Art Streitgespräch, konnten Sie hören, worum es ging? Und hatten die Stimmen irgendwelche Besonderheiten?« Bitterle dachte an Babka und wagte einen Schuss ins Blaue: »Hatte der Mann vielleicht irgendeinen Dialekt?«

Frau Pinto richtete sich abrupt auf und drückte den Rücken gerade. »Wieso Mann? Wie kommen Sie darauf, dass eine der Personen ein Mann war?«

Bitterle beugte sich verblüfft weit über die Tischplatte in Richtung der Zeugin. »Kein Mann? Das hieße ja, es wären zwei Frauen an der Blaubrücke gewesen. Sind Sie sich dessen sicher?«

Frau Pinto lehnte sich wieder zurück und klemmte sich eine Haarsträhne hinters Ohr. Bitterle bemerkte zum ersten Mal ihre gepflegten Hände und nahm sich trotz der ungeheuren Neuigkeit vor, sie noch nach ihrem Beruf zu fragen.

»Selbstverständlich bin ich sicher«, sagte sie mit Bestimmtheit. »Ich kann Ihnen sogar ziemlich genau sagen, woher diese beiden Kontrahentinnen stammen.«

Jetzt richtete Bitterle sich auf. »Wie bitte? Sie können was?«

»Also eine der beiden Frauen stammte mit Sicherheit direkt aus Ulm, quasi aus alteingesessener Familie. Das war die leise Stimme, sie klang rau, als habe die Dame etwas am Kehlkopf. Bei der anderen kann ich das Gebiet nur in etwa nennen. Auf jeden Fall südlich der Donau, aber noch vor Memmingen und zweifelsfrei zwischen Iller und Günz.«

Bitterle hatte es die Sprache verschlagen. Er starrte ungläubig auf sein Gegenüber und verfiel für einen Moment ins Schwäbische: »Also ich bitt Sie, gute Frau. Wollet Sie mich jetzt zum Narren halten? Ich will Ihnen ja net zu nahe treten, aber Ihren Angaben zufolge stammen Sie aus Portugal.«

»Ja und wenn schon, was spielt das für eine Rolle? Ich habe in Berlin und Marburg Germanistik studiert. Über das Thema ›Variationen des Schwäbischen entlang der Donau zwischen Iller und Lech‹ habe ich schließlich promoviert und seit mehreren Jahren einen Lehrstuhl an der Universität Tübingen mit dem Schwerpunkt ›Sprachen des Alemannischen‹ inne.«

Bitterle fiel nichts dazu ein. Ihm blieb der Mund offen stehen, und er hatte das Gefühl, dass ihm sämtliches Blut in den Kopf geschossen war.

Frau Pinto schien sich ihrer Wirkung bewusst zu sein. Sie lächelte versöhnlich und sagte: »Denken Sie sich nichts, Herr Kommissar, Sie wären der Erste, der hierbei nicht erstaunt wäre. Niemand erwartet so was, aber Sie können mir glauben, ich irre mich nicht.«

Bitterle wagte ebenfalls ein Lächeln und nuschelte eine Entschuldigung. Doch dann keimte ein Verdacht in ihm auf, und er fuhr mit Bestimmtheit fort: »Sie sagten, südlich der Donau in der Gegend vor Memmingen. Sagt Ihnen Holzgünz etwas?«

»Holzgünz? Liegt das nicht an der Autobahn Richtung München, direkt an der A 96? Hmm, das wäre durchaus möglich.« Frau Pinto schürzte die Lippen und blickte für einen Moment entlang der Deckenkante. »Holzgünz ist sogar sehr wahrscheinlich. Das Schwäbische dort unten hat schon einen gehörigen Allgäu-Anteil.«

Bitterle ließ die Handflächen auf die Tischplatte fallen. Die Ambrosini! Da hatte die gnädige Frau den Lauf der Dinge wohl in ihre eigenen Hände genommen. Er strahlte Frau Pinto an. »Ich muss sagen, Sie haben uns sehr bei der Aufklärung des Falles geholfen. Eines noch, können Sie sich an irgendeinen Inhalt des Gesprächs oder, wie Sie sagten, des Streits erinnern? Ein Wortlaut, ein Detail, irgendwas?«

»Nun, mir war nicht geheuer, als ich oben auf der Stadtmauer entlang Richtung Neu-Ulm ging, und ich habe wirklich nicht direkt darauf geachtet. Ich wollte so schnell wie möglich weg.«

Bitterle nickte voller Verständnis und war kurz davor, Frau Pinto zu verabschieden. Doch dann schien ihr etwas einzufallen.

»Moment, warten Sie, jetzt, da Sie mich so direkt fragen, fällt mir etwas ein. Die eine, also die aus der Gegend um Holzgünz, sagte etwas in der Art wie Ehemann und könne was erleben und solle es bloß nicht wagen … Aber worum es genau ging oder was weiter besprochen wurde – also, tut mir leid, Herr Kommissar, beim besten Willen …«

»Ich bitte Sie, Frau Pinto, das ist mehr, als wir zu hoffen gewagt haben. Sie liefern uns hier eine außerordentlich genaue Beschreibung sowohl der Personen als auch Einzelheiten zum offensichtlichen Streit zwischen den beiden Kontrahentinnen. Herzlichen Dank dafür. Ebenso wie für Ihr Kommen und Ihre Mühe.« Bitterle erhob sich und machte einen Schritt auf die Zeugin zu. »Darf ich Sie dafür noch zu einem Kaffee in die Kantine einladen?«

Frau Pintos Augen blitzten amüsiert auf. »Sehr freundlich, Herr Kommissar, ich weiß Ihre Liebenswürdigkeit durchaus zu schätzen, aber zu Hause wartet mein Mann auf mich. Wie gesagt war ich zehn Tage nicht in Ulm, und er hat bestimmt Sehnsucht nach mir.« Sie schenkte Bitterle ein umwerfendes Lächeln und wandte sich ohne weitere Umstände Richtung Tür. Bitterle blieb nichts übrig, als ihr verblüfft nachzusehen und sich damit abzufinden, seinen Kaffee allein zu trinken.

In der Kantine traf er auf Kula, die an der Theke stand und sich nicht zwischen einer Käseseele und einem Milchreis mit Zimt entscheiden konnte. Für Bitterle, der eine knappe Stunde mit der Zeugenbefragung verbracht hatte, kam um diese Uhrzeit, so kurz vor Mittag, nur eine Leberkässemmel mit reichlich Senf zum Kaffee in Frage.

»Du siehst so zufrieden aus«, sagte Kula, als sie sich an einem Fenstertisch gegenübersaßen. »Nun sag schon: Fall gelöst?«

»So ziemlich. Wie's ausschaut, stimmt Babkas Aussage. Bloß was das mit Steinles Tasche sollte, daraus werde ich nicht schlau. Beinahe schon absurd, findest du nicht?«

Kula nickte. »Aber was ist mit dem Mord? So wie der sich aufgeführt hat – also für mich war er mehr als verdächtig, die ganze Zeit über. Tasche hin oder her.«

»Trotzdem. Da ist er aus dem Schneider. Um den Rest sollen sich die vom Betrugsdezernat kümmern, oder wer auch immer.« Und dann berichtete Bitterle von der Aussage der Pinto, wie sie Zeugin eines Streits zwischen Steinle und Frau Ambrosini wurde. »Ich bin ja gespannt, was die uns zu sagen hat, wenn die wieder fit ist.«

»Was denkst du?«

»Nach Babkas Aussage war sie dabei, als er Steinles SMS bekommen hat mit der Forderung, ihn umgehend zu treffen. Sie könnte ihm gefolgt sein und die ganze Angelegenheit zwischen denen an der Blaubrücke hautnah miterlebt haben, irgendwo versteckt bei den Bänken, am Spielplatz oder hinter Bäumen, oder meinetwegen auch von oben?«

»Und Babka hat ja ausgesagt, dass die Steinle gedroht hat, seine Affäre mit der Ambrosini auffliegen zu lassen. Dazu die Sache mit den gefälschten Bildern. Das wäre wohl auch ein Motiv. Für die Ambrosini stand auf jeden Fall ihr Ruf auf dem Spiel.«

»Nicht nur der! Wenn es der um ihr Ansehen ging, war die eigen. Das haben wir ja bei den Befragungen erlebt. Aber da hat sicher auch die Angst vor der Reaktion ihres Mannes eine entscheidende Rolle gespielt. Hoffe, sie ist bald vernehmungsfähig.« Sie schwiegen einen Moment. »Was ich nicht verstehe: Wie passt Malewsky da rein? Was zum Teufel hat der zu verbergen? Wieso hat er uns dieses Märchen von dem Seminar auf Burg Fürsteneck erzählt?«

»Vielleicht aus Angst, unter Verdacht zu geraten?«

»Na, da hat er aber eher das Gegenteil erreicht, meinst du nicht?«

»Ehrlich gesagt, nach allem, was mir die Wirtin erzählt hat … Vielleicht konnte er sich an den Abend überhaupt nicht mehr erinnern, bei dem, was der so tankt, und er war sich selbst nicht sicher, ob er an der Brücke war.«

Bevor Bitterle antworten konnte, kam Lukas in die Kantine und trat an den Tisch der beiden.

Bitterle sah ihn sich genauer an, zögerte einen Moment, dann sagte er: »Oha, das war wohl länger, gestern Abend mit dem Chef. So wie du aussiehst.«

»Hör bloß auf, ich wusste gar nicht, wie ekelhaft Gin schmeckt. Hat mir die halbe Nacht Dressurreiten schmackhaft machen wollen. Hat was von rittigen Pferden erzählt, die mit minimalen Signalen zu sogenannten Lektionen veranlasst werden sollen. Genau so wolle er uns auch haben.«

»Hört, hört«, spottete Bitterle, und Kula leckte belustigt am Löffel.

»Aber das ist es nicht, warum ich hier bin.«

»Egal.« Bitterle zog einen Stuhl beiseite. »Hol dir was und setz dich her. Wir haben Grund zu feiern.«

Lukas biss sich auf die Lippe, stützte sich an der Stuhllehne ab und schüttelte den Kopf. »Ganz so einfach ist es nicht. Eben kam ein Anruf aus der Uni-Klinik ...«

»Ist sie wach und vernehmungsfähig? Na, dann nichts wie hoch. Bin gespannt, was die zu sagen hat. Auf geht's!« Bitterle klang begeistert und war im Begriff, sich zu erheben.

»Langsam! Der Chefarzt selbst hat sich gemeldet. Vor einer knappen halben Stunde ist Graziella Ambrosini verschieden, wie er sich ausdrückte. Herzversagen, sie hätten alles versucht. Der Doc meinte, der Blutverlust wäre wohl doch zu groß gewesen, da hätten auch das künstliche Koma und die ganzen Infusionen nichts mehr bewirken können. Es täte ihm leid.«

Bitterle saß da mit eisiger Miene und schwieg. Kula stocherte wieder in ihrem Milchreis, dann sagte sie leise: »Ausgerechnet – so knapp vor dem Ziel. Und nun keine Aussage, kein Geständnis, keine klaren Beweise. Scheiße aber auch!«

Bitterle tupfte sich den Senf von den Lippen, sah hoch und fixierte die beiden im Wechsel. »Wirklich Pech! Aber genau genommen, so viel Neues hätte die uns wahrscheinlich auch nicht berichten können. Wir wissen von den gegenseitigen Vorwürfen und von Steinles anzunehmender Drohung, mit dem Fälschungswissen an die Öffentlichkeit zu gehen. Dann kam es wohl zu einer Rangelei. Ob eine Tötungsabsicht dahintergestanden hat oder ob es unglückliche Umstände waren, werden wir jetzt wohl nie erfahren. Trotzdem denke ich, wir machen Schluss für heute. Weitere Details morgen, da hat's dann auch noch Zeit für den Bericht. Geht nach Hause, macht euch einen schönen Nachmittag, feiert, was auch immer.«

Kula klickte den Löffel ans Schälchen und legte ihn dann endgültig beiseite. »Hast recht! Ist vielleicht wirklich das Beste. Aber was geschieht jetzt mit Babka?«

»Das hat auch Zeit bis morgen«, sagte Bitterle, zwinkerte

verschwörerisch und erhob sich. Er klopfte dreimal kurz auf die Tischplatte, griff nach seiner Serviette und wandte sich zum Ausgang.

Entlang der Donau und in den Gassen der Altstadt herrschte ausgelassenes Treiben. Ganz Ulm schien auf den Beinen. Die Motivschiffe waren längst Richtung Thalfingen getrieben, und die meisten Nabader hatten sich ans Ufer und ins Trockene gerettet. Sie zogen Richtung Friedrichsau, um den Feiertag auf dem Volksfest bei Riesenrad und Bierzeltgaudi ausklingen zu lassen.

Obwohl Bitterle Menschenansammlungen verabscheute, hatte er sich von seinem Freund Reinhold zu einem Absacker überreden lassen, wenn auch mitten im Trubel direkt am Fischerplätzle. Reinhold hatte tatsächlich noch zwei Stühle ergattert, stellte sie unter die Linde und organisierte die Getränke. Nachdem sie angestoßen hatten, lehnten sie sich zurück und sahen nach oben zu dem Gezeter in den Ästen.

»Wie läuft es denn mit deiner Griechin?«

»Die Kula ist in Ordnung, hat gut gearbeitet, und was ihr nachgesagt wird, trifft zu. Sie ist forsch und unkonventionell, aber sie hat damit Erfolg. Wenn sie allerdings einen Verdächtigen drannimmt, hörst du besser weg.«

»So eine ist das also.«

Bitterle trank einen Schluck und sah wieder nach oben. Aus der Krone schossen die Schwalben weiterhin mit Karacho zu Boden und streiften dabei sogar die Pflastersteine.

»Mich wundert's, dass die sich bei ihren Flugmanövern nicht die Schwänze brechen«, sagte Reinhold und sah den Vögeln nach, wie sie unter den nächsten Dachvorsprung flüchteten.

»Nur eines verstehe ich nicht. Was hat Anne Will mit Dieter Bohlen zu tun?«

»Wie kommst du denn auf die Idee?«

»Hat sie neulich gesagt. In Bezug auf die Glaubwürdigkeit einer Aussage. Es wäre genauso unglaubwürdig, meinte sie, als würde jemand behaupten, er hätte die beiden im Bett erwischt.«

Reinhold musste so lachen, dass die Hälfte seines Weines auf den Boden schwappte. Noch immer kichernd sagte er: »Womöglich live im Dschungelcamp. Bin auf die Einschaltquoten gespannt. Obwohl – die einen gucken kein RTL, die anderen wissen nicht, wer Anne Will ist.«

Jetzt schmunzelte auch Bitterle. Er hielt sein Weizenglas schräg und betrachtete die kleinen Bläschen, die sich vom Boden lösten und an der Zitronenscheibe sammelten. »Sie war eh so komisch drauf an diesem Nachmittag. Als ob sie etwas plagen würde.«

»Find's raus, du bist die Polizei.«

Danksagung

Ich habe es mir zur Angewohnheit gemacht, in anderen Büchern nach dem Ende der Geschichte weiterzulesen. Die dort aufgeführten Personen haben es immer verdient, genannt zu werden, denn ohne sie wäre das Buch nicht so geworden, wie Sie es in Händen halten.

Ich möchte nun folgenden Personen danken:

Thomas Nikel – ein Film- und Fernsehregisseur, den ich in Sri Lanka kennengelernt habe. Wir saßen abends bei seltsamen Tees im Ayurveda-Resort, haben aufs Meer geschaut und uns Geschichten erzählt. Zu mir sagte er irgendwann: »Mei, was du alles erlebt hast, ich tät's aufschreiben.« Auf meine Frage, wer das denn lesen würde, sagte er nur: »Ich! Ich tät's lesen.« Noch am selben Abend habe ich begonnen.

Eva Maria Kirschner – sie gab mir die Möglichkeit, diese Geschichten unter dem Titel »Papaya mit Rosinen« in ihrem Fünf-Raben-Verlag zu veröffentlichen.

Rüdiger Heins – Leiter des INKAS (Institut für Kreatives Schreiben), hat mir mit seinem Stipendium ermöglicht, für die Dauer von drei Jahren die Geheimnisse des Schreibens und der Literatur zu erkunden.

Meinen TestleserInnen, die mich auf die gröbsten Fehler aufmerksam gemacht haben: A. Betz, U. Frydrych, C. Konrad, E. Ruschitzka, U. Weber.

Saskia Römer vom Emons Verlag. Ihrem Lektorat ist es zu verdanken, dass es in diesem Roman nicht einmal »Hü« und einmal »Hott« heißt; dass meine teils wirren Gedanken dem Leser klar und manche Formulierungen verständlich geworden sind.

Nochmals meinen herzlichen Dank euch allen.

Helmut Gotschy im März 2017